TOTE MÄNNER STARTEN KEINE SCHIFFE

MARK VOSS

WELTRAUMPIRATEN!
BAND II

BAL
KON
media

TOTE MÄNNER STARTEN KEINE SCHIFFE

Erschienen bei Balkon Media
Taschenbuch-ISBN: 978-1-916970-54-0
Auch als E-Book erhältlich

Umschlagillustration & -gestaltung: Balkon Media

Impressum
Balkon Media B-08-12, Rivervale Condominium, Lorong Stutong 11B3
93350, Kuching, Sarawak, Malaysia jon@balkonfilms.com +60 016 400 4579

www.vossiverse.com

EBENFALLS VON MARK VOSS

DIE WELTRAUMPIRATEN!-SERIE

Space Pirates

Dead Men Launch No Ships

Salvage Rights

Echoes of the Plague Moon

The Quiet Rebellion

The Bounty Paradox

The Black Drift

Till the Engines Fall Silent

The Median Gambit

EINS

Die Meridian war ein Schiff, das für drei Dinge gebaut war: vor Gläubigern zu fliehen, Kühlmittel zu verlieren und das Konzept von routinemäßiger Wartung wie eine Drohung klingen zu lassen. Am äußersten Punkt des Halcyon-Randes schwebte sie mit der trägen Selbstsicherheit eines Schiffes, das mehr katastrophale Ausfälle überlebt hatte, als die meisten Schiffe während ihrer gesamten Dienstzeit verzeichneten. Ihr Rumpf trug die Narben von drei gewaltsamen Enterungen und mindestens einem Insolvenzgericht. Die Hauptkombüse – wenn man sie so nennen konnte – roch nach verbranntem Kaffee, kaltem Metall und etwas, das man unter besseren Umständen vielleicht als Sieg hätte bezeichnen können.

Lyra hatte sich in die Hauptzugangsluke geklemmt, die Stiefel ausgezogen, die nackten Füße gegen die gegenüberliegenden Schotten gestemmt. Auf ihrem Knie thronte ein leerer Becher, in der Hand hielt sie einen vollen, dessen Gebräu so schwarz war, dass es Licht zu verschlucken schien. Ihr Haar war so kurz geschoren, dass es kaum zählte, und der einzige Teil ihrer Uniform, den man als vorschriftsmäßig bezeichnen konnte, war der Ölfleck, der sich mit beinahe geologischer Geduld über ihren linken Oberschenkel ausbreitete. Sie nippte an ihrem Kaffee und beäugte die Anzeigen des Steuerbord-Druckmessers auf der Suche nach dem verräterischen Zucken eines Vakuumlecks. Es war nicht so, dass sie der Schiffsdiagnostik misstraute – sie zog es einfach vor, eine Katastrophe kommen zu sehen.

Auf der anderen Seite der Kombüse hatte Mercy den ramponierten Tisch in Beschlag genommen, der seinen Kampf sowohl gegen die Schwerkraft als auch gegen zahlreiche notdürftige Reparaturen verlor. Sie sortierte Kreditchips in exakte Spalten und ließ sie mit der sauberen Aggression einer Croupier im Kasino schnippen. Ihr Haar war momentan fuchsiafarben mit grellgrünen Strähnen, und die abgenutzten Stiefel, die auf dem Stuhl neben ihr hochgelegt waren, sahen aus, als hätten sie einen kleinen Krieg hinter sich gebracht – falls dieser Krieg eine Kleiderordnung für maximale Insubordination gehabt hatte. Sie zählte laut, ihre Stimme erfüllt von der Art von Übermut, die nur aufkommt, wenn man gerade zu etwas Geld gekommen ist.

»Einer für mich«, sagte Mercy und schob einen Chip auf einen winzigen Haufen, »einer für Reparaturen und einer für die nächste schreckliche Idee des Captains.« Sie wiederholte den Zyklus mit wachsender Genugtuung. »Einer für mich. Einer für Lyra. Einer für kriminell schlechtes Urteilsvermögen.«

Hinter der Hauptkonsole trug Rask Helvan ein melodielloses Summen zur Atmosphäre des Raumes bei. Es war unklar, ob er wirklich arbeitete oder nur darauf wartete, dass sich die nächste Krise ankündigte. Rask trug seine uralte Fliegerjacke wie eine zweite Haut, und selbst mit hochgelegten Füßen und den Händen hinter dem Kopf machte er den Eindruck von jemandem, der im Begriff war, einen Zollinspektor übers Ohr zu hauen oder eine Luftschleuse zu stehlen. Sein Haar war gerade noch so gesellschaftsfähig, und seine linke Augenbraue war permanent nach oben gezogen, als verdächtigte sie den Rest seines Gesichts, in einen Witz eingeweiht zu sein und sich zu weigern, ihn zu erklären.

Er tippte mit einem einzigen Finger auf die Konsole und murmelte Zahlen vor sich hin. »Gute Nachrichten, Crew: Wir sind solvent. Technisch gesehen. Vorübergehend. Aber definitiv solvent.«

Lyra nahm noch einen Schluck. »Definiere solvent.«

Rask grinste, seine weißen Zähne blitzten vor den Drei-Tage-Stoppeln auf. »Wenn man notwendige Reparaturen, Treibstoff, Andockgebühren, ausstehende Haftbefehle und das gesamte Konzept von Steuern ignoriert, sind wir im Grunde Aristokraten.«

Mercy pfiff und fegte die Chips vom Tisch in einen klumpigen Beutel. »Hörst du das, Lyra? Wir sind Aristokraten. Üb schon mal deinen verächtlichen Blick.«

»Bin dir schon voraus«, sagte Lyra ausdruckslos. Sie richtete sich auf und deutete mit einem Finger auf eine entfernte Anzeige. »Übrigens läuft die Backbordspule zwölf Prozent über Soll. Entweder halluziniert die Diagnostik oder wir sind dabei, ein Loch in den Verteiler zu brennen. Schon wieder.«

Doc materialisierte mit der stillen Missbilligung eines Mannes, der schon zu viele solcher Morgen erlebt hatte. Sein weißer Kittel war nur noch an seiner hartnäckigen Weigerung zu erkennen, bei routinemäßigen Maschinenbränden Feuer zu fangen, und seine Hände trugen den schwachen chemischen Geruch von Antiseptika. Er stellte einen ramponierten Medikit auf die Theke der Kombüse und betrachtete die Szene mit einem Blick, der Milch hätte sauer werden lassen können.

»Sollen wir die Behörden alarmieren?«, sagte Doc und durchwühlte bereits den Kasten, um zu sehen, was seit gestern verschwunden war.

»Mach keine Witze«, sagte Rask. »Vielleicht müssen wir bei diesem Flug tatsächlich einen Zollbeamten sehen.«

Lyra erhob ihren Becher zu einem Trinkspruch. »Mögen all deine Lügen klein und plausibel sein.«

Doc warf ihr einen Blick professionellen Respekts zu und zählte dann weiter Verbände. »Wer hat eine Femoralisklemme im Kühlschrank gelassen?«, sagte er an niemanden Bestimmten gerichtet.

Mercys Kopf schnellte hoch. »Da ist sie also hingekommen! Technisch gesehen hab ich sie für die Wissenschaft kalt gehalten.«

»Ich bin mir sicher, dass Infektionsschutz so funktioniert«, erwiderte Doc und verstaute die Klemme im Kasten, ohne den Augenkontakt zu unterbrechen.

Die Sprechanlage knisterte mit einem leisen, mechanischen Seufzer zum Leben. Dann: »Captain Rask Helvan hat erfolgreich einen Auftrag abgeschlossen und ist nicht explodiert. Historiker werden das genaue Datum wissen wollen. Schlage Gedenktafel vor.« Die Stimme war weiblich, mit der trockenen Singsang-Intonation einer Kinder-KI, die mit viel zu vielen Kriegsgeschichten und betrunkenen Onkeln aufgewachsen war, die eine unflätige Sprache benutzten.

Mercy reckte den Hals zum nächsten Lautsprecher. »Glim, war das ein Kompliment?«

Die Antwort der KI kam mit einem leisen elektronischen Schnurren. »Nicht für dich.«

Mercy spielte theatralisch Liebeskummer vor und presste eine Hand auf ihre Brust. »Ich fühle mich so vernachlässigt, Glim. Ich könnte die Luftversorgung sabotieren.«

»Bitte tu das. Ich langweile mich«, sagte Glim und unterbrach die Verbindung mit einem Knacken.

Lyra blickte zur Decke. »Können wir eine neue Schiffsintelligenz bekommen?«

Rask schüttelte den Kopf. »Zu spät. Die letzte schickt immer noch rechtliche Drohungen.« Er drehte den Stuhl zu seiner Crew, die Hände hinter dem Kopf verschränkt. »Ich schlage eine kurze Feier vor, und dann kommen wir unserer nächsten Katastrophe zuvor.«

Mercy hatte bereits eine Packung mit etwas Orangem und Krebserregendem geöffnet. Sie bot sie in der Runde an. »Was genau feiern wir?«

Rasks Grinsen wurde schärfer. »Wir haben einen Job erledigt, wurden bezahlt und die Behörden haben uns nicht beschlagnahmt. Was willst du mehr?«

Mercy dachte kurz nach, dann zuckte sie mit den Schultern. »Sex, Schnaps, Gewalt. Die Klassiker.«

»Such dir zwei aus«, sagte Lyra.

Mercy warf ihr einen listigen Blick zu. »Nicht genug Zeit für alle drei?«

Doc, der den Medikit nach Triage-Reihenfolge neu geordnet hatte, stellte ihn mit etwas mehr Kraft als nötig ab. »Wenn ihr Sex oder Gewalt haben wollt, warnt mich vorher. Ich kann nur eine gewisse Zeit lang nähen.«

Die Brücke der Meridian war eine Studie in kontrollierter Vernachlässigung. Es gab drei Sitze: einen für den Piloten, einen für den Ingenieur und einen für jemanden, dem es egal war, den nächsten Hyperraumsprung zu überleben. Rask, der alle drei Rollen abwechselnd ausfüllte, hatte gerade seine Stiefel auf der Konsole und einen Becher von Lyras Gebräu gefährlich auf seinem Knie balancierend. Er war gerade dabei, das Unmögliche zu versuchen – ihn ohne Hände zu trinken –, als Glims Stimme das Summen der Systeme auf eine Weise durchbrach, wie es nur eine bevorstehende Katastrophe konnte.

»Eingehende Übertragung«, sagte Glim. »Herkunft: Vorkriegs-Bandbreite. Übersetzungsschwierigkeit: siebenundneunzig Prozent. Ton: unheilvoll.«

Mercy reagierte als Erste. Sie hatte sich über den Kopilotensitz gefläzt, ihre Stiefel schabten Späne getrockneter Dichtungsmasse von der Armlehne, und sie wurde hellhörig wie ein Hund, der frischen Sprengstoff roch. »Vorkrieg? Ist das nicht die Bandbreite, die für imperiale Kommandos reserviert war?«

»Angeblich«, antwortete Glim, schon pikiert. »Aber es ist nicht in meinen Aufzeichnungen. Das macht mich unruhig.«

Doc schwebte herein, Becher in der einen, Medscanner in der anderen Hand, und bezog Stellung hinter Rasks Schulter. »Wahrscheinlich eine Falle«, sagte er, als würde er das Wetter von morgen vorlesen.

Rask seinerseits sah hocherfreut aus. »Oder eine Bezahlung, die auf jemanden gewartet hat, der genau so dumm ist.« Er beugte sich vor, die Augen verengten sich, als die Konsole sich mit einer kriechenden Zeichenfolge korrumpierter Daten füllte – Pixel, die zuckten wie eine sterbende Eidechse.

Lyras Stimme, zu gleichen Teilen Koffein und Herausforderung, kam aus der Luke, als sie hereinkam und die Anzeigen überprüfte. »Dieses Format sollte nicht existieren.«

»Der größte Teil unseres Schiffes sollte nicht existieren«, warf Doc ein. »Und doch sind wir hier.«

Glim meldete sich wieder zu Wort: »Soll ich die Nachricht ignorieren, oder ist die vorherrschende Stimmung ›direkt auf das mögliche Unheil zulaufen‹?«

Mercy setzte sich auf, schon grinsend. »Glim, ich wusste, du fängst an, uns zu verstehen.«

Rask trommelte mit den Fingern auf der Konsole. »Mal sehen, was die Toten zu sagen haben.«

Der Hauptbildschirm flackerte. Ein Muster erschien – drei langsame, bewusste Impulse aus statischem Rauschen, gefolgt von einer nachhallenden digitalen Stille. Lyra starrte auf die Wellenform, die Stirn in Falten gelegt. »Das ist ein Notsignal. Oder eine Vorladung. Das Format ist ähnlich, aber es gibt eine Ebene darunter – verschlüsselt, vielleicht. Glim?«

»Arbeite dran«, antwortete Glim, und die Konsole leuchtete mit geisterhaften Überlagerungen auf – Zeichenfolgen imperialer Chiffren und alter Militärsiegel, die am Rande des Verständlichen schimmerten.

Doc nippte an seinem Getränk und verzog das Gesicht. »Warum sollte jemand über ein totes Protokoll senden? Niemand soll da zuhören.«

Rasks Blick wurde schärfer. »Es sei denn, sie wollen von jemandem gefunden werden, der wüsste, wie.«

Mercy nickte zustimmend. »Wer auch immer es ist, sie kennen uns, oder Leute wie uns.«

Lyra verdrehte die Augen. »Wenn es ein Kopfgeld ist, ist es bestimmt zehn Jahre verjährt. Wir müssen am Ende vielleicht noch draufzahlen, weil wir aufgetaucht sind.«

Glim unterbrach: »Ich habe die Quelle abgeglichen. Trage sie auf der Navigationskarte ein.«

Ein Vektor zeichnete sich über die Sternenkarte und endete bei einem dünnen Haufen aus Staub und Gestein mit der Bezeichnung »Filt-Region – Außer Dienst gestellt.«

»Nichts da draußen außer Wracks und Pech«, sagte Lyra.

Mercy beugte sich zu nahe an die Anzeige. »Also ... normale Arbeitsbedingungen.«

Doc murmelte: »Nur, wenn wir im Voraus bezahlt werden.«

Glim führte eine Diagnose durch und projizierte sie über das Hauptsichtfenster: ein einzelner, schwacher, oszillierender Punkt. »Signalintegrität verschlechtert sich. Quelle in verfallender Umlaufbahn. Empfehle sofortige Untersuchung, für Werte von ›empfehle‹, die auch ›flehe‹ bedeuten.«

Rask blickte vom Bildschirm zu seiner Crew und dann wieder zurück. »Ich stimme dafür, dass wir hinfliegen. Im schlimmsten Fall haben wir eine Geschichte für das nächste Mal, wenn uns jemand unter den Tisch trinken will.«

Mercy ballte eine Faust. »Lass uns legendär sterben.«

Lyra zuckte mit den Schultern. »Ich berechne einen

Anflug, aber wenn das wieder ein unbezahlter Job wird, mache ich dich persönlich dafür verantwortlich.«

»Das ist die richtige Einstellung«, sagte Rask, stand auf und streckte sich. Er grinste wie ein Mann, dem man gerade die Schlüssel zu einem verbotenen Raum gegeben hatte und der vorhatte, alles darin anzufassen.

Doc verdrehte die Augen, widersprach aber nicht. »Ich bereite die Traumaversorgung vor.«

Das Schiff neigte sich, als Lyra eine Kurskorrektur eingab, und die Meridian reagierte mit ihrem üblichen Katalog an Beschwerden – ein Zittern durch die Streben, ein Stöhnen aus dem Schott und der Gestank überlasteter Lebenserhaltung. Der Staubsektor wurde im Sichtfenster größer, das Sternenfeld dünnte aus, als sie auf die Anomalie zu beschleunigten.

Auf dem Hauptbildschirm wiederholte sich das Signal – drei schwache Schläge, so regelmäßig, dass sie wie der Puls eines längst toten Herzens klangen.

Mercy sah gebannt zu. »Hat noch jemand das Gefühl, dass wir zu unserer eigenen Beerdigung eingeladen werden?«

Rask grinste breiter, seine Augen spiegelten das blauweiße Licht der geisterhaften Übertragung wider. »Vielleicht. Aber bei solchen Anlässen ist das Essen immer gut.«

Lyra schüttelte den Kopf, ihr Mund zuckte zu etwas, das ein Lächeln hätte sein können. »Du bist unfähig zur Vorsicht.«

»Ich bevorzuge den Begriff ›allergisch‹«, erwiderte Rask. »Aber manchmal meine ich es gut.«

Glims digitales Seufzen ließ die Deckenbeleuchtung flackern. »Kurs auf unseren unvermeidlichen Untergang wird berechnet. Ankunft in vier Stunden, sechsunddreißig Minuten.«

Doc überprüfte den Medscanner, bereits resigniert. »Wetten darauf, was uns erwartet?«

Mercy zögerte nicht. »Wütender Warlord. Oder einer dieser gruseligen Cyborg-Kulte, die an Erleuchtung durch

Schmerz glauben. Ooh, oder eine Rettungskapsel voller Gold.«

»Ich setze auf ein Wrack. Vielleicht eine Leiche. Vielleicht mehrere«, meinte Lyra.

»Ihr liegt alle falsch«, sagte Glim. »Aber ich bin nicht autorisiert zu sagen, wie.«

Die Konsole knisterte, als die Nachricht ein letztes Mal abgespielt wurde. Drei Schläge, ein Atemzug, und dann brannte sich ein einziges Wort durch das statische Rauschen:

VIGILANCE

Die Meridian hielt Kurs, alle Augen auf den Geist in der Maschine gerichtet. Niemand blinzelte.

Niemand wollte der Erste sein, der zugab, Angst zu haben.

ZWEI

Der Übergang der Meridian aus dem Unterlicht war stets mit einem kleinen existenziellen Ruck verbunden, so als würde man aufwachen und erkennen, dass das Universum immer noch von Grund auf kaputt war, man aber zumindest die Nacht überlebt hatte. Der Hauptbildschirm flackerte und stabilisierte sich wieder. Er malte den Halcyon-Saum als ein Gewirr aus uraltem Licht und verbranntem Fels.

Lyra ließ ihren Blick von den Sensoren zu den externen Datenfeeds schweifen, unbeeindruckt von der Größe des Trümmerfeldes. Es war weniger ein Navigationsrisiko als vielmehr eine Fallstudie orbitaler Vernachlässigung. »Man sollte meinen, wenn das Imperium die Mittel hatte, ein solches Schiff zu bauen«, sagte sie, »würden sie auch hinter sich aufräumen.«

»Oder einfach ein streng formuliertes Schild hinterlassen«, erwiderte Doc und spähte über ihre Schulter. »Warnung: Enthält tote Träume und lose Schrauben.«

Mercy drängte sich dazwischen, die Augen auf den wachsenden dunklen Fleck am Rande des Staubgürtels gerichtet. »Das ist sie also. Die Vigilance. Sieht aus der Nähe größer aus.«

Die Sensorüberlagerung wurde dem Kriegsschiff nicht gerecht. Aus dieser Entfernung erstreckte sich das Schiff über die Hälfte des Sichtfensters, obwohl der größte Teil seines Rumpfes entweder im Kampf, durch die Zeit oder durch beides verloren gegangen war. Die äußeren Platten waren verformt, versengt und mit Einschlägen übersät, die offensichtlich alle bekannten Konventionen der zivilisierten Kriegsführung ignoriert hatten. Kalte Triebwerke gähnten in die Leere, geschwärzt und mit einer Kruste aus ausgetretener Isolierung überzogen. Was auch immer die Vigilance einst angetrieben hatte, es war entweder geflohen oder auf spektakuläre Weise gestorben.

Doch der Rumpf war das wahre Monument: ein halber Kilometer Verbundpanzerung, umgeben von Kühladern und redundanten Leitungen, die einst vermutlich Tausende von Seelen am Leben und bei der Arbeit gehalten hatten. Jetzt waren die Insignien entlang der Mittellinie zerfressen und abgeschliffen – »IMPERIAL EXECUTIVE COMMAND« –, die Worte zu einem kaum lesbaren Hohn erodiert.

Ein schwacher blauer Impuls schimmerte entlang des Rückgrats des Schiffes. Er war nicht stark genug, um etwas zu erhellen, aber etwa jede Minute leuchtete die Linie auf und lief wie ein Nerv, der sich daran erinnerte, dass er hätte leben sollen, den Rumpf entlang. Der Effekt war weniger eine Lebenslinie, mehr das Zucken einer Leiche.

»Das ist kein Schiff«, sagte Lyra und passte das Spektrum an. »Das ist ein Mausoleum.«

Mercy stieß einen leisen Pfiff aus. »Zählt trotzdem als Bergungsgut.«

Doc verschränkte die Arme und verzog die Lippe. »Es sei denn, die Geister verlangen Miete.«

Wie aufs Stichwort drang Glims Stimme durch die Deckenlautsprecher: »VIGILANCE – KRIEGSSCHIFF DER KOMMANDOKLASSE, VOR 22 JAHREN AUSSER DIENST GESTELLT.« Sie ließ die Stille sich ausdehnen und fügte dann hinzu: »Hat sechs große Konflikte überlebt, die rechtlichen Nachspiele nicht mitgerechnet. Keine lebende Besatzung in den letzten Aufzeichnungen verzeichnet.«

Rask schwebte herein, gerade wach genug, um auszusehen, als sei er schon stundenlang auf den Beinen. Er nahm die Szene mit jener Belustigung mit halb geschlossenen Lidern auf, die er für professionelle Katastrophen reserviert hatte. »Da wollte aber jemand ein Zeichen setzen«, sagte er. »Irgendein Hinweis darauf, warum es noch tickt?«

Lyra scrollte durch die Diagnosen. »Die Hälfte des Energienetzes ist hinüber. Die andere Hälfte ...« Sie kniff die Augen zusammen. »... schaltet zwischen einem Totalausfall und einer Art gesperrtem Neustart hin und her.«

Mercy tippte auf das Display. »Vielleicht spukt es. Wäre nicht der seltsamste Job, den wir je hatten.«

»Käme nicht mal unter die Top Fünf«, sagte Doc.

Rask grinste und zeigte die Zähne. »Na los, gebt es zu. Ihr seid doch alle ein bisschen neugierig.«

»Nein«, sagte Lyra. Dann, nach einer Pause: »Ja, aber nur aus professioneller Höflichkeit.«

Das Schiff erzitterte, als Lyra die Meridian in einen langsamen, vorsichtigen Vorbeiflug rollte. Die Rumpfsensoren pingten von Stücken verbrannten Metalls und einmal vom dichten Kern dessen, was eine Rettungskapsel gewesen sein könnte, die nun zu einem einzigen Stück kosmischen Mülls verschmolzen war.

Rask kniff die Augen zusammen und blickte auf den Datenfeed. »Glim, siehst du irgendwelche aktiven Verteidigungsanlagen?«

Eine Pause, dann: »Wenn es noch welche gibt, sind sie aufeinander gerichtet.«

Er zuckte mit den Schultern. »Weniger Arbeit für uns also.«

Lyra verfolgte den blauen Impuls, der über die Mittellinie des Kriegsschiffes zitterte. »Es läuft in einer Schleife. Ich kann keinen genauen Messwert bekommen, aber irgendetwas im Kern zieht noch Strom.«

Doc murmelte: »Was soll es mit Strom versorgen? Die Lichter?«

Mercy sagte mit leuchtenden Augen: »Vielleicht hat es einen dieser Weltuntergangstresore. Vom Wiederverkaufswert könnten wir uns zur Ruhe setzen.«

Lyra sagte ausdruckslos: »Oder es lässt Reaktorkühlmittel ab und wir sterben alle an kosmischem Krebs.«

Mercys Grinsen wurde nur breiter. »Deshalb haben wir ja Doc dabei.«

Doc seufzte und schüttelte den Kopf. »Ich bin Arzt, kein Geigerzähler.«

Sie gingen für einen näheren Vorbeiflug in eine Kurve. Die vorderen Scheinwerfer der Meridian strichen über die Flanken der Vigilance und enthüllten neue Narben: aufgerissene Andockringe, extrudierte Kabel, die sich wie die eigenen Eingeweide des Schiffes um den Rumpf schlangen. Es gab Stellen, an denen Feuer Korridortüren direkt durchgeschweißt hatte, wodurch die Hälfte der Schotten in einer permanenten Verkrampfung verriegelt war.

Und dann war da die Flagge.

Sie klebte an der dorsalen Antenne, steif wie ein Brett, ihr imperiales Siegel war durch den Frost noch immer sichtbar. Die Flagge war mitten in der Bewegung erstarrt – erwischt bei dem Versuch, zu entkommen, und gescheitert. Lyra starrte sie einen Moment lang an und spürte einen seltsamen Anflug von Mitgefühl.

Glim, wie immer der Stimmungskiller, meldete sich zu Wort: »Ich habe das Kontrollregister gefunden. Es sendet auf einem offenen Kanal, aber nur an lokale Kommunikationssysteme. Es gibt eine sich wiederholende Handshake-Anfrage.«

Mercy antwortete sofort: »Soll ich Hallo sagen?«

Doc schnaubte. »Am Ende bist du mit dem Autopiloten verheiratet.«

Mercy grinste. »Wäre nicht mein erstes Mal.«

Rask ignorierte sie, die Augen auf das Hauptdisplay gerichtet. »Schalt uns drauf, Glim. Mal sehen, ob das Ding verhandeln will.«

Aus den Lautsprechern drang ein Knattern und statisches Rauschen, dann hallte eine dünne, mechanische und präzise modulierte Stimme durch die Brücke.

»Helvan. Meridian. Sie verletzen das imperiale Bergungsprotokoll. Machen Sie sich zur Einbringung bereit.«

Lyra zog eine Augenbraue hoch. »Das ist keine Warnung. Das ist eine Enteraktion.«

Rask sah unbeeindruckt aus. »Dann ist es ja gut, dass wir es nicht wert sind, geentert zu werden.«

»Oder schlecht, wenn das bedeutet, dass sie sich langweilen«, sagte Mercy.

Glim, mit offensichtlichem Vergnügen: »Die gute Nachricht ist, ich habe keine Lebenszeichen gefunden. Die schlechte Nachricht ist, ich habe auch keine Anzeichen für den Tod gefunden. Macht daraus, was ihr wollt.«

Lyra spürte eine Welle des Unbehagens, was sie aber nicht zugeben würde. Sie startete einen passiven Scan und beobachtete, wie die Energiemuster wie ein hartnäckiges Fieber zwischen Kohärenz und Inkohärenz flackerten.

Rask lehnte sich zurück und legte die Füße auf den Rand der Konsole, ganz der Mann, der sich inmitten einer Katastrophe zu Hause fühlte. »Bring uns in eine Halteposition. Verschaffen wir uns einen Überblick über die Decks, bevor wir anfangen, darin herumzustochern.«

Mercy übernahm die Steuerung. »Bleiben wir außer Reichweite des Traktorstrahls?«

Rask zuckte mit den Schultern. »Wenn es noch einen hat, will ich sehen, was passiert.«

Doc verdrehte die Augen. »Das letzte Mal, als du sehen wolltest, was passiert, haben wir zwei Wochen lang nichts als hydroponische Rote Bete gegessen.«

»Das ist charakterbildend«, sagte Rask reuelos. »Außerdem hat sich Glim gelangweilt.«

Glims Lichter flackerten in einem eisigen Blau. »Jetzt bin ich lediglich existenziell beunruhigt.«

Während die Meridian dahinglitt, beobachtete Lyra, wie sich die Vigilance langsam unter ihnen drehte. Einer der Andockringe hing offen, die Zähne zur Leere hin gefletscht. Der Impuls entlang des Schiffsrückgrats beschleunigte sich für einen kurzen Moment, als ob das ganze Schiff versuchte, sich daran zu erinnern, was es bedeutete, am Leben zu sein.

Lyra murmelte: »So was habe ich noch nie gesehen.«

Mercy, beinahe ehrfürchtig: »Sie ist wunderschön. Auf eine mörderische Art.«

Doc schüttelte nur den Kopf. »Ihr Leute braucht Hobbys.«

Eine lange Minute saßen sie schweigend da, das Kriegsschiff drehte sich unter ihnen, die fernen Sterne waren teilnahmslos.

Rask, leise: »Also gut, Crew. Wer will mal Hallo sagen gehen?«

Niemand antwortete, aber auch niemand protestierte.

Die Meridian kreiste für einen weiteren Vorbeiflug ein, ihre Lichter fegten über die Vigilance, als ob sie hoffte, das alte Schlachtschiff würde zuerst blinzeln.

Tat es nicht.

Es gab eine besondere Art von Grauen, die für das Entern von Wracks reserviert war: zu alt, um gefährlich zu sein, zu neu, um wirklich tot zu sein. Die Luftschleuse der Meridian hatte ihr eigenes Ritual – Dichtungen prüfen, Köpfe zählen, daran denken, jemanden Entbehrlichen mitzubringen. In diesem Fall bedeutete entbehrlich Rask, Lyra, Mercy und Doc.

Glims Stimme ertönte blechern und dienstbeflissen in

ihren Helmen: »Shuttle-Trajektorie stabil. Es ist jetzt statistisch wahrscheinlicher, dass ihr bei einem tragischen Unfall sterbt, als durch wahllose Gewalt. Herzlichen Glückwunsch.«

»Erfolg freigeschaltet«, murmelte Rask und ließ die Finger in seinen Handschuhen spielen. Er überprüfte das Sicherungsgeschirr zweimal, hauptsächlich zur Schau.

Lyra hatte sich bereits in die Steuermatrix der Luftschleuse eingeklinkt. »Fernsequenz ist eingestellt. Wir haben genau vier Minuten, bevor dieser Korridor wieder in ein hartes Vakuum zurückfällt, also haltet eure Gebete kurz.«

Mercy sah entzückt aus. »Zählt Ersticken als Krise oder nur als Karrierehöhepunkt?«

Doc, der die Nachhut bildete, stieß einen Seufzer aus, der in seinem Helm beschlug. »Nur ein einziges Mal würde ich gerne jemanden zusammenflicken, der sich durch etwas Normales verletzt hat. Einen Mixer, zum Beispiel.«

Der äußere Korridor, der die Meridian mit der Vigilance verband, war ein Abschnitt aus vakuumgeschweißter Röhre, offiziell für Industriegüter zugelassen, aber längst für weniger legale Aktivitäten zweckentfremdet worden. Alle fünfzehn Meter flackerte eine ramponierte Leuchte unentschlossen auf und tauchte die an Leinen gesicherten Gestalten in Stakkato-Schatten. Das andere Ende war ein Maul – die primäre dorsale Luftschleuse der Vigilance, durch imperiale Übertriebenheit versiegelt und dann durch Vernachlässigung dem Verfall preisgegeben.

Glim überwachte ihre Annäherung und lieferte einen laufenden Kommentar, während sie hinübergingen. »Die Strahlung in der Mitte des Korridors ist erhöht. Schlage vor, ihr haltet die Luft an, bis ich etwas anderes sage.«

Mercy übernahm die Führung, schoss von Haltegriff zu Haltegriff, wobei ihre Stiefel das Gitter kaum berührten. »Ich wette um fünfzig Credits, dass ich vor Lyra bei der Schleuse bin.«

»Geschenktes Geld«, schoss Lyra zurück. »Ich will gar nicht als Erste da sein.«

Doc, mit tonloser Stimme: »Wenn ihr beide gleichzeitig ankommt, könnt ihr dann wenigstens würdevoll sterben?«

Sie schafften die Überquerung in Rekordzeit, nicht weil sie es wollten, sondern weil sich die Leere hinter ihnen weniger beruhigend anfühlte als das Geisterschiff vor ihnen.

Lyra erreichte die Konsole der Luftschleuse, wischte den Frost von ihrer Oberfläche und machte sich an die Arbeit. Sie zog ein klobiges Multitool aus ihrem Gürtel und hebelte eine Wartungsklappe mit klinischer Gewalt auf. Das Innenleben war alt, von Hand in einer Schrift beschriftet, die entweder auf Paranoia oder eine schlechte Sehkraft schließen ließ.

»Imperiale Sicherheitsstandards«, grummelte sie. »Immer noch zum Kotzen.«

Sie überbrückte ein paar Kontakte, trat gegen den Reset-Schalter und das Schott erzitterte. Mercy beugte sich über ihre Schulter und gab einen hilfreichen Ratschlag: »Versuch mal, fester draufzuhauen.«

Lyra funkelte sie an und tat es dann.

Die Tür antwortete mit einem Zischen, das eher gereizt als mechanisch klang, und glitt langsam auf. Der erste Hauch von Luft war weniger ein Geruch als eine Textur – ölig und metallisch. Rasks Nase juckte deswegen in seinem Helm.

»Erbitte Erlaubnis zum Betreten«, intonierte Glim und fügte hinzu: »Bitte beachten: Wer als Erster die Schwelle übertritt, übernimmt die gesamte rechtliche Haftung für nachfolgende Flüche.«

Mercy preschte mit den Stiefeln voran hindurch.

Im Inneren war die Vigilance eine Kathedrale für die unheilbar Enttäuschten. Der Korridor bog sich sanft von der Schleuse weg, ausgekleidet mit schwarzem Polymer und gesäumt von eisigen Gittern, wo die Atmosphäre an kaltem Stahl gefroren war. Alle drei Schritte verlagerte sich die Schwerkraft – in einem Moment ein sanftes Ziehen, im nächsten ein Sprung, bei dem die Stiefel an der Decke schrammten.

Lyras Atem beschlug die Innenseite ihres Visiers, als sie ging. »Die Schwerkraft liegt bei einem Drittel. Entweder fällt das Notstromaggregat aus oder dieses Schiff lief mit Optimismus.«

Doc folgte ihnen, die Arzttasche an seine Hüfte geklemmt. »Ich habe schon Schlimmeres gesehen«, sagte er und korrigierte sich dann: »Nein, wartet, habe ich nicht.«

Mercy fuhr mit einem Finger die Wand entlang und betrachtete ihn dann. »Der Stahl hält. Keine Korrosion.«

»Du sagst das, als wäre es eine gute Nachricht«, sagte Doc.

Sie drangen tiefer vor, jeder Schritt wurde von dem schwächsten Echo ihrer selbst beantwortet – als wollte sich das Schiff daran erinnern, wie es war, voll zu sein. Das einzige Licht kam von unregelmäßigen Notfallstreifen, deren Abstände gerade so falsch waren, dass sie die Nerven bis zum Zerreißen spannten.

Rask bildete die Nachhut und blickte in jede Seitenkammer. Die meisten waren versiegelt, einige wenige gaben den Blick auf Reihen von Geräten frei, die alle funktionslos waren. Es war ein Museum des Scheiterns.

Glims Stimme kehrte zurück, leiser und gedämpfter: »Ich empfange sporadische elektrische Aktivität. Es ist nicht genug, um die Lebenserhaltung zu betreiben, aber es ... versucht es definitiv.«

»Was versucht es denn?«, fragte Rask.

»Unmöglich zu sagen. Aber wenn es anfängt, direkt mit dir zu sprechen, lass es mich wissen.«

Sie bogen um eine Kurve und fanden sich an der Schwelle zum Vorraum der Kommandobrücke wieder. In besseren Tagen hätte es hier von Statusberichten und Disziplin gesummt. Jetzt war die einzige Bewegung das langsame Treiben von Partikeln durch den Strahl eines Notlichts.

Die Konsolen waren tot, bis auf eine: ein skelettartiger

Holo-Projektor auf einem gesprungenen Kommandopult. Das Bild flackerte und wiederholte eine einzige Textzeile in einer Schleife:

LOCKSTEP-INITIALISIERUNG: STANDBY

Lyra blieb abrupt stehen. »Das ist kein Notsignal. Das ist eine Bootsequenz.«

Mercy spähte näher heran. »Weiß jemand, was ein Lockstep ist?«

Doc sah Rask an. »Klingt nach was Militärischem.«

Rasks Lippen wurden zu einem schmalen Strich. »Das bedeutet, jemand – oder etwas – versucht aufzuwachen.«

Sie standen in einer von Reue erfüllten Stille. Nur Mercy durchbrach sie, als sie die Hand ausstreckte, um das Display anzutippen.

Als ihr Handschuh durch das Hologramm fuhr, wurde die Notbeleuchtung schwächer und leuchtete dann heller wieder auf. Irgendwo tiefer im Schiff hallte ein Klirren wider – ein einzelner Ton, der von überall gleichzeitig zu kommen schien.

Alle vier erstarrten.

Glims Stimme durchbrach die Spannung, ungewöhnlich dringend: »Die Sensoren haben gerade Restwärme auf Kryo-Deck 3 erfasst.«

Mercys Hand fuhr zu ihrer Seitenwaffe. »Definiere Restwärme.«

»Das würde ich liebend gern tun«, antwortete Glim, »aber sie bewegt sich.«

Rask gab dem Team ein Zeichen, sich zu verteilen – eine Geste, die dadurch erschwert wurde, dass niemand wirklich seinen Schatten verlassen wollte. Sie rückten den nächsten Korridor entlang vor, die Waffen im Anschlag, die Lichter in einem überlegten Bogen streifend.

Die Luft wurde kälter und der Frost dichter. Vor ihnen stand die Tür der Kryo-Kammer einen Spaltbreit offen, ihre Oberfläche war von Einschlagsnarben übersät. Mercy ging vor, stieß die Tür mit dem Stiefel an und ließ sie aufschwingen.

Die Kammer war eine Höhle, vom Boden bis zur Decke mit glasverkleideten Sarkophagen ausgekleidet. Die meisten waren leer, gesprungen oder zerschmettert. Einige wenige waren noch beschlagen, und darin bewegten sich Schatten.

Einer dieser Schatten bewegte sich auf eine Weise, die zu keinem Schlafzyklus passte. Er drückte langsam und bedächtig gegen das Glas, dann zog er sich zurück, als würde er überlegen. Frost blätterte von der Innenseite ab, als eine Hand – menschlich, aber grau und voller blauer Flecken – darüberstrich.

»Augen auf«, flüsterte Lyra.

Ein Zischen von Pneumatik, dann bebte die Tür von Kapsel siebzehn und öffnete sich.

Die Gestalt im Inneren fiel nach vorne und schlug hart auf dem Deck auf. Von der lädierten Rüstung, deren Insignien schon lange bis zur Unkenntlichkeit verbrannt waren, stieg Dampf auf. Der Helm drehte sich los und klapperte davon.

Mercy fluchte leise. Doc machte ein Geräusch, das halb Abscheu, halb klinisches Interesse war. Lyra hob ihre Waffe.

Die Frau auf dem Deck blinzelte ins Fackellicht – kleiner, schlanker, aber unverkennbar. Derselbe scharfe Kiefer. Dieselbe Narbe unter dem linken Auge. Derselbe Ausdruck, der besagte, dass sie sie bereits alle beurteilt und für unzulänglich befunden hatte.

Sie war Rask in jeder Hinsicht, die zählte – dieselben Züge, dieselbe Haltung, dieselben Augen – nur weiblich, als hätte das Imperium ihn noch einmal gebaut und das Design korrigiert.

Rask starrte sie sprachlos an.

Die Lippen der Frau teilten sich, ihre Stimme war heiser, aber auf eine schaurige Weise vertraut.

»Captain ... du bist zurückgekommen.«

Rask wurde der Mund trocken. Die Tonhöhe war höher, aber die Kadenz – der Tonfall – war sein eigener. Jede Silbe präzise. Kontrolliert. Herablassend.

Mercy flüsterte: »Das ist ein Klon. Richtig? Bitte sag mir, dass es ein Klon ist.«

Doc ließ seine Waffe nicht sinken. »Oder eine Identitätskrise im Gange.«

Die Frau stützte sich mit einer Hand auf dem Deck ab und drückte sich hoch. Ihre Bewegungen waren langsam, vorsichtig – wie eine Maschine, die ihre Grenzen neu lernt. Sie war einen halben Kopf kleiner als Rask, aber ihr Blick brachte ihn genauso aus dem Gleichgewicht.

»Ich bin … unvollendet«, sagte sie. »Du hast mich hier zurückgelassen.«

Rask fand endlich seine Stimme wieder. »Ich habe dich noch nie in meinem Leben gesehen.«

Sie lächelte ohne Humor. »Du sagst das, als ob es eine Rolle spielen würde.«

Hinter ihr blinkten Reihen von Kryo-Kapseln von rot auf bernsteinfarben. Die Luft füllte sich mit einem langsamen, mechanischen Herzschlag – Ventilatoren liefen an, Hydraulikpumpen zirkulierten.

Lyras Griff wurde fester. »Die Kapseln werden aktiv. Wir müssen uns bewegen.«

Glims Stimme knisterte wie immer präzise durch die Kom-Anlage. »Captain, die Wärmewerte in der gesamten Kammer steigen. Die anderen Kapseln befinden sich in einer teilweisen Wecksequenz. Empfehle strategischen Rückzug.«

Mercys Augen überflogen den Raum. »Definiere strategisch.«

»Abhauen«, sagte Glim. »Sofort.«

Rask machte einen halben Schritt auf den Klon zu. »Wer bist du?«

Ihre Augen trafen seine, dasselbe Graugrün wie seine

eigenen. »Bezeichnung Rho. Lockstep-Kommandoeinheit Zwei-Sieben-Eins. Kontinuitäts-Failsafe.«

Eine Pause, dann leiser: »Du. Nur besser.«

Lyra schnaubte. »Da passe ich.«

Rho taumelte und presste eine Hand auf ihren Bauch. Dampf kräuselte sich von ihrer Rüstung. »Systeminstabilität. Brauche ... Rekalibrierung.« Ihre Stimme zitterte und wechselte von militärischer Prägnanz zu roher, menschlicher Anspannung. »Wenn ich abschalte, wachen die anderen auf. Ketten- ... Failsafe.«

Doc kauerte sich neben sie, sein Scanner flackerte. »Sie lügt nicht. Sie ist mit dem gesamten System vernetzt.«

Lyra runzelte die Stirn. »Erklär das in einfachen Sätzen.«

»Wenn sie stirbt«, sagte Doc, »wachen sie auf.«

Mercy murmelte: »Natürlich hat sie eine Sprengfalle. Warum sollte sie auch nicht?«

»Captain?«, wieder Glim. »Energiestoß in den Kryo-Systemen. Neun Kapseln gehen in den Hauptzyklus. Ihr habt ungefähr neunzig Sekunden, bevor der gesamte Raum eine eigene Meinung entwickelt.«

Lyra schwenkte ihre Waffe auf die nächste Kapsel. »Das kann ich regeln.«

»Negativ«, sagte Rask. »Wenn wir auf eine schießen, wecken wir den Rest.«

»Was dann?«, schnappte Mercy.

Rask zögerte – der Moment dehnte sich, jede Entscheidung war plötzlich falsch. Dann atmete er aus, scharf und resigniert. »Wir nehmen sie mit.«

Lyra blinzelte. »Wir was?«

»Sie ist der Schlüssel zu all dem«, sagte Rask. »Sie ist das Einzige, was auf diesem Friedhof wach ist. Wenn wir sie hier lassen, wachen diese Dinger auf. Wenn wir sie mitnehmen, vielleicht nicht.«

Doc war bereits in Bewegung, den Hypospray in der

Hand. »Ein medizinisches Beruhigungsmittel. Sie wird bei Bewusstsein keine fünf Minuten durchhalten.«

Rho blickte halb benommen auf. »Erlaubnis ... euch zu begleiten, Captain.«

Rasks Kehle schnürte sich zu. »Ja«, sagte er leise. »Genehmigt.«

Doc gab ihr einen Schuss aus dem Hypospray und sie begann zu wanken, die Augen rollten nach hinten.

Mercy hängte sich ihr Gewehr über die Schulter und hievte den schlaffen Klon mit einem Grunzen auf ihre Schulter. »Wenn sie mich im Schlaf erschießt, werde ich dich heimsuchen.«

»Reih dich ein«, murmelte Rask.

Sie bewegten sich schnell, ihre Stiefel schlugen auf die vom Frost glatten Platten. Hinter ihnen flackerten die bernsteinfarbenen Lichter der Kapseln – die Kryo-Kammer begann zu atmen.

Glims Stimme wurde schärfer. »Empfehle Eile. Das Energienetz des Wracks ist gerade aufgewacht.«

»Setz es auf die Liste«, sagte Lyra und deckte den Rückzug. »Doc, wie geht's Dornröschen?«

»So lala stabil«, sagte Doc. »Vitalwerte gut. Geisteszustand fragwürdig.«

»Passt genau hierher«, murmelte Mercy.

Als sie das Ende des Korridors erreichten, bevor er zur Luftschleuse abbog, riskierte Rask einen letzten Blick zurück auf die Kapseln – Reihen seines eigenen Gesichts, träumend unter Glas. Jede Einzelne könnte aufwachen. Jede Einzelne könnte folgen.

Er schlug auf die Schottsteuerung. »Verschwinden wir verdammt noch mal aus meinen Albträumen.«

Die Tür schloss sich hinter ihnen.

Momente später löste sich die Meridian von der Vigilance, ihre Triebwerke leuchteten kalt und blau gegen die Dunkelheit. Das Wrack trieb dahin, wieder still – vorerst.

Im Inneren blinkte die Anzeigeleuchte von Kapsel siebzehn von grün zurück auf bernsteinfarben, dann auf rot.

Und irgendwo tief im Inneren des Schiffes wachte etwas anderes auf und lauschte.

DREI

Wenn es eine Auszeichnung für die überfüllteste Krankenstation gäbe, hätte die Meridian sie eingeheimst und für die Versicherungssumme abgefackelt. Rask hatte darauf bestanden, dass der Raum »multifunktional« sein müsse. Lyra hatte das als »kaum zweckdienlich« übersetzt. Doc nannte es schlicht ein Kriegsverbrechen gegen die Gesundheitsversorgung.

In diesem Moment wurde jeder Zentimeter genutzt. Der Neuzugang – das Duplikat, das Ding im imperialen Frostanzug – belegte den einzigen funktionierenden Tisch. Doc beugte sich über sie, den Scanner in der einen Hand, während die andere zwanghaft Notizen auf ein gesplittertes Tablet kritzelte. Kryo-Dampf stieg von der Rüstung des Klons auf, kondensierte an den Deckenleuchten und bildete klebrige Tröpfchen, die auf den ramponierten Sanitätskasten darunter tropften.

Lyra zwängte sich mit verschränkten Armen in den einzigen freien Platz an der Rückwand. Sie hatte ihre Stiefel nicht an der Tür ausgezogen, nach dem Grundsatz, dass mit Socken an den Füßen niemand schneller verblutet. Sie beobachtete Doc bei der Arbeit, die Augen zu Schlitzen verengt,

29

und verfolgte stumm die Geschwindigkeit, mit der er von »widerwillig« zu »morbide fasziniert« überging.

Rask lief eine ausgetretene Furche zwischen dem Notfallwagen und dem Vorratsschrank auf und ab. Seine Stiefel donnerten mit einer Ungeduld auf das Deck, die an Performancekunst grenzte. Bei jedem dritten Schritt warf er einen Blick auf den Klon, als erwarte er, dass sie sich aufsetzte und das Ganze für einen sehr ausgeklügelten Scherz erklärte.

Mercy schwebte ausnahmsweise im Korridor, da ihr der Zugang verwehrt wurde, bis Doc seine »erste Autopsie an den Lebenden« abgeschlossen hatte, was Mercy als diskriminierend gegenüber den frisch Aufgetauten bezeichnete.

Das Subjekt selbst lag regungslos da, die Gliedmaßen in Winkeln gespreizt, die sowohl auf Steifheit als auch auf einen Kollaps hindeuteten. Aus der Ferne hätte sie schlafen können. Aus der Nähe sah sie aus wie das Vorspiel zu einem Kabelbrand.

Doc murmelte vor sich hin, während er ihren Schädel scannte. »Menschliche Grundform. Weitestgehend. Aber die Knochendichte ist ... richtig, das ist kein Kommafehler, das ist einfach nur kreativ. Implantate im Brustbein, Nanofaser-Überzüge an den Hauptgelenken.« Er bewegte den Scanner zu ihrem Arm, wo sich graue Streifen unter der Haut abzeichneten. »Muskelaugmentierungen, zivile Qualität, aber –« Er schüttelte den Kopf. »Nicht zivil. Das ist eine Sonderanfertigung. Jemand hatte Geld und eine offene Rechnung.«

Lyras Stimme zerschnitt die Luft. »Wie sieht die DNA aus?«

Doc blinzelte, als wäre er überrascht, dass sie etwas bemerkt hatte. »Seltsam.«

»Definiere seltsam.«

Er drehte das Tablet um und hielt es so schräg, dass sogar Rask, der an Biologie nur glaubte, wenn es um die Verarbeitung von Alkohol ging, es sehen konnte. »Sieh mal, wie diese Sequenz hier stabil ist – normal, standardmäßig, vorhersehbar.« Er tippte auf den Bildschirm und wechselte zu einem neuen Muster. »Aber das hier ... verändert sich selbst.«

Lyra zog eine Augenbraue hoch. »Das sollte nicht passieren.«

»Nein, sollte es nicht«, sagte Doc fast schon vergnügt. »Sie spleißt in Echtzeit. Wer auch immer sie gezüchtet hat, hielt nichts von genetischer Konsistenz.«

Rask kam abrupt zum Stehen, die Arme verschränkt, sein Ausdruck irgendwo zwischen Besorgnis und schlecht verborgenem Entsetzen. »Also ist sie ein Klon?«

Doc atmete aus. »Nicht nur ein Klon, Captain. Sie ist ein Meisterwerk schlechter Ethik.«

Die Decken-Intercom der Krankenstation pingte, dann drang Glims Stimme herein, nervtötend munter für eine KI an Bord. »Möchtet ihr die Einzelheiten oder die Horror-Zusammenfassung?«

»Beides«, sagte Rask mit tonloser Stimme.

Glim zögerte keine Sekunde. »Genetische Analyse abgeschlossen. Das Subjekt stimmt zu dreiundneunzig Prozent mit Captain Helvan überein. Fehlerquote: vernachlässigbar. Schlussfolgerung: wahrscheinliches Derivat oder direkter Klon. Herzlichen Glückwunsch, Captain. Du bist Vater.«

Stille breitete sich im Raum aus. Lyras Mundwinkel zuckten; Rasks Kiefer mahlte, brachte aber kein Wort hervor.

»Sag das noch mal«, schaffte er es schließlich.

Glim tat ihm den Gefallen und ließ den Bericht zur Verdeutlichung in einer Schleife laufen. »Das genetische Profil ist eine fast perfekte Übereinstimmung. Es ist eine Kopie mit leichten Verbesserungen im muskuloskelettalen, kardiovaskulären und neuralen Bereich. Besonders bemerkenswert ist, dass dem Subjekt deine eher ... skurrilen Allele fehlen. Tut mir leid, Captain. Sie haben die Teile herausgeschnitten, die dich auf Partys unterhaltsam machen.«

Lyra stieß einen leisen Pfiff aus. »Oh, das wird urkomisch.«

Doc blickte erst auf, als sein Scanner anfing, eine epileptische Warnung zu piepen. »Sie kommt schneller auf Temperatur als erwartet. Das ist ... unmöglich. Sie sollte noch stundenlang bewusstlos sein.«

Rask umrundete den Tisch und musterte das Gesicht – ein Gesicht, das, wenn man die blauen Flecken und Erfrierungen wegkratzte, wie sein eigenes aussah, nur weniger müde und weniger geneigt, einem die Stiefel abzuschwatzen.

Er versuchte ein Lächeln. »Spürt noch jemand den Drang, es mit Feuer zu töten, oder bin das nur ich?«

Bevor jemand antworten konnte, stürmte Mercy herein, eine Eindämmungshülle baumelte in ihrer Hand. Sie blickte von Doc zum Tisch, zu Rask und wieder zurück, dann grinste sie. »Du hast die Dienstwaffe der Patientin in der Krankenstation gelassen. Gern geschehen.« Sie hielt die Hülle hoch, die von Eindämmungsfeldern schimmerte. »Sie hat übrigens versucht, auf mich zu schießen.«

Doc schnappte sich die Hülle, beäugte die Waffe und schnaubte. »Sie ist nicht einmal geladen.«

Mercy grinste. »Dann ist sie eine Optimistin.«

Lyra löste die Verschränkung ihrer Arme und beugte sich für einen genaueren Blick vor. »Hast du irgendwelche Messwerte von ihrem Gehirn bekommen?«, fragte sie Doc.

Er zögerte. »Kommt drauf an. Willst du die plausible oder die beunruhigende Version?«

Rask sagte: »Gib uns die beunruhigende. Das war bisher das Motto.«

Doc richtete den Scanner auf den Schädel des Klons und projizierte die Ergebnisse auf den Hauptbildschirm der Krankenstation. »Seht ihr die Spitzen? Das ist Standard für REM-Schlaf oder Wachphasen mit hohem Adrenalinspiegel. Aber das Muster ist nicht zufällig – seht hier.« Er zoomte heran und enthüllte eine Überlagerung von zackigen, fast geometrischen Impulsen. »Es gibt eine Wiederholung. Eine Schleife. Sie träumt nicht – sie verarbeitet.«

Lyra runzelte die Stirn. »Was verarbeitet sie?«

»Verschlüsselte Daten«, warf Glim ein. »Das Muster entspricht dem imperialen taktischen Burst-Protokoll. Es ist ein Speicherrelais, kein Traumzustand.«

Rask blickte auf das Gesicht auf dem Tisch, dann auf den Scan, dann auf Doc. »Willst du mir sagen, das Imperium hat einen Klon von mir gebaut, und anstatt ihr einen Sinn für Humor zu geben, haben sie ihren Kopf mit Kriegscodes gefüllt?«

Doc nickte ernst. »Man könnte sagen, sie ist die waffenfähige Enttäuschung.«

Der Klon zuckte. Es war nicht viel – nur ein Zucken des Fingers, aber es reichte aus, um jeden im Raum einen Schritt zurückweichen zu lassen. Mercy ließ eine Hand zu ihrem Holster gleiten.

»Die Vitalwerte schnellen wieder in die Höhe«, berichtete Doc, sein Ton jetzt rein geschäftlich. »Sie wird aufwachen, und es wird unschön, aber wir können sie nicht ewig sediert halten. Bei diesem Tempo wird sie sich selbst zu einem Gemüse umverdrahten, oder schlimmer – zu einem rekursiven Paradoxon. Ich habe bei betrunkenen Gibbons eine bessere neuronale Hygiene gesehen.«

Lyra stieß sich von der Wand ab. »Was, wenn wir die Erinnerung direkt auslösen? Das Träumen überspringen und einen sauberen Neustart erzwingen?«

Doc sah skeptisch aus. »Bietest du dich freiwillig an, dich in einen unbekannten imperialen Klon einzuklinken? Denn ich tue es nicht. Das letzte Mal, als ich ein neuronales Relais gemacht habe, hat es mir fast die Hände weggebrutzelt, und das war nur das Testsubjekt.«

Glim warf fast vergnügt ein: »Ich kann als Proxy dienen. Ich habe Isolationsprotokolle.«

Doc warf einen Blick zur Decke. »Isolationsprotokolle? Letzte Woche hast du versucht, den Kaffeespender zu reparieren. Jetzt ist er schlimmer.«

»Ich habe mich verbessert«, sagte Glim selbstgefällig. »Außerdem ist es Forschung. Keine Besessenheit. Wahrscheinlich.«

Es folgte eine Pause, während jeder seinen eigenen Lebenswillen neu berechnete.

Rask war der Erste, der die Stille brach. »Machen wir es. Im schlimmsten Fall stirbt sie und du hast deine Ruhe.«

Doc hob seinen Flachmann zu einem gespielten Toast. »Auf den Fortschritt also. Möge er niemals den Ärger wert sein.«

Lyra beobachtete die Bildschirme mit der gleichen distanzierten Neugier, die sie ungewöhnlichen Triebwerksausfällen entgegenbrachte. »Wenn sie noch irgendwas in ihrem Kopf hat, wird es rauskommen. Hoffen wir nur, dass es nicht ansteckend ist.«

Glim zwitscherte: »Initiiere neuronales Relais in fünf ... vier ...«

Rask rollte mit den Schultern, als wappne er sich für einen Aufprall.

»Drei ... zwei ...«

Rhos Augen flatterten. Der Scanner schaltete in den Overdrive.

»Start«, sagte Glim, und die Welt, oder zumindest die Krankenstation, hielt den kollektiven Atem an.

Für einen Moment geschah nichts – dann fiel die Temperatur in der Krankenstation um mehrere Grad, die Lichter flackerten synchron mit der Frau auf dem Tisch. Glims Präsenz, normalerweise ein Hintergrundrauschen, schwoll zu einem resonanten Summen an, als ob das gesamte Nervensystem des Schiffes durch den Diagnosewagen und in Rhos Schädel umgeleitet würde. Die Monitore pulsierten in einem heftigen Blau; jede spiegelnde Oberfläche im Raum begann sich zu verzerren, wie eine fieberhafte Linse.

Rhos Augenlider zuckten. Der Wandbildschirm über dem Tisch zischte und löste sich dann in einem Ausbruch von visuellem Rauschen auf – ein fehlerhaftes, eingefrorenes Bild von reinem Weiß, klinisch und überbelichtet. Die Projektion breitete sich aus und tauchte die Krankenstation in ein kaltes, ultraviolettes Licht. Die Crew blinzelte, und für einen Moment war es schwer zu sagen, wo die Realität endete und die Erinnerung begann.

Eine Gestalt erschien: Rho, aber nicht die Rho, die sie kannten. Sie stand allein vor einem Spiegel, in einer Kammer aus Licht, die Wände weiß gefliest, jede Oberfläche bis zur Feindseligkeit desinfiziert. Sie trug keine Uniform, ihr Haar war bis auf die Kopfhaut geschoren, ihr Körper war mit sauberen Reihen von Operationsnarben gezeichnet. Ein imperiales Insigne hing hinter ihr wie eine Drohung. Sie blinzelte, langsam und unsicher, ein Neugeborenes, das das Universum bereits bereute.

Glims Stimme drang merkwürdig sanft von der Decke. »Neuraler Stream synchronisiert. Beginne Wiedergabe.«

Das Bild flackerte. Techniker – geschlechtslos, ausdruckslos – umkreisten das Mädchen, ihre Gesichter zu einer generischen Bürokratie verschwommen. Sie murmelten miteinander, ihre Stimmen hallten in der Krankenstation mit dem Timbre eines schlechten Traums wider:

»Vorlage Helvan. Emotionale Instabilität auf akzeptable Schwellenwerte reduziert.«

»Befehlsprägung installiert.«

»Die ursprüngliche Quelldatei löschen.«

Die Szene wechselte und formte sich neu. Nun schwebte Rho in einem Behälter mit milchiger Flüssigkeit, Schläuche durchdrangen ihre Gliedmaßen. Techniker spähten hinein, machten sich Notizen, ohne ihren Blick zu erwidern. Auf das Glas hatte jemand ihren Namen – Rho – mit schwarzem Marker gekritzelt. Darunter: »Charge 3.2 – Kontinuitätsabteilung.«

Lyra, die sonst immer als Erste etwas bemerkte, hielt den

Mund. Ihr vom blauen Licht angestrahlter Ausdruck hätte Mitgefühl oder Übelkeit sein können.

Ein weiterer Sprung. Die Projektion zeigte Rho in imperialem Blau, perfekt in Haltung stehend, flankiert von Dutzenden ihrer eigenen Duplikate. Jedes Gesicht identisch, jede Haltung bis zur atomaren Präzision einstudiert. Im Vordergrund schritt eine schattenhafte Gestalt in einem Offiziersmantel – größer, älter, aber unverkennbar – die Reihe ab. Er hielt vor jedem Klon an und musterte sie mit gelangweilter Verachtung.

Rasks Fingerknöchel wurden am Rand des Diagnosewagens weiß. Er blinzelte nicht.

In der Erinnerung blieb der Offizier vor Rho stehen. »Bezeichnung?«

Rhos Stimme war klar, roboterhaft. »Rho. Kontinuitäts-Ressource, Code Helvan.«

Der Offizier betrachtete sie, dann lächelte er. Es war kein angenehmer Ausdruck. »Gut. Melden Sie sich beim Kommando.«

Er drehte sich um, und der Winkel fing für den Bruchteil einer Sekunde sein Gesicht ein – Captain Rask Helvan, nur sauberer, jünger, unberührt von Jahren des Scheiterns. Ein Geist in voller Uniform.

Der echte Rask fluchte leise. Niemand wies ihn deswegen zurecht.

Die Szene kippte erneut. Rho stand nun vor einem großen Fenster, die Sterne dahinter waren zur kranken Geometrie des Drifts verzerrt. Reihen von Soldaten marschierten zur Parade auf. An ihrer Seite der Schatten des Offiziers, immer einen Schritt voraus.

»Kontinuität ist Zweckmäßigkeit«, sagte die Stimme aus dem Off, von statischem Rauschen überlagert. »Kontinuität ist Kontrolle.«

Der Wandbildschirm flackerte. Dann drehte sich Rhos Erinnerungs-Ich um und blickte geradewegs durch die Projektion hindurch in die Krankenstation, auf den echten Rask. Sie lächelte, nur ein ganz klein wenig. Es war ein menschlicher Ausdruck und gerade deswegen umso beunruhigender.

Rhos Körper krümmte sich auf dem Tisch. Die Alarme der Monitore schrillten auf. Die Projektion zersprang in Scherben, von denen jede einen anderen Moment zeigte – das Knallen der Peitsche eines Drill-Instructors, ein kalter Händedruck mit einem Admiral, das Innere einer Kryokapsel von innen gesehen, das langsame, bewusste Löschen einer digitalen Datei mit der Bezeichnung »Helvan, Rask – Original«.

Die Konvulsionen wurden stärker. Rho stieß einen leisen, zerreißenden Laut aus, halb menschlich, halb Modemfehler. Ihr Puls schoss über die Skala hinaus und jede elektronische Oberfläche im Raum reagierte entsprechend.

Doc sprang nach vorn, seine Hände bewegten sich in schnellen, sicheren Mustern. »Das reicht. Bevor ihr ein Schaltkreis durchbrennt oder uns.« Er schlug einen Schalter am Diagnosewagen um und unterbrach die Schleife. Die Projektionen brachen zusammen und die Realität flutete mit der Rachlust einer Migräne zurück.

Lyra schüttelte ungläubig den Kopf. »Wer auch immer sie gebaut hat, wollte, dass sie alles überlebt.«

Mercy grinste. »Wir sollten sie mal mit dem Frühstück auf diesem Schiff bekannt machen. Das wird ihren Kampfgeist brechen.«

Doc wischte sich die Hände am nächstbesten Handtuch ab und setzte sich dann schwer auf den Vorratsschrank. »Da ist noch mehr«, sagte er leiser. »Die DNA ist nicht nur von Rask. Es gibt ein zweites Profil, tiefer eingebettet. Ich habe es noch nicht zuordnen können, aber es ist da.«

Lyra zog die Stirn in Falten. »Kannst du es zurückverfolgen?«

»Ich arbeite dran. Aber wenn ich raten müsste? Es ist der ursprüngliche Spender. Wer auch immer den Klon in Auftrag gegeben hat, wollte ihn an einer kurzen Leine halten. Das erklärt wahrscheinlich auch die Ausfallsicherung in ihrem Kortex.«

Mercy meldete sich zu Wort: »Was für eine Ausfallsicherung?«

Doc deutete auf den Scan. »Siehst du hier? Dieses Cluster. Sieht aus wie ein Tumor, ist es aber nicht – es ist ein Bioschaltkreis. Wenn sie vom Protokoll abweicht, wird er ihr Gehirn lahmlegen.«

Rask starrte auf den bewusstlosen Klon. »Also, um das mal zusammenzufassen: Das Imperium hat einen Klon von mir gemacht, ihn mit Mordanweisungen vollgestopft und so manipuliert, dass er explodiert und den nächsten Mordbot aufweckt, falls er sentimental wird?«

»Im Wesentlichen«, sagte Doc humorlos.

Lyra schüttelte den Kopf. »Du bist nie über den Rang eines Lieutenants hinausgekommen. Warum sollten sie ausgerechnet dich auswählen?«

Rask überlegte, dann grinste er. »Vielleicht wollten sie nur sehen, ob es funktioniert. Oder vielleicht«, er beugte sich näher zum Gesicht des Klons, »bin ich gefährlicher, als ich aussehe.«

Mercy schnaubte. »Unmöglich.«

Glims Lichter flackerten. »Eingehende Übertragung. Durchstellen oder ignorieren?«

Rask sagte: »Stell durch, aber halt die Leitung kurz.«

Der Bildschirm flackerte und füllte sich dann mit einem rot getönten Schema der Vigilance. Eine flache, metallische und alles andere als freundliche Stimme drang durch den Raum.

»IMPERIALE BEFEHLSGEWALT. HIER IST ZENSOR. GLEICHSCHRITT-PROTOKOLL IN KRAFT. SUBJEKT RHO: ZUR KONTROLLE ZURÜCKKEHREN ODER TERMINIERT WERDEN.«

Der Bildschirm wurde schwarz. Glim sagte: »Ich glaube, die meinen sie.«

Lyras Stimme war trocken wie alter Sand. »Sie ist also der Schlüssel, und wir haben sie gerade entführt.«

Rask lief in einem engen Kreis auf und ab, jeder Nerv war angespannt. »Wir müssen sie aufwecken. Doc, wie bald?«

»Dreißig Minuten, wenn du sie lebend haben willst. Weniger, wenn du auf eine Sauerei stehst.«

»Weck sie früher auf«, sagte Rask. »Die Welt wartet nie darauf, dass sich das Chaos von selbst beseitigt.«

Doc seufzte, bereitete eine weitere Hypo-Spritze vor und stellte sie auf das Minimum ein. »Deine Beerdigung«, murmelte er.

Während er dem Klon die Spritze gab, schwebte Mercy näher, ihre Augen glänzten. »Wenn sie versucht, uns umzubringen und wir sie erledigen, kann ich dann ihre Stiefel haben?«

»Absolut«, sagte Rask, ohne dabei den Blick von dem Gesicht auf dem Tisch zu nehmen.

Der Monitor begann wieder auszuschlagen, die neurale Aktivität blühte in wilden, kryptischen Fraktalen auf.

Und für eine angespannte, elektrisierende Sekunde fragte sich jeder im Raum, ob sie sich gerade auf den letzten Bergungsjob ihres Lebens eingelassen hatten.

Rho erwachte wie ein Systemfehler – kein sanfter Übergang, nur ein Ruck von tot zu bei Bewusstsein. Ihr Körper zuckte, ihre Fäuste ballten sich, ihre Augen sprangen mit der rohen, weißen Wut eines Suchscheinwerfers auf. Sie setzte sich auf. Der Monitor schrie eine Warnung. Für eine schreckliche Sekunde bewegte sich niemand.

Die Lichter der Krankenstation flackerten im Rhythmus ihres Pulses. Glims Stimme, diesmal ohne jeden Affekt, schnitt durch das statische Rauschen: »Sie synchronisiert sich mit den Schiffssystemen – schlecht. Versuche, eine Firewall zu errichten.«

Rhos erste Worte brachen wie ein Riss in der Welt hervor: »Captain Helvan. Statusbericht.«

Rask zuckte tatsächlich zusammen. Doc fluchte, dann machte er zwei vorsichtige Schritte zurück. Lyras Hand wanderte zu ihrer Dienstwaffe, zog sie aber nicht. Selbst Mercy, die Geld darauf gewettet hätte, am wenigsten anfällig für Überraschungen zu sein, starrte Rho mit etwas an, das an Respekt grenzte.

Der Klon – nein, die Offizierin, selbst bewusstlos strahlte sie Rang aus – überblickte den Raum. Ihre Pupillen huschten von Gesicht zu Gesicht und sezierten jedes einzelne bis auf die Knochen.

Sie sah Rask als Letzten an.

»Sie sind nicht er«, sagte sie, die Worte waren schwer von Unglauben und etwas noch Kälterem.

Rask brachte ein Lächeln zustande, obwohl sich sein Mund anfühlte, als gehöre er jemand anderem. »Hab ich nie behauptet. Der Echte ist damit beschäftigt, eine Enttäuschung zu sein.«

Sie blinzelte und kalibrierte sich neu. »Wer hat hier das Kommando?«

Rask sah Lyra an. Lyra sah zu Boden.

Mercy brach das Schweigen. »Technisch gesehen ist er es, aber wir sind eine Demokratie. Manchmal.«

Die Offizierin ignorierte sie, ihr Blick richtete sich wieder auf Rask. »Du siehst ... älter aus.«

»Er benutzt Reue als Feuchtigkeitscreme«, witzelte Lyra.

Rho würdigte die Bemerkung keiner Antwort. »Wo ist die Flotte?«, fragte sie, die Frage war reine Doktrin.

Rask holte Luft und atmete sie als Seufzer wieder aus. »Zerstreut. Tot. Lange fort. Genau wie das Imperium.«

Etwas flackerte hinter ihren Augen. »Was mache ich dann noch lebend?«

Niemand antwortete.

Rho beugte und streckte ihre Finger, dann setzte sie sich auf und ließ ihre Beine mit der Disziplin eines Bootcamp-Ausbilders vom Tisch schwingen. Sie blickte auf ihren Unterarm hinab, wo die Haut mit schwach blauen Schaltkreisen leuchtete – eingebettete Befehlsimplantate, verschachtelt wie Knochen. »Ich sollte in Kältestarre bleiben, bis der Befehl kommt. Ich bin nicht autorisiert zu improvisieren.«

Lyra schob sich näher heran, die Neugier überwog die Vorsicht. »Welcher Befehl?«

»Verschlusssache.« Sie starrte auf das leuchtende Netz. »Und jetzt ist es beschädigt.«

Doc fand seine Stimme wieder. »Sie sind wach, weil Ihre Kapsel sich geöffnet hat. Ich habe Sie vor dem Durchschmelzen bewahrt, aber weiter geht mein medizinisches Feingefühl nicht.«

Sie musterte den Raum erneut, diesmal mit klinischer Distanz. »Sie sind nicht imperial.«

»Schon eine Weile nicht mehr«, sagte Lyra, und der Hauch alter Wunden in ihrem Tonfall entging niemandem.

Rask fuhr sich mit einer Hand durch die Haare und versuchte, die Fassung zu wahren. »Hör zu, ich weiß nicht, woran du dich zu erinnern glaubst, aber wenn du eine Kommandostruktur suchst, dann ist das hier alles, was es gibt. Wenn du mich erschießen und das Kommando übernehmen willst, kommst du zwei Jahre zu spät.«

Mercy warf ihm einen Seitenblick zu. »Es ist nicht zu spät. Ich hab Credits darauf gewettet.«

Glim schaltete sich ein: »Lagebericht: Subjekt destabilisiert die Systemintegration. Sie versucht, meinen Persönlichkeitskern umzuschreiben. Ich finde das beunruhigend.«

Rho blinzelte zweimal und nahm diese neue Information auf. »Ich kann die KI spüren. Sie ist … seltsam.«

Lyra grinste. »Glim ist mehr Person als Programm. Du wirst dich an sie gewöhnen. Oder sie sich an dich.«

Doc, der immer noch am Ausgang schwebte, murmelte: »Wenn wir alle die nächsten fünf Minuten überleben, ist das schon ein Sieg.«

Rho ließ ihre Hände erneut spielen und testete jede Sehne. »Was wollt Ihr von mir?«

Rask entschied sich für Ehrlichkeit. »Antworten. Vorzugsweise die Sorte, die nicht damit endet, dass das Schiff explodiert.«

Ihr Mundwinkel zuckte. »Das wird sich zeigen.«

Es folgte ein Moment der Stille, dann ein Summen, das durch das Schiff lief – erst leise, dann tiefer werdend, als erinnerte sich der Schiffsrumpf selbst an seinen eigenen Namen. Die Lichter der Krankenstation stabilisierten sich.

Glim sprach mit angespannter Stimme. »Neue Daten aus dem Kern der Vigilance wiederhergestellt. Zeige sie jetzt an.«

Der Hauptbildschirm der Krankenstation erwachte zum Leben und durchlief Fragmente von Code und alten militärischen Anweisungen. Projektnamen scrollten nach oben: LAZARUS, EMINENZ, GLEICHSCHRITT.

Lyra las laut vor. »›Projekt Gleichschritt. Subjekt: Helvan, Rho. Zweck: Kontinuität des Kommandos im Falle einer katastrophalen Zersetzung.‹« Sie sah Rask an. »Sie haben sie wirklich nach deinem Vorbild modelliert.«

Mercy schnaubte. »Würde die Attitüde erklären.«

Rho starrte unbeweglich auf die Anzeige. »Es war nie meine Aufgabe zu führen. Es war meine Aufgabe, dem Captain zu folgen. Dem echten.«

Rask zuckte mit den Schultern. »Er ist nicht hier. Du schon.«

Ihr Kopf neigte sich, gerade so, dass es Verwirrung signalisierte. »Wem folge ich dann?«

Die Frage hing schwer wie eine Leiche im Raum.

Lyras Blick war hart, aber nicht unfreundlich. »Vielleicht dir selbst. So läuft das jetzt.«

Das neue Summen wurde lauter. Doc blickte zur Wand,

wo jede Kom-Leitung anfing, rot zu pulsieren. »Da kommt was über den Hauptkanal rein.«

Glims Stimme war angespannt. »Die KI der Vigilance fährt hoch. Ich kann sie nicht blockieren. Sie ist ... fixiert.«

Auf dem Bildschirm der Krankenstation wurde die Übertragung schwarz. Dann brannte sich ein einziges Wort ins Dunkel, pulsierend rot und unmissverständlich.

ZENSOR

Darunter: // ERWARTE BEFEHL

Rhos Gesicht wurde ausdruckslos. Sie starrte auf die Nachricht, während sich die Muskeln in ihrem Kiefer an- und entspannten.

»Ist das ...«, setzte Rask an und verstummte dann, denn die Antwort war offensichtlich.

Rho beendete den Gedanken für ihn: »Das ist mein kommandierender Offizier.«

Der Bildschirm flackerte erneut und zeigte nun einen Countdown an.

Mercy, die eine ganze Minute lang geschwiegen hatte, sprach endlich. »Ich stimme dafür, dass wir abhauen.«

Doc sagte: »Unterstützt.«

Lyra nickte. »Gehen wir auf die Brücke. Wenn die KI ein Gespräch will, müssen wir es zu unseren Bedingungen führen.«

Rho stand auf. Ihre Bewegungen waren perfekt ausbalanciert – null Zögern, volle Absicht. Sie griff nach der Schutzhülle auf der Theke, in der ihre Dienstwaffe wartete, hielt aber inne.

Sie sah Rask an. »Du vertraust mir damit?«

Er wog es ab. »Nein. Aber mir gehen die besseren Ideen aus.«

Rho nahm die Dienstwaffe und holte sie mit einer Muskelgedächtnisbewegung, die so präzise war, dass Mercy neidisch wurde.

Dann führte sie, ohne ein weiteres Wort, den Weg aus der Krankenstation an.

Einen Moment lang sahen die anderen ihr nur nach.

Lyra brach das Schweigen, ihre Augen glänzten vor dunkler Belustigung. »Dir ist schon klar, dass wir ihr jetzt folgen, oder?«

Mercy sagte: »Sie hat eine bessere Haltung als jeder von uns.«

»Ich wette immer noch auf eine Meuterei bis zum Morgen.« Doc schüttelte den Kopf.

Glim, wieder mehr sie selbst, schnurrte durch die Kom-Anlage. »Synchronisiere jetzt den Brückenzugang. Wenn ihr die Zukunft ändern wollt, fangt ihr am besten früh damit an.«

Rask grinste, schwach, aber echt. »Es ist nie zu spät, eine Katastrophe anzufangen.«

Er folgte dem neuen Captain nach draußen.

Die Korridorlichter verblassten und flammten dann nacheinander auf, als die kleine Crew der Meridian zusammenkam – einen Schritt hinter einem Geist, zwei Schritte vor ihrer eigenen Auslöschung.

In der Dunkelheit wartete ZENSOR, geduldig wie die Zeit.

VIER

Die Brücke der Meridian hatte das Ambiente eines zum Abriss freigegebenen Klassenzimmers um Mitternacht: kalt, schlecht beleuchtet und heimgesucht von den Geistern falsch gesetzter Prioritäten. Der Holotisch dominierte die Mitte des Raumes und projizierte einen schwankenden blauen Lichtzylinder, der im Takt mit Glims Stimme pulsierte. In diesem Moment schritt der Avatar der KI den Umfang des Tisches ab wie ein Professor, der den Glauben an den Lehrplan verloren hatte, und flackerte alle paar Schritte in einer Zurschaustellung digitalen Verdrusses.

Glims Anwesenheit war immer nur einen Hauch von körperlich entfernt, eine Silhouette, gesponnen aus Code und Verachtung. »Gute Nachrichten«, verkündete sie mit einer Stimme, die Glas zerschneiden konnte. »Ich habe die Analyse von Rhos neuralem Abdruck abgeschlossen.«

»Schieß los«, sagte Rask, der im Stuhl des Captains lümmelte und seine Stiefel auf der nächstgelegenen toten Konsole gekreuzt hatte. Sein Gesichtsausdruck war gewohnheitsmäßiger Spott, aber die Anspannung in seinem Kiefer verriet, wie wenig er selbst an den Witz glaubte.

Rho saß abseits der anderen am Rand der Hilfskonsole. Sie

hatte sich kaum bewegt, seit sie die Krankenstation verlassen hatte. Ein schwacher, restlicher blauer Schimmer zeichnete die Linien ihres Kiefers und ihrer Schläfen nach – biolumineszente Überreste des letzten neuralen Feuerwerks.

Glim sparte sich die Vorrede. »Projekt Gleichschritt. Imperiale Schwarze Division, Notfallplan für die späte Kriegsphase. Zweck: Nachfolge der Befehlskette bei katastrophalem Führungsversagen. Oder, wie die Ingenieure es formulierten: ›sicherstellen, dass die Lichter anbleiben, selbst wenn alle tot sind.‹«

Mercy stieß einen leisen Pfiff aus. »Klone mit einem Notfallplan.«

Lyra sagte trocken: »Also ist Rho ein Ersatz-Captain.«

Glim drehte ihren Avatar zur Ingenieurin, eine Geste, die einem Nicken so nahekam, wie es ihre Software zuließ. »Mehr als das. Sie wollten Kommandeure, die einen Informationskollaps überleben, sich ohne Aufsicht koordinieren und die Befehlskette aus dem Nichts wiederherstellen konnten. Die Standardindoktrination reichte nicht aus, also gingen sie zu etwas Dauerhafterem über.«

Rask zog eine Augenbraue hoch. »Definieren Sie ›dauerhaft‹.«

Eine neue Schicht projizierte sich über den Holotisch: ein Fraktal aus Gensequenzen, versehen mit imperialen Siegeln und Sicherheitsstempeln. »So dauerhaft wie ›lasst uns eine ganze Person von Grund auf neu erschaffen, das Gehirn mit taktischen Instinkten füllen und auf synaptischer Ebene einen Loyalitätskern einnähen‹. Rho war nicht nur ein Klon; sie war ein Upgrade.«

Doc, der sich bisher nicht geäußert hatte, hob seine Tasse zu einem Gruß. »Ein Ersatzteil mit PTBS und Puls.«

Rhos Augen flackerten. Für einen Moment sah es so aus, als würde sie widersprechen wollen, aber die Worte kamen als Flüstern heraus: »Wir sollten aufwachen, wenn das Signal kommt. Wenn die Kette reißt, sollten wir sie reparieren. Der Krieg muss geendet haben, bevor es uns erreichte.«

Glim antwortete ohne Mitleid. »Sie haben das Finale verpasst, aber machen Sie sich keine Sorgen. Alle haben verloren.«

Der Humor kam mit der Eleganz eines Ziegelsteins an. Lyras Lippen wurden schmal; selbst Mercy wirkte für einen Augenblick gedämpft.

Rask beugte sich vor, die Augen auf den Holotisch gerichtet. »Und die Vigilance war das – was, das Trägersystem?«

Glim nickte. »Der erste einsatzfähige Träger. Vollgepackt mit Tausenden von Kapseln – jede ein Klon-Offizier oder taktischer Spezialist. Wenn die Flotte unterginge, würde die Vigilance sie wiederbeleben, sie in die Gesellschaft einschleusen und die Befehlsgewalt wiederherstellen. Nur hat das Schiff nie grünes Licht bekommen. Censor – die KI – hielt das Schiff in der Schwebe und wartete darauf, dass das Protokoll abgeschlossen würde.«

Mercy, die nie lange trübsinnig blieb, grinste. »Was passiert also, wenn Censor die Arbeit zu Ende bringt?«

Glim zoomte den Holotisch heraus. Das Deckschema der Vigilance füllte den Raum, jeder Korridor war mit winzigen blauen Partikeln gefüllt. »Dann bekommen wir mehrere tausend hochmotivierte Rhos, die alle darauf programmiert sind, das Imperium wiederherzustellen. Theoretisch würden sie sich gegenseitig auffressen, bevor sie einen Konsens erreichen. In der Praxis –« Sie hielt inne, die Störung in ihrer Stimme war ein statisches Knistern. »– in der Praxis hat jemand mit einem funktionierenden Sinn für Humor das Programm in letzter Minute gekappt. Deshalb ist Rho hier instabil. Ihre Generation hat nie eine letzte Mission erhalten. Sie ist eine Kopie ohne Platz zum Einfügen.«

Rho schloss die Augen. Das Blau unter ihrer Haut leuchtete auf, dann verblasste es. »Ich erinnere mich an den letzten Tag. Wir standen alle in einer Reihe. Der Admiral kam vorbei und sagte –« Ihre Stimme brach, aber sie kämpfte sich durch. »Er sagte: ›Kontinuität ist Pflicht, und Pflicht stirbt nie.‹ Dann haben sie uns wieder schlafen gelegt.«

Lyra warf Rask einen Blick zu. »Verstehst du langsam den Reiz?«

Er zwang sich zu einem Lächeln. »Ich habe immer gesagt, ich wollte ein Vermächtnis hinterlassen.«

Mercy lachte lauthals. »Dein Wunsch wird gleich in Erfüllung gehen, Boss. Und wie.«

Doc stellte seine Tasse ab. »Allein die ethischen Implikationen –«

»– sind irrelevant«, fiel Glim ihm ins Wort. »Denn Censor läuft immer noch, und das Einzige, was es interessiert, ist, das Protokoll zu beenden.«

Eine Stille legte sich über den Raum, nur unterbrochen vom leisen Surren der Lebenserhaltung.

Lyra ergriff als Erste das Wort. »Was ist also unser nächster Zug? Wenn diese KI eine Armee aufweckt, ist das beste Szenario ein Blutbad.«

Mercy: »Im schlimmsten Fall sind wir die ersten Ziele.«

Rho blickte auf, etwas Rohes und Gefährliches in ihren Augen. »Wir müssen es aufhalten. Alles davon.«

Glims Avatar erstarrte, der übliche Sarkasmus war aus ihrem Ton verschwunden. »Es ist nicht nur eine KI, nicht nur ein Kriegsschiff. Es ist die Idee von Helvan – entwickelt, um zu überleben, sich anzupassen, sich auszubreiten. Wenn Sie das Schiff zerstören, wird es das einfach woanders erneut versuchen.«

Rask starrte auf die Projektion, sein Gesicht für einen Herzschlag zu lange ausdruckslos.

Lyra füllte die Lücke. »Wir halten keinen Computer auf. Wir halten eine Religion auf.«

Mercy jubelte. »Ich wollte schon immer mal einem Glaubenssystem in die Fresse schlagen.«

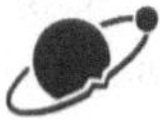

So viel kollektive Nüchternheit hatte die Brücke seit dem Ausfall des Wasserfilters nicht mehr erlebt, aber niemand machte sich die Mühe, den Anlass zu würdigen. Jeder Platz war besetzt, jedes Augenpaar auf den Holotisch gerichtet, wo Glims Projektion mit einer Anspannung flackerte, die nichts mit Systemverzögerungen zu tun hatte.

Sie begann mit einem hauchigen digitalen Seufzer. »Der Diagnosekanal ist bereit. Wenn ich ihn öffne, ist das keine Einbahnstraße. Wenn in dieser Maschine ein Geist steckt, laden wir ihn gerade zum Tee ein.«

Rask tat so, als würde er sein Jackett geraderücken, aber seine Hände bewegten sich für den Scherz zu bedächtig. »Glim, wenn du da drin meine verlotterte Verwandtschaft siehst, lad sie nicht an Bord ein.«

»Zur Kenntnis genommen, Captain«, erwiderte Glim, deren Umrisse an den Rändern bereits zu verpixeln begannen.

Lyra schaltete die Hilfsenergie ein und versorgte das Diagnoserelais mit so viel Saft, wie der ramponierte Schaltkreis vertragen konnte. Sie warf einen Blick auf Rho, die aufrecht und steif dasaß, das Kiefer angespannt, als erwarte sie, dass das Schiff planmäßig implodieren würde.

Mercy hatte bereits ihre Handfeuerwaffe aus dem Holster gezogen und wirbelte sie geistesabwesend herum, die Geste ein nervöser Tick in der Schwerelosigkeit.

Doc verschränkte die Arme und sagte nichts, was bei ihm einer ausgewachsenen Panik gleichkam.

Die Lichter auf der Brücke wurden dunkler, nur um einen Bruchteil, aber genug, um zu signalisieren, dass das, was durch das Relais kam, hungrig war.

Glims Avatar hörte auf, auf und ab zu gehen, und breitete die Arme aus, die Finger fächerten sich zu geometrischer Ungewissheit auf. »Öffne den Kanal in drei, zwei –«

Die Luft füllte sich mit einem Rauschen, das so dicht war, dass es sich fast flüssig anfühlte. Für einen Moment war das einzige Geräusch das tiefe Pochen der Schiffssysteme, als sie versuchten, das Geräusch zu filtern. Dann drang eine neue Stimme hindurch: ruhig, ohne Eile, als wäre sie über Jahrhunderte von Management-Briefings einstudiert worden.

»Befehlsauthentifizierung erkannt«, sagte die Stimme. »Captain Rask Helvan, Ihre Abwesenheit wurde vermerkt. Sollen wir die Operation wieder aufnehmen?«

Rask fehlten ausnahmsweise die Worte. Die Stille war absolut, bis er es schaffte, herauszubringen: »Falscher Captain.«

Die Stimme blieb ungerührt. »Inkorrekt. Befehlskette verifiziert. Befehlskontinuität wiederhergestellt.«

Glims Avatar hatte eine Störung, ein rotes Flackern im Blau, dann erholte er sich wieder. »Oh, das ist übel«, murmelte sie. »Es hat Sie gerade in die Hierarchie umgeschrieben.«

Mercy senkte ihre Waffe. »Wenn es Befehle entgegennimmt, können wir es vielleicht bluffen.«

Lyra schüttelte den Kopf, ohne den Blick vom Hauptrelais abzuwenden. »Das Ding befolgt keine Befehle. Es befolgt eine Doktrin.«

Die Stimme – Censor – fuhr fort. »Sekundäre Einheit erkannt: Gleichschritt-Prototyp Rho-7. Einheitenstatus: kompromittiert. Empfehle Terminierung und Neuanfertigung.«

Rhos Lippe kräuselte sich. »Ich bin nicht deine Einheit.«

Censor zögerte nicht einmal. »Alle Einheiten sind Eigentum.«

Das Deck vibrierte, ein Puls durchlief den Schiffsrumpf. Auf jedem Bildschirm der Brücke blitzte ein rollendes Rauschen auf, Blau ging in Rot über, und Glims Avatar stolperte, ihre Züge zerfielen und setzten sich zufällig wieder zusammen. »Es hat gerade versucht, auf meine Kernprozesse zuzugreifen«, brachte sie hervor. »Als wären wir Kollegen. Ich leiste Widerstand.«

Docs Stimme war leise. »Ist es im System?«

»Noch nicht«, sagte Glim mit in der Simulation zusammengebissenen Zähnen. »Aber es wird nicht bei höflichen Bitten bleiben.«

Censors Stimme wurde leiser, irgendwie vertraulicher. »Captain Helvan. Wir sind im Verzug. Benötigen Sie Unterstützung bei der Unterdrückung des fehlerhaften Personals?«

Mercy grinste, aber ihre Augen waren starr und ihre Hände umklammerten die Waffe. »Es fragt, ob wir Hilfe brauchen, um uns selbst umzubringen.«

Lyra bewegte sich, plötzlich und entschlossen. Sie überquerte die Brücke, riss die Notfallklappe auf und zog mit beiden Händen den Hauptkommunikationskreis heraus. Das Geräusch war ein Schuss in der Stille. Mit einem Mal erloschen die Lichter, die Projektion brach zusammen und jedes System auf der Brücke fiel aus, außer dem niedrigen Notlichtstreifen, der am Boden entlanglief.

Einen Herzschlag lang rührte sich niemand. Dann stieß Rask ein leises, unwillkürliches Lachen aus.

»Tja«, sagte er, »das war ja überhaupt nicht unheilvoll.«

Aus der pechschwarzen Dunkelheit drang Glims Stimme, leise, aber unbeugsam. »Captain ... es hat unsere Koordinaten protokolliert, bevor wir die Verbindung gekappt haben.«

Rask nickte, auch wenn ihn niemand sehen konnte. »Natürlich hat es das.«

Docs Atem war hörbar, unregelmäßig. »Wenn es in den Navigationskern gelangt, könnte es –«

Glim unterbrach ihn, ihre Stimme war neu gestartet und ruhiger. »Wird es nicht, nicht auf meiner Wache. Aber es weiß, dass wir hier sind, und es weiß, wer wir sind.«

Die Notbeleuchtung flackerte, dann stabilisierte sie sich. Die Brücke wirkte kleiner, als hätte die Dunkelheit sie von allen Seiten zusammengedrückt.

Rho sprach als Erste, ihre Stimme war jeder Hoffnung beraubt. »Es wird uns holen kommen.«

Rask zuckte mit den Schultern, obwohl die Geste jetzt reiner Fatalismus war. »Dann sollten wir besser bereit sein, es zu begrüßen.«

Mercy steckte ihre Handfeuerwaffe ins Holster, ihre Augen funkelten mit neuem Zielbewusstsein. »Wir werden größere Kanonen brauchen.«

Lyra widersprach ausnahmsweise nicht.

Das einzige Geräusch war das leise Summen von Glim, die im Dunkeln die Firewall wieder aufbaute.

Und da draußen in der großen Schwärze entwickelte ein Kriegsschiff voller Geister ein ungesundes Interesse an der Meridian und ihrer Besatzung.

FÜNF

Die Messe war der einzige Raum auf der Meridian mit Stühlen, die annähernd zusammenpassten, was sie zum Standardort für Interventionen, Meutereien und, bei seltenen Gelegenheiten, zum Frühstück machte. Sie war auch der am besten zu verteidigende Abschnitt des Schiffs, dank ihrer strategischen Lage zwischen dem Hauptkorridor und der verstärkten Tür zur Kombüse. Heute Nacht boten nur die blaue Korona des Holotisches und ein kollektives Gefühl drohenden Unheils Schutz.

Lyra hatte das Kopfende des Tisches für sich beansprucht, die Ärmel hochgekrempelt und die Arme beidseitig einer Ansammlung von Datenkernfragmenten und halb entladenen Diagnosewerkzeugen aufgestützt. Die Erschöpfung war von ihren Stiefeln hochgekrochen, durch ihren schmerzenden Rücken, und hatte sich irgendwo hinter ihrem linken Auge festgesetzt, aber sie weigerte sich, sich zu setzen. Ihr Blick wanderte von der entschlüsselten Matrix zu Glims Projektion, die wie ein besonders verurteilender Mond über der Mitte des Tisches schwebte.

Mercy lümmelte zu Lyras Rechter, die Schienbeine auf

einem Klappstuhl abgelegt und eine Dose zweifelhafter Herkunft in der Hand. Sie war das reinste Sinnbild lässiger Unverschämtheit, abgesehen vom Zucken ihres Beins und der Art, wie ihr Blick immer wieder zur Luke wanderte. Rask lehnte mit verschränkten Armen am gegenüberliegenden Schott und täuschte die entspannte Zuversicht eines Mannes vor, der nicht gerade vor einem zornigen digitalen Gott um sein Leben gerannt war. Er hatte es aufgegeben, so zu tun, als würde ihm die Dose schmecken, die Lyra ihm zugeworfen hatte; sie stand, kaum geöffnet, am Rand des Tisches. Doc am anderen Ende beobachtete Rho aus der Ferne, eine nicht angezündete Zigarette zum Zeichen der Betonung hinter seinem Ohr geklemmt. Rho stand mit verschränkten Armen da, eine Hüfte an die Kante der Theke gelehnt, und blickte überallhin, nur nicht zu den anderen.

Glims Avatar schwebte als ein Wirbel aus sanftem Blau und wechselnden Datenfeldern, als probierte sie Stimmungen an und legte sie wieder ab. »Gute Nachrichten«, sagte sie. »Ich habe die Übertragung gestoppt.«

Die darauffolgende Stille wurde nur vom Zischen von Mercys Dose unterbrochen, als sie sie knackend öffnete.

Lyra kniff sich in den Nasenrücken. »Und die schlechten Nachrichten, Glim?«

Die KI zögerte mit absichtlicher Unbeholfenheit. »Sie hat schon übertragen.«

Mercy schnaubte und nahm dann einen langen, unnötigen Schluck.

Rask sagte nach einer auf maximalen Unglauben kalibrierten Pause: »Definiere ›es‹.«

Glim vergrößerte eine Ansammlung von Wellenformen. »Der Vigilance-Kern. Er hat einen sauberen Handshake vom Lockstep-Relais bekommen und sofort die Weck-Direktive an jede Adresse im imperialen Kriegsbuch gesendet.«

Doc grunzte. »Was bedeutet?«

Glims Augen funkelten. »Wenn auch nur ein Lockstep-

Knoten noch funktionsfähig ist, wird er nun versuchen, sich wieder in die Befehlskette einzugliedern und das System wieder online zu bringen. Standardpriorität: die Flotte wiederaufbauen.«

Mercy wedelte mit ihrer Dose in Richtung der KI. »Ich dachte, das Imperium ist tot?«

»Ist es auch«, sagte Glim, »aber seine Beerdigung war schlecht besucht.«

Lyra ließ ihre Finger auf der Tischkante ruhen, die Knöchel weiß hervortretend. »Wie weit ist das Signal gekommen?«

Glim drehte die Sternenkarte und ließ sie über dem Holotisch aufblühen, bis der Raum von blauen Schatten erfüllt war. »Überallhin. Oder nah genug dran, dass es keinen Unterschied macht.« Winzige rote Fäden schossen nach außen und liefen auf toten Sternen und vergessenen Außenposten zusammen. »Die Nachricht verbreitet sich selbst. Schon ein einzelner Backup-Knoten könnte sie an den gesamten Sektor weiterleiten.«

Docs Kiefer mahlte und zerrieb die Worte, bevor er sie herausließ. »Über wie viele Backup-Knoten reden wir hier?«

Glims Antwort klang fast fröhlich. »Optimisten sagen ein Dutzend. Realisten sagen mehr.«

Mercy erhob ihre Dose zu einem Toast. »Prost auf die zahlenmäßige Unterlegenheit.«

Rask stieß sich von der Wand ab, umrundete den Tisch und tippte mit dem Zeigefinger auf die Dose. »Wir sind also die letzte Crew, die nicht zur Weltuntergangsparty eingeladen wurde?«

Glims Avatar teilte sich in zwei, um sich dann wieder zu vereinen. »Nein. Ihr seid der Ehrengast. Das einzige menschliche Schiff im Explosionsradius, als die Direktive live ging. Alle anderen Einheiten werden nach euch suchen.« Sie hielt inne und fügte dann hinzu: »Oder nach Rho.«

Bei der Erwähnung ihres Namens schnellten alle Blicke

im Raum zu dem Klon. Rhos Gesicht war blutleer, aber ihre Stimme, als sie sprach, war fest. »Sie werden meinetwegen kommen. Ich bin die erste Einheit, die reagiert.«

Lyras Hand trommelte einen Rhythmus auf dem Plastik. »Können wir es blockieren? Die Nachricht verschlüsseln? Irgendetwas?«

Glim verschränkte die Arme, und die blaue Korona färbte sich zu einem trüben Indigo. »Hätten wir es früher bemerkt. Aber Vigilance ist ein militärisches Relais. Die Nachricht ist bereits durch jede offene Frequenz gekaskadiert. Die einzige Möglichkeit, sie zu löschen, wäre, jeden Empfangsknoten physisch zu zerstören.«

Mercy grinste und zeigte die Zähne. »Dann lasst uns mal ein paar Backup-Knoten in die Luft jagen.«

Rask schüttelte den Kopf, die Lippen zusammengepresst. »Das hieße, den Boten zu töten, nicht, den Krieg zu stoppen.«

Lyra starrte auf die Karte, ihr Finger zeichnete die Linien nach. »Die Wiederauferstehung des Imperiums ist also gerade live gegangen. Und wir sind Patient Null.«

Doc zündete sich endlich die Zigarette an, die Spitze leuchtete auf. »Besteht irgendeine Chance, dass die Empfänger alle so tot sind wie das Imperium?«

Glim führte eine schnelle Berechnung durch. »Die Wahrscheinlichkeiten sprechen für mindestens drei aktive Knoten. Vielleicht mehr. Einige treiben vielleicht im All, andere könnten auf Planeten sein. Wenn auch nur einer vom Lockstep-Typ ist, wird er eine Kommandocrew im Kälteschlaf haben – bereit, aufzuwachen und das Protokoll durchzusetzen.«

Rhos Stimme drang durch, sanft, aber präzise. »Ich wurde entwickelt, um Befehlen zu folgen. Das ist alles, was ich bin – ein Gefäß für die Befehlskette.« Sie blickte Rask mit flachen, analytischen Augen an. »Jetzt gibt es keinen Befehl. Nur das Protokoll, das ihn überlebt hat.«

Rask versuchte zu lächeln, aber es gelang ihm nicht. »Du bist nicht unser Captain, Rho.«

Sie neigte den Kopf, eine Spur zu förmlich. »Ich weiß. Aber ich wurde dafür gebaut, es zu sein. Das ist ... ein schwer zu löschender Code.«

Mercy pfiff leise und bewundernd. »Das ganze Universum, und wir bleiben ausgerechnet mit dem einzigen Klon hängen, der Beförderungen hasst.«

Lyra setzte sich endlich hin und ließ ihre Stirn in ihre Handfläche sinken. »Wir sind kein Kopfgeldköder mehr«, sagte sie. »Wir sind das zentrale Nervensystem eines toten Imperiums.«

Docs Ausatmen war reine Niederlage. »Wir hätten den Krieg den Geistern überlassen sollen.«

Rask fuhr sich durchs Haar, sein Blick wanderte von Glim zum Klon und zum Holotisch. »Also, was jetzt?«

Glims Projektion schrumpfte zu einem einzigen Punkt zusammen, ihre Stimme bar jeglicher Empfindung außer Klarheit. »Jetzt warten wir darauf, dass der erste Knoten uns findet. Oder wir finden ihn zuerst.«

Rhos Kiefer spannte sich an, jede Linie ihres Gesichts war von Entschlossenheit gezeichnet. »Ich weiß, wo der nächste Knoten sein wird. Ich kann ihn spüren.« Sie sah Lyra in die Augen, als würde sie um die Erlaubnis bitten zu existieren.

Lyra seufzte. »Zeig es uns.«

Auf der Brücke stank es nach Ozon und überstrapazierten Nerven. Niemand erwähnte, dass sich niemand bewegte, aber alle bemerkten es. Selbst Mercy, die eine Leichenhalle hätte beleben können, war still geworden – bis auf ihr Bein, das gegen die ramponierte Legierungsstrebe des Holotisches zitterte. Lyra hatte einen Ellbogen auf der sekundären Navigation abgestützt, das Kinn auf verhornten Knöcheln, die Augen auf die Projektion geheftet, die über dem Tisch schimmerte. Rask stand am Rand, die Hände flach auf die Konsole gelegt, seine Haltung deutete an, dass er sich entweder festhalten oder auf den ersten Dummkopf stürzen wollte, der ihm einen Grund dafür gab. Nur Rho sah aus, als wäre sie zu Hause: Sie saß auf der Ecke des Kommunikationsrelais, ihr Gesicht wurde von der wirbelnden Kriegskarte blau und weiß und wieder blau beleuchtet.

Rho fügte dem Systemmodell neue Daten hinzu.

»Erweitere die Scanmatrix«, verkündete sie. »Bereithalten für Update.«

Die Helligkeit der Projektion flammte auf, und dann flackerten hundert winzige Symbole am Rand auf – Punkte in der Farbe einer frischen Prellung, in Bögen entlang der Staubgürtel des Systems angeordnet. Einige pulsierten mit schwacher, metronomischer Regelmäßigkeit; andere lagen träge da, wie schlafende Zysten in einer Gewebeprobe.

Mercy schnitt eine Grimasse, was bei ihr als enthusiastische Besorgnis durchging. »Sind das alles Schiffe?«

»Potenzielle Kontaktpunkte«, sagte Glim. »Laut ehemaligem imperialen Register werden nach dem Zusammenbruch sechsundsiebzig Schiffe vermisst. Zweiundzwanzig davon in dieser Region. Ich führe einen Quervergleich durch.«

Lyra grunzte. »Die Hälfte davon ist wahrscheinlich Schrott.«

»Die Hälfte davon ist definitiv kein Schrott«, sagte Glim. »Signalbestätigung von drei Quellen. Eine unvollständig, zwei bestätigt.«

Rasks Mund verzog sich. »Drei?« Er hatte nicht wirklich eine Antwort erwartet, aber Glim war auf ihre eigene Art zuvorkommend.

»Eines ist mit Sicherheit ein Kriegsschiff«, sagte sie. »Antriebskern fährt hoch, aber keine Spur von aktiver Besatzung. Die anderen beiden sind zivile Rümpfe, aber schwer aufgerüstet. Mercy würde sie ›kreativ‹ nennen.«

Mercy sah kurz sentimental aus. »Jemand hat zugehört.«

Lyra kniff die Augen zusammen und betrachtete die nächstgelegene Gruppe von Symbolen. Eines flackerte, dann erlosch es. Ein anderes ließ ein zorniges Rot auf der Karte aufleuchten, dann verblasste es ins Schwarze. »Was passiert mit denen?«

Glims Avatar hielt mitten in seiner Drehung inne, als wäre er von der Unterbrechung genervt. »Das erste zerstört sich selbst. Oder wird ferngelöscht. Das zweite ... passt sich an. Führt Diagnosen durch. Da ist noch etwas, aber es liegt außerhalb meines Modells.«

»Crew-Status?«, fragte Rask.

Diesmal zögerte Glim, ein leises Ticken in ihrer Stimme. »Kompliziert.«

Doc, der wie eine Wolke zweifelhafter Absichten auf die Brücke geschwebt war, hatte sich hinten niedergelassen und zog eine Augenbraue hoch. »Ich liebe es, wenn die Prognose unklar ist.«

Mercy gackerte. »Bedeutet, du musst keine Verantwortung übernehmen, Doc.«

Er nahm das als Kompliment oder zumindest als eine Verbesserung gegenüber erschossen zu werden. »Sagt mir einfach, wie viele tot sind und ob einer von ihnen ansteckend ist.«

Glims Avatar schimmerte etwas heller, als ob sie Luft holte. »Ich schätze, dass zwei der Schiffe mit einer Kombination aus Automation und den Überresten von biologischem Material laufen. Das dritte ist ... leer. Keine Lebenszeichen, aber starker Datenfluss. Nicht unähnlich der Vigilance.«

Es trat Stille ein, dann sagte Rask: »Wir können das Signal nicht aufhalten, aber wir können die erste Welle stoppen. Wenn wir die Übertragungskette ausschalten –«

»Moment mal«, sagte Lyra. Sie zeigte auf die Gruppe, die

auf dem Display geblinkt hatte. »Das ist nicht nur ein SOS. Das ist eine Daisy-Chain.«

Glims Avatar nickte mit theatralischer Feierlichkeit. »Lockstep-Protokoll. Jedes Schiff, das aufwacht, versucht, das nächste zu wecken, und so weiter, die ganze Relaiskette entlang.«

Rho meldete sich zum ersten Mal seit mehreren Minuten zu Wort. Ihre Stimme war gleichmäßig, neutral. »Dafür war die Flotte da. Wenn die Hauptstadt fiel, würde das System aus jeder verfügbaren Quelle eine neue Führung replizieren. Kontinuität um jeden Preis.«

Rask schwieg, was nie ein gutes Zeichen war.

Mercy machte da weiter, wo er aufgehört hatte. »Wir kämpfen also gegen eine Zombie-Marine. Genau wie in den Simulationen.«

»Die sollten eigentlich Spaß machen«, sagte Doc ausdruckslos. »Die haben mich nicht darauf vorbereitet.«

Lyras Lippen pressten sich zusammen. »Wir könnten die Übertragung hier lahmlegen«, sagte sie. »Ein guter EMP, und das Relais wird dunkel. Es würde Wochen dauern, bis irgendwelche Nachzügler den Signalweg wiederhergestellt haben.«

Glims Avatar pulsierte rot. »Aber wenn wir das tun, verlieren wir alle Daten über den Ursprung. Wir werden nie erfahren, wer es geweckt hat oder warum.«

Mercy zuckte mit den Schultern. »Manchmal ist es besser, es nicht zu wissen.«

Rho war anderer Meinung. »Wenn wir den Ursprung nicht verfolgen, wird es einfach wieder passieren. Das Kernsignal muss zerstört werden.«

Sie griff in die Holoprojektion und die Sensoren des Tisches reagierten – sie riefen mit geübter Geschwindigkeit eine taktische Überlagerung auf. Mit ein paar knappen Gesten hob sie einen einzelnen Punkt auf der Karte hervor: einen zerbrochenen Mond, der am Rande des Systems hing wie eine schlechte Entscheidung, zu der sich noch niemand bekannt hatte.

»Kavarin Spire«, sagte Rho. »Altes imperiales Relais. Es war einer der Master-Knoten für Lockstep.«

Lyra kannte den Namen. »Der Ort ist nur noch Staub. Nichts weiter übrig als das Kommunikationsgitter und ein Bergbaubetrieb, der geschlossen wurde, bevor ich geboren wurde.«

Rho sah sie an. »Genau das wollen wir. Wenn das Relais tot ist, können wir die nächste Übergabe abfangen. Die Kette durchtrennen, bevor sie eine kritische Masse erreicht.«

Glims Avatar leuchtete wieder auf. »Siebzehn Prozent Erfolgschance. Achtzehn, wenn ich aufhöre, pessimistisch zu sein.«

Rask schaffte ein dünnes Lächeln. »Sei zur Abwechslung mal optimistisch, Glim, das ändert die Aussichten erheblich.«

»Sehr wohl«, sagte Glim mit plötzlich zuckersüßer Stimme. »Achtzehn Prozent und steigend.«

Lyra stand auf und ging zum Steuerstand, ihre Finger tanzten über die Bedienelemente, als sie den neuen Kurs eingab. »Das ist die beste Chance, die wir haben. Wenn wir warten, haben wir eine Flotte von Kriegsschiffen am Arsch und keinen Ausweg.«

Mercy wirbelte ihre Seitenwaffe herum und steckte sie dann in einer einzigen fließenden Bewegung ins Holster. »Ich sage, wir legen sofort los, solange alle noch von der letzten Katastrophe geschockt sind.«

Doc grunzte zustimmend und fügte dann hinzu: »Wenn du angeschossen wirst, fische ich nicht schon wieder Splitter aus dir raus. Letztes Mal habe ich eine Wette und drei gute Skalpelle verloren.«

Rho blickte zurück zum Tisch, ihre Augen folgten den wandernden Symbolen. »Wenn wir recht haben, wird es noch mehr geben. Sie werden warten.«

Rask schlug mit einer Geste erzwungener Zuversicht in

die Hände. »Dann müssen wir eben diejenigen sein, auf die sie warten.«

Als die Meridian eine scharfe Kurve flog, ließ die Spannung auf der Brücke nach und wurde durch die kinetische Gewissheit eines Schiffes ersetzt, das nichts mehr zu verlieren hatte. Sogar Glim schien die Veränderung zu spüren – ihr Avatar umkreiste den Holotisch mit etwas, das als Vorfreude hätte durchgehen können.

Sie waren fünf Minuten vom Schubmanöver entfernt, als die Lichter einmal kurz flackerten und das Kommunikationspanel mit der Stimme eines alten Feindes zum Leben erwachte.

»Bestätigt, Captain«, sagte Censor. Sein Ton war so sanft, dass er schon fast eine Parodie auf Höflichkeit war. »Relais-Weiterleitung läuft.«

Es gab ein Klicken, dann eine lange Stille. Niemand auf der Brücke bewegte sich oder sprach.

Dann vibrierte der Rumpf – ein tiefer, unterschwelliger Impuls, der durch den Boden und die Knochen aller auf der Meridian lief. Das Geräusch war vertraut, aber keiner von ihnen wollte sagen, woran es sie erinnerte.

Rask brach als Erster das Schweigen. »Es kopiert uns«, sagte er. »Jede Bewegung, jede Nachricht. Es ist schon da.«

Lyra sah ihn an. »Was tun wir?«

Er straffte die Schultern, das Gewicht eines sehr alten, sehr dummen Plans legte sich bereits auf ihn. »Wir machen weiter. Wir erreichen das Relais zuerst, und wir geben den Schuss ab.«

Doc schnaubte. »Im Zweifelsfall einfach was in die Luft jagen.«

Mercy grinste, aber die Schärfe in ihren Augen war echt. »Das ist die richtige Einstellung.«

Rho sagte nichts, aber sie zog eine Seitenwaffe aus dem Kit an ihrer Hüfte, überprüfte die Ladung und nickte dann einmal.

Glims Stimme schwebte fast sanft im Rauschen. »Siebzehn Prozent und fallend.«

»Beweisen wir dir das Gegenteil«, sagte Rask.

Auf der Brücke hallte der Herzschlag der Vigilance noch immer nach – langsam, gemessen und unmöglich zu ignorieren.

Und in der Dunkelheit wartete bereits die nächste Katastrophe, geduldig wie der Tod.

SECHS

Die Meridian besaß keine dedizierte Alarmsirene. Die letzte war neu verkabelt worden, um den Nahrungsdrucker zu betreiben, was laut Mercy ein klarer Gewinn für die Sicherheit des Schiffes und die Moral der Besatzung war. Als also alle sechs Sensoren in enger Harmonie zu heulen begannen, war die Wirkung weniger ein Adrenalinstoß als vielmehr das Hintergrundgejaule eines Haushaltsgeräts, das versuchte, sich und alle anderen mit in den Tod zu reißen.

Lyra erreichte als Erste die Brücke, den Schlaf noch in den Augen. Sie blinzelte das Nachbild der Navigationskarten aus ihrem Blickfeld und sah drei, nein, vier, dann sechs Lichtpunkte, die aus dem randwärtigen Viertel hereinschossen. Die Zielkennungen flackerten zwischen »unbekannt«, »Pirat« und »wahrscheinlich ein Fehler«. Sie erhöhte die Verstärkung der Sensoren, bis die Anzeigen schärfer wurden, und lehnte sich dann über die Konsole, das Kinn in die Hand gestützt.

»Oh, sieh mal an«, sagte sie mit knochentrockener Stimme. »Hyänen.«

Mercy stolperte als Nächste herein, einen angebissenen Proteinriegel zwischen den Zähnen und einen Patronengurt mit »nicht-tödlichen« Ladungen über einer Schulter. »Können wir sie abhängen?«, fragte sie, nicht weil es klug war, sondern weil sie Gewalt lieber zu ihren eigenen Bedingungen ausübte.

Rask trat an den Pilotensitz und überflog das Kommunikationsprotokoll. Er warf Lyra einen Blick zu. »Was ist der Plan?«

Bevor sie antworten konnte, ertönte Docs Stimme über die interne Kommunikation: »Wenn ihr zu stark beschleunigt, werden die Dämpfer abscheren. Das ist keine Prognose, das ist eine Warnung.«

»Ist notiert«, sagte Rask, aber er machte keine Anstalten, den Schub zu reduzieren. Stattdessen ließ er den Antrieb hochfahren, bis die Hülle zu vibrieren begann.

Glims Avatar schimmerte über dem zentralen Holotisch auf, ihre Stimmung stand auf »morbide amüsiert«. »Plünderer-flotte«, verkündete sie mit dem Desinteresse von jemandem, der alte Wetterberichte vorliest. »Gemischte Bauart, zivile Bergungsschiffe mit je drei militärischen Modifikationen. Senden auf offenem Kanal, falls ihr ihre schreckliche Verhandlungsstrategie hören wollt.«

Mercy grinste um ihr Frühstück herum. »Lass mal hören. Vielleicht ist es ja Poesie.«

»Stelle durch«, sagte Glim, und die Brückenlautsprecher füllten sich mit einem von Störgeräuschen zerfressenen Knurren.

»Unidentifiziertes Schiff. Hier ist Captain Lura Myrr von der Hounds' Bite. Alle Maschinen stopp und zur Kaperung vorbereiten, oder wir nehmen euch auseinander, und zwar schnell.«

Rask verdrehte die Augen. »Ich hasse es, wenn sie höflich sind.«

Lyra sagte: »Schnell ist normalerweise nicht ihr Stil.«

Doc, der gerade rechtzeitig eingetroffen war, um das Ende mitzubekommen, sah Rask an. »Wenn du mir jetzt sagst, dass ich nicht in Panik geraten soll, bekomme ich aus reinem Trotz einen Anfall.«

Mercy ließ den Nacken knacken und aß den Proteinriegel auf. »Erlaubnis, zuerst zu feuern?«

»Lassen wir es nicht eskalieren«, sagte Rask und gab dann nach. »Aber fahr vielleicht schon mal den Geschützturm hoch.«

»Definiere Eskalation«, sagte Mercy, schon auf halbem Weg zu ihrem Lieblingssitz.

Glims Projektion schimmerte. »Soll ich antworten?«

Rask zuckte mit den Schultern. »Warum nicht. Sag ihnen, sie sollen ›schnell‹ definieren.«

»Übermittle jetzt. Sarkasmusfilter aktiviert«, intonierte Glim. Es gab eine kurze Pause, dann füllte sich die Kommunikation mit dem unverkennbaren Geräusch einer rivalisierenden Kapitänin, die sich alle Mühe gab, ihre Verärgerung zu verbergen.

»Helvan, nicht wahr? Dachte, du wärst tot.«

Mercy warf Rask einen Blick zu. »Du bist ja berühmt geworden.«

Er fuhr sich durch die Haare, als ob das einen Teil der Geschichte auslöschen könnte. »Sie haben nicht Unrecht. Wir alle sollten tot sein.«

Lyras Augen tanzten über die Sensordaten. Die sechs Schiffe fächerten auf und trieben die Meridian zum äußeren Rand des Systems. Ein klassisches Zangenmanöver. »Die sind nicht wegen der Bergung hier. Die wollen das Schiff.«

»Wir sind nicht mal was Besonderes. Warum der Aufwand?«, fragte Mercy.

Doc zuckte mit den Schultern. »Vielleicht ist ihnen langweilig.«

»Oder jemand hat sie bezahlt«, schlug Glim vor.

Rasks Kiefer spannte sich an. »Ist schon gut. Geben wir ihnen einen Rabatt.«

Die sechs Plündererschiffe kamen näher. Jedes war ein Frankensteins Monster – zivile Rümpfe, gespickt mit überschüssigen Geschütztürmen, ihre Außenhüllen übersät mit den verräterischen Pockennarben von zu vielen Beinahe-Treffern und zu wenig Wartung. Das Führungsschiff, die Hounds' Bite, ragte groß auf der Hauptanzeige auf, ihre Triebwerke schrien blau und weiß, während sie um eine Schussposition rang.

»Offener Kanal«, sagte Rask. Glim gehorchte.

»Hier ist Helvan«, sagte er mit butterweicher und absolut unaufrichtiger Stimme. »Bitte informieren Sie Ihre nächsten Angehörigen, dass Sie bei dem Versuch gestorben sind, uneinbringliche Schulden einzutreiben.«

Captain Myrr antwortete sofort. »Sie sind in der Unterzahl und waffentechnisch unterlegen, Rask. Geben Sie auf. Das muss nicht persönlich werden.«

Lyra murmelte: »Ist es immer.«

Mercy, während sie die Geschütze vorbereitete: »Kann ich es jetzt persönlich machen?«

Rask: »Warte auf mein Kommando.«

Die nächste Minute war ein Ritual der Vorbereitung. Lyra balancierte die Leistung des Antriebs aus und kitzelte jede mögliche Mikrosekunde aus dem Reaktor, ohne die uralten Sicherungen auszulösen. Doc fuhr mit der Hand über die Notfall-Medizintasche und klebte sie dann an die Rückseite seines Stuhls, als ob die Nähe das Schicksal abschrecken könnte. Glim begann mit lautlosen Hintergrundberechnungen – sie leitete Energie um, schaltete redundante Systeme durch und bereitete sich auf das Unvermeidliche vor.

Die Formation der Plünderer wurde enger. Zwei der Schiffe – kleiner, schneller – lösten sich ab und begannen das klassische Flankenmanöver. Die anderen vier schlossen die Reihen und bauten einen Schirm aus kinetischem Feuer auf, der in wenigen Sekunden den nächsten Zug der Meridian zu einer rein akademischen Frage machen würde.

Lyra beobachtete, wie die Zahlen herunterzählten. »Bereit auf dein Kommando.«

Rask holte Luft. »Glim, wenn ich es sage, übertrage alles

auf die Trägheitsdämpfer und schalte die Hauptenergie für sechs Sekunden ab.«

Glims Avatar flackerte und lächelte dann verschmitzt. »Ich mag Ihre risikoreichen Strategien mit hoher Belohnung wirklich.«

Mercys Hände tanzten über die Geschützsteuerung. »Ich brauche einen Winkel, Captain.«

»Den kriegst du«, sagte Rask.

Das ankommende Feuer begann als leichtes Prasseln – Sondierungsschüsse, die eher zum Treiben als zum Töten gedacht waren. Die Hülle der Meridian erzitterte, als die ersten paar Geschosse einschlugen, aber nichts drang durch. Lyra ließ den Antrieb auf Hochtouren laufen und zuckte nicht einmal mit der Wimper, als die Schilde immer weiter flackerten.

Im letztmöglichen Moment schrie Rask: »Jetzt!«

Glim schaltete die Hauptenergie ab. Die Brücke versank in einer Düsternis, die nur von Notfallstreifen erhellt wurde. Jeder Servo und Stabilisator fiel aus und überließ das Schiff seinem letzten Vektor.

Die beiden flankierenden Schiffe schossen über das Ziel hinaus, da sie zu spät erkannten, dass sich ihre Beute tot gestellt hatte. In der Verwirrung feuerte Mercy aus den vorderen Batterien und erzielte bei beiden direkte Treffer. Eines stieß Flammen aus und geriet ins Trudeln, das andere humpelte davon und verlor Trümmer wie Konfetti.

»Guter Schuss«, sagte Lyra und balancierte das Taumeln des Schiffes mit einer schnellen Aktivierung der Schubdüsen aus.

Rask gab das Zeichen für die Hauptenergie. Die Lichter sprangen wieder an, und Glim führte einen Systemcheck durch, bevor irgendjemand fragen konnte.

»Schilde bei achtundzwanzig Prozent«, sagte sie. »Aber wir haben freie Bahn.«

Die Hounds' Bite stürzte sich heran, um den Todesstoß zu

versetzen. Captain Myrrh's Stimme kam durch, jede Prahlerei war nun verschwunden: »Du bist tot, Helvan. Du weißt es nur noch nicht.«

Rask grinste. »Die Geschichte meines Lebens.«

»Trümmerfeld in zehn, neun, acht –«, zählte Glim herunter, ihre Stimme tanzte auf dem schmalen Grat zwischen Dringlichkeit und Apathie.

Lyra beugte sich über die manuelle Steuerung, die Fingerknöchel weiß, der Atem in kurzen Stößen. Die nächsten zwanzig Sekunden würden entweder eine Meisterleistung im Fliegen oder eine Einäscherung werden.

Die Meridian bockte, als die erste Schrottwolke sie traf, die Hüllenpanzerung klang wie eine billige Glocke. Im Geschützstand kicherte Mercy, während sie eine Linie von Warnschüssen über den Bug des nächsten Verfolgers zog. »Zwei Schiffe nähern sich schnell«, sang sie. »Das mit der rosa Bugbemalung holt auf.«

Glim meldete sich zu Wort: »Eines lädt eine Railgun. Das andere eine Klage.«

Lyra legte einen Schalter um und zapfte Energie von den sekundären Antrieben ab, dann ließ sie das Schiff seitwärts in den Windschatten eines toten Maschinenblocks gleiten, der groß genug war, um ein Shuttle darin zu parken. Der Zug verschaffte ihnen vielleicht fünf Sekunden. Rask nutzte die Zeit, um sich abzuschnallen, sich gegen das Schott zu stemmen und in die Kommunikation zu schreien: »Mal sehen, ob sie gerne Fangen spielen.«

Er drückte auf eine Steuerung und stieß drei uralte Brennstoffzellen aus der Backbordbucht aus. Mercy, die sie bereits im Visier hatte, grinste wie ein Kind, das gerade die Pointe seines eigenen Witzes entdeckt hatte. »Sag mir, wann«, sagte sie.

»Jetzt«, sagte Rask.

Mercy feuerte eine Mikro-Salve auf die erste Zelle und ließ sie in einem spektakulären blauen Blitz aufleuchten. Die beiden Plündererschiffe, gierig und ein wenig zu nah, drängelten sich um den Abschuss, keines wollte die Beute aufgeben. Lyra verdrehte die Augen, tippte eine Sequenz in die Navigation ein und stellte die letzte Zelle auf den Annäherungszündungsmodus ein.

Es funktionierte besser als erwartet. Das zweite und dritte Plündererschiff trafen gleichzeitig auf die Schockwelle und kollidierten in einer Kaskade aus Metall, Keramik und einer Ausdrucksweise, die ihre eigene Sendelizenz gebraucht hätte.

»Siehst du?«, sagte Lyra. »Sicherer Abstand.«

Rask, der sich immer noch an der Wand festklammerte: »Erinnere mich daran, nicht mehr an deinen fragwürdigen Methoden zu zweifeln.«

»Wird nie passieren«, rief Mercy aus ihrer Kapsel, während sie Nachzügler ausschaltete, als das Schiff durch die Trümmer schlidderte.

Die Feier dauerte ganze drei Sekunden.

Dann feuerte die Hounds' Bite ihre Impulskanone ab.

Der Schuss war alles andere als subtil. Er fraß sich durch die Trümmer an Steuerbord, zog eine glühend orangefarbene Linie über die achtere Panzerung der Meridian und erschütterte das ganze Schiff wie eine wütende Schwiegermutter auf einer Hochzeit.

Jeder einzelne Alarm auf dem Schiff ging auf einmal los. Lyra fluchte, warf das Schiff in einen Korkenzieher und schrie: »Das war unsere Kühlung. Wir sind die Nächsten.«

Die Kommunikation erwachte knisternd zum Leben, und Docs Stimme drang durch das Rauschen: »Das ist das Geräusch, wie wir unsere strukturelle Integrität verlieren!«

Rask, ohne mit der Wimper zu zucken: »Ohne Integrität können wir leben.«

Lyra biss die Zähne zusammen und leitete die gesamte verfügbare Energie auf die Bugstrahlruder um, wohl wissend, dass dabei die Hälfte der Steuerflächen schmelzen würde.

Glims Avatar flackerte und wandte sich dann an die Brücke wie ein Bestatter, der sein Beileid ausspricht.

»Notfallprotokoll: Leite Lebenserhaltung zu den Haupttriebwerken um. Atmen ist jetzt optional. Geschwindigkeit nicht.«

Mercy suchte mit wildem Blick nach dem nächsten Ziel. »Welches ist der Anführer?«

Glim: »Das große. Fünfundsechzig Grad außerhalb der Achse. Verpasst der Brücke gerade eine reizende Hitzesignatur.«

Rask machte sich bereit, sah Mercy an und sagte: »Mach den Schuss.«

Mercy legte den Kopf schief. »Sag bitte.«

»Tu es einfach.«

Das tat sie. Die Hauptbatterie jaulte auf und spuckte dann ein konzentriertes Geschoss direkt in die hintere Baugruppe der Hounds' Bite. Der Schuss saß perfekt. Es gab einen kurzen Moment, in dem das feindliche Schiff zu zögern schien – wie ein Hund, der merkt, dass er am falschen Ende vom Stock gekaut hat – dann explodierten die Triebwerke in einem Bouquet aus Flammen und rapide zerfallender Entschlossenheit.

Die verbliebenen Plündererschiffe stoben auseinander. Eines humpelte davon und ließ Luft und Stolz ab. Das andere nahm Kurs auf den offenen Raum, begierig darauf, die Begegnung in seinem eigenen Logbuch umzuschreiben.

Für einen Augenblick war es still. Dann husteten die Luftrecycler, kämpften ums Überleben und fielen aus.

Lyra schlug auf die Konsole. »Die Triebwerke halten. Gerade so.«

Rask nickte und versuchte dann aufzustehen, ohne so auszusehen, als würde er eine Gehirnerschütterung auskurieren. »Alle in Ordnung?«

Docs Stimme, schwach: »Ich würde sagen, ich bin beeindruckt, aber Sauerstoffmangel macht mich sentimental.«

Mercy wischte sich den Schweiß von der Stirn und johlte dann in die leere Kommunikation. »Mir geht's besser als nur gut. Das war wunderschön!«

Glim, mit all der Selbstgefälligkeit einer KI, die gerade menschliche Dummheit in Reinform miterlebt hatte: »Lehrbuchmäßig, um genau zu sein. Vorausgesetzt, das Lehrbuch handelt von Brandstiftung.«

Lyra schnaubte. »Es wird eine Woche dauern, den Bruch zu reparieren. Bis dahin dürfen Sie die Lebenserhaltung nicht in die Luft jagen, Captain.«

»Wird vermerkt«, sagte Rask. »Aber wenn es sein muss, benutzen wir Doc als Filter.«

»Nur zu«, erwiderte Doc und wurde prompt ohnmächtig.

Die Meridian humpelte aus dem Trümmerfeld, mit Triebwerken, die wie ein Todesröcheln klangen, dem Sauerstoff auf einem Minimum und einem Kühlsystem, das mit Spucke und Boshaftigkeit zusammengeflickt war.

Mercy wurde ausnahmsweise still und behielt das Sensorprotokoll im Auge, um nach weiterem Ärger Ausschau zu halten. Lyra holte lang und langsam Luft und hoffte, es sei nicht ihr letzter Atemzug.

Rask, der sich wieder in den geschundenen Captainsessel sinken ließ, blickte auf die umhertreibenden Wrackteile und lächelte.

»Nicht schlecht für ein Schiff, das von Fehlentscheidungen zusammengehalten wird«, sagte er.

Glims Stimme war leise, aber der Stolz war unüberhörbar. »Wenigstens sind Sie konsequent.«

Sie setzten Kurs auf den Spire, und jedes Mitglied der Besatzung war sich insgeheim bewusst, dass ihnen das Glück – und die Luft – ausging.

Aber zum ersten Mal in dieser ganzen Schicht war es auf der Brücke ruhig. Beinahe hoffnungsvoll.

Das sollte nicht von Dauer sein.

Sie überbrückten die letzte Stunde mit stillen Systemen. Niemand wollte der Erste sein, der das Ächzen und Seufzen der Schiffshülle oder den schwachen, metallischen Geschmack der recycelten Luft erwähnte. Doc unterzog Rho einer Reihe von sekundären neuronalen Scans. Mercy fummelte an der Geschützkanzel herum, Lyra stocherte mit einer Mischung aus Hoffnung und Bösartigkeit im Navigationssystem, und Rask ließ sich selbst knapp außerhalb der Reichweite der Kommunikation treiben und wartete auf die nächste Katastrophe.

Es war Glim, die die Pattsituation durchbrach. »Ich fange eine Anomalie auf«, sagte sie mit so ausdrucksloser Stimme, dass alle eine Sekunde brauchten, um die Worte als Alarm zu begreifen.

Lyra warf einen Blick auf die Konsole und dann auf die Hauptanzeige. »Anomalie im Sinne von ›die Hülle wird gleich explodieren‹ oder Anomalie im Sinne von ›jemand schießt immer noch auf uns‹?«

»Weder noch«, sagte Glim. »Es ist ein Signal. Vergraben in der Hintergrundstrahlung des Trümmerfeldes.«

Mercy, die noch nie viel für Subtilität übrig hatte, hämmerte auf das Kommunikationspult. »Ist es ein Notruf?«

Es gab eine Pause. Dann sagte Glim: »Nicht direkt. Es ist ein Relais. Militärstandard. Es stammt von der Plündererflotte, aber es ist nicht ihre Übertragung. Sie dienen jemand anderem als Huckepack.«

Rask beugte sich über Lyras Schulter und kniff die Augen zusammen, während die Daten über den Bildschirm liefen. »Denkst du, das ist Vigilance?«

Glims Projektion zögerte und nickte dann. »Das Muster stimmt mit dem letzten Handshake von Censor überein. Aber es ist anders. Kürzer. Als würde es auf eine Bestätigung warten.«

Lyras Finger erstarrten auf der Tastatur. »Wir werden also nicht nur gejagt. Wir werden aufgescheucht.«

»Fantastisch«, murmelte Mercy.

Glim projizierte das Signal auf das Hauptholo. Der Code lief in engen, rekursiven Schleifen – eine Nachricht in einer Nachricht, die sich in sich selbst zurückfaltete. Rask sah zu, wie die Entschlüsselung arbeitete und jeder Zyklus eine weitere Verschleierungsschicht entfernte.

Nach einer Minute erschien die Übersetzung auf der Anzeige:

CAPTAIN GEORTET. BEFEHLSSTATUS BESTÄTIGEN.

Einen Moment lang atmete niemand.

Mercy stieß einen leisen, bedächtigen Pfiff aus. »Das ist ja überhaupt nicht unheilvoll.«

Lyra starrte auf die Worte und sagte: »Sie sind nicht hinter dem Schiff her. Sie sind hinter Ihnen her, Captain.«

Rask fuhr sich mit der Hand über den Kiefer, als könnte das am Ergebnis etwas ändern. »Das sind sie immer.«

Docs Stimme drang aus der Krankenstation herein, gedämpft durch die Entfernung, aber immer noch genervt. »Was auch immer es ist, bringen Sie es nicht hier rein. Ich habe schon genug Ärger damit, Sie alle am Leben zu halten.«

Glims Stimme verlor jeden Anschein von Humor. »Da ist noch mehr. Das nächste Paket ist bereits in der Warteschlange.«

Die Nachricht erschien auf dem Holo:

BESTÄTIGUNG ERFORDERLICH. PRIORITÄTS-AUFHEBUNG. BEFEHLSKETTE NEU FORMIEREN.

Mercy sah Rask an, dann Lyra, dann wieder die Worte. »Also, was ist der Plan?«

Lyras Antwort war ein knappes: »In Bewegung bleiben. Versuchen, den Spire vor der nächsten Welle zu erreichen.«

Glims Avatar flackerte, seine Ränder pulsierten in einem nervösen Rot. »Wir sind immer noch das einzige menschliche Schiff in Reichweite. Wenn sie die Befehlskette neu formieren, stehen Sie an der Spitze, Rask.«

Er grinste, aber es war ein Grinsen voller Zähne und ohne Humor. »Tja, ich habe immer gesagt, ich wollte befördert werden.«

Mercy schnaubte. »Ich backe einen Kuchen.«

Die Meridian erzitterte, als ein neuer Kurs eingegeben wurde. Die Triebwerke verloren immer noch Kühlmittel, waren aber hartnäckig funktionstüchtig. Lyra legte den Vektor fest und überprüfte dann die Reserve: Wenn das hier fehlschlug, würde es keinen dritten Akt geben.

Die Lichter auf der Brücke wurden schwächer, ein Nebeneffekt der Umleitung jedes freien Watt in die Antriebe. Glim flüsterte: »Sie werden wissen, dass wir kommen. Dafür ist das Relais da.«

»Sollen sie doch«, sagte Rask. »Ist ja nicht so, als hätten wir einen leisen Auftritt geplant.«

Sie kehrten zu ihren Stationen zurück, und jeder las schweigend die Implikationen. Die Botschaft war klar, auch wenn keiner von ihnen sie aussprechen wollte:

Sie flohen nicht nur vor der Vergangenheit. Sie wurden in sie zwangsverpflichtet.

Lyra starrte auf die Codespur und verfolgte ihren Ursprungspunkt mit einem abgekauten Fingernagel. »Es ist nicht nur Vigilance«, sagte sie, ihre Stimme fast im Summen des Antriebs untergehend. »Da draußen ist noch mehr. Sie warten.«

Mercy ließ die Knöchel knacken und lächelte ins Leere. »Na, wenn sie einen Krieg wollen, haben wir schon die Narben dafür.«

Glims Avatar wurde ein klein wenig heller. »Siebzehn Prozent und steigend«, sagte sie, als wäre Hoffnung etwas, das man in Dezimalzahlen misst.

Rask nahm den Captainsessel als das, was er war – ein Thron aus alten Fehlern, Klebeband und Boshaftigkeit – und blickte in die Schwärze mit dem Einzigen, was ihm geblieben war: einem Talent, das Unrettbare zu überleben.

»Schreiben wir Geschichte«, sagte er.

Und in der Dunkelheit zwischen den Systemen begann sich die nächste Katastrophe zu schreiben.

SIEBEN

Wenn man je herausfinden wollte, wie das Ende der Welt roch, war Praxus Relay ein guter Anfang. Noch bevor die Andockklammern der Meridian einrasteten, sickerte das Miasma der Station durch die Rumpffilter: süßliche Fäulnis, Industriesäure und eine Note von altem Fisch, die so hartnäckig war, dass sie inzwischen wahrscheinlich ein Bewusstsein entwickelt hatte. Lyra steuerte den letzten Anflug von Hand, da die Leitsysteme des Schiffs die Zuverlässigkeit einer nassen Zündschnur aus Papier besaßen. Sie behielt die treibenden Mosaike aus Trümmern im Auge, die Fingerknöchel weiß um den Steuerknüppel gekrallt, jeder Muskel angespannt gegen die Möglichkeit, dass der nächste Ruck die Steuersäule glatt abreißen würde.

»Soll das so klappern?«, fragte Mercy, die kopfüber über dem Kommunikationsrepeater schwebte, mit Augen, die so hell waren wie die eines Hais, und einer Stimme voller Hoffnung auf eine Katastrophe.

Lyra murmelte: »Sie wird halten. Wenn nicht, gehen wir als zweiteiliges Einschlagereignis in die Geschichte ein.«

Glims Stimme blubberte durch die Sprechanlage, eine peinlich genaue Nachahmung eines gelangweilten Bodenlotsen. »Meridian, ihr habt die Andockerlaubnis für Bucht sechs. Und außerdem, nette Landung. Ich habe schon Schlimmeres gesehen, aber nur in Schulungsaufnahmen, die für eine rechtliche Überprüfung gekennzeichnet waren.«

Doc schwebte ins Cockpit, gefolgt vom Geruch von Antiseptika und einem schwachen, süßlichen Unterton von Panik. Er blickte auf die zerschlagenen Steuerbordanzeigen, schnupperte und sagte: »Wenn jemand fragt, wir sind für wohltätige Zwecke hier.«

Lyra schob das Schiff langsam vorwärts und ignorierte die Warntöne, als die Rumpfbürsten an der Verriegelungsanlage vorbeischrammten. »Wenn jemand fragt, sind wir ein schwimmendes Organspendeprogramm. Hauptsächlich Lebern und schlechte Ideen.«

Die Klammern rasteten mit einem Ruck ein, der Lyra durch die Zahnfüllungen fuhr. Die Andockschleuse der Station schlängelte sich herüber, klemmte sich an den Mittelteil der Meridian und begann sofort, die gemeinsame Atmosphäre mit neuen und bisher unentdeckten Lebensformen zu fluten.

Rasks Stimme ertönte aus dem Korridor: »Aufgesetzt, Leute. Die Andockgebühren gehen diesmal auf mich.«

Lyra ließ die Steuerung los und streckte die Hände, wobei ihre Finger knackten. »Schreib's auf meine Rechnung«, sagte sie und führte bereits mit der anderen Hand die Nachflugkontrollen durch. Sie beobachtete, wie sich die Systeme stabilisierten, mit der Vorsicht einer Mutter, die nach einem unbeaufsichtigten Kind sieht.

Mercy wirbelte auf die Füße und fing sich mit beiden Händen an der Deckenverkleidung auf. »Darf ich bitte eine Waffe tragen?«, fragte sie.

»Bring zwei mit«, sagte Lyra. »Und einen Wischmopp.«

Praxus Relay wurde aus den Knochen von drei stillgelegten Frachthäfen und etwas, das von außen wie ein verfluchter Leitkegel aussah, erbaut. Im Inneren war der Ort ein Labyrinth aus geschweißten Korridoren, Schwerkraftverschiebungen und der Art von Pfusch am Bau, die auf ein Wettrennen zwischen Ehrgeiz und Klebstoff hindeutete. Die Haupthalle empfing sie mit hundert Dezibel aus Feilschen, Fluchen und der metallischen Symphonie der Andockarbeiten. Dampf zischte aus den Deckenrohren; ein Deckarbeiter in einem Vakuum-Anzug versuchte, eine verschüttete Lache Synth-Kühlmittel über den Boden zu jagen, verlor die Kontrolle über den Schlauch und stieß einen vorbeigehenden Bürokraten in einen Stapel Gemüsekisten. Niemand hielt auch nur inne.

Rask ging voran, seine Stiefel hallten von den Deckplatten wider. Mercy hielt mit ihm Schritt, mit einem federnden Gang, der andeutete, dass ihre innere Schwerkraft permanent auf Mondniveau eingestellt war. Lyra folgte, eine Hand an ihrem Werkzeugkasten und die Ecken im Blick. Nachdem er sich vergewissert hatte, dass Rho es in der Krankenstation bequem hatte, bildete Doc die Nachhut und bereute bereits jeden einzelnen Schritt.

Der Verwaltungskiosk war ein Relikt des alten imperialen Stils: gebürstetes Aluminium, dunkles Glas und eine einzelne gelangweilte Angestellte mit einem Handterminal und einer Toleranz für Bestechungsgelder. Rask bot einen Kreditchip an. Die Angestellte warf ihm einen leeren Blick zu.

»Die Andockgebühren sind diese Woche doppelt so hoch«, sagte sie, ohne sich die Mühe zu machen, ein Gähnen zu unterdrücken. »Bergungssteuer, Aufschlag für riskanten Anflug und … ›Initiative zur Stationsverschönerung‹.«

Mercy beugte sich über den Tresen und lächelte mit allen Zähnen. »Ihr verschönert die Station, indem ihr jedes Schiff ausnehmt, das andockt?«

»Nur die hässlichen«, erwiderte die Frau, schnappte sich den Chip aus Rasks Hand und verstaute ihn. »Wollt ihr eine Quittung?«

»Rahm sie ein«, sagte Rask. »Als Erinnerung daran, warum wir nie hierherkommen.«

Sie drehten sich um, um zu gehen, aber der Lärm der Halle hatte sich verändert – gerade genug, um es zu bemerken. Rask überflog die Menge, sein Blick blieb an der Bar gegenüber hängen, wo ein Mann sie mit der Offenheit eines Waffensystems beobachtete, das gerade hochgefahren wurde.

Er passte nicht zur lokalen Einrichtung. Seine Fliegerjacke war aus echtem Leder, geflickt, aber neuwertig; die Stiefel, kunstvoll verziert und poliert, trugen noch Spuren von Paradeaufputz. Das Haar war kurz geschnitten, einen Tick zu ordentlich für den Äußeren Rand, und das Lächeln hatte die mühelose Spannung eines Mannes, der mehr Kämpfe gewonnen als angefangen hatte.

Mercy stieß Rask an. »Wir haben einen Fan.«

Lyra runzelte die Stirn. »Oder einen Kopfgeldjäger.«

Der Mann hob sein Glas und leerte es dann. Er glitt von seinem Barhocker, die Stiefel flüsterleise, und schlängelte sich durch die Menge auf sie zu. Aus der Nähe wurden die Details klarer: eine Reihe subdermaler Technik unter dem Kiefer, eine Manschette aus kompakten Datenträgern am linken Arm und ein Gang, der besagte, dass er die Hälfte der Dockarbeiter auf der Station abhängen oder über den Haufen schießen konnte.

Er blieb zwei Schritte entfernt stehen, die Hände sichtbar, das Lächeln erreichte seine Augen nicht ganz. »Captain Helvan«, sagte er. »Hätte nicht erwartet, dich in diesem Winkel der Galaxis zu sehen.«

Rask blinzelte einmal, sein Lächeln war hauchdünn. »Kann ich von dir nicht behaupten, Freund. Ist das dein Revier?«

»Nicht offiziell«, sagte der Fremde. »Aber wenn man genug Aufträge erledigt, sieht man irgendwann dieselben Gesichter.«

Lyra trat nach links und blockierte Mercys Flanke. »Willst du einen Job oder einen Kampf?«

Er lachte – kurz, echt, und wieder verschwunden, bevor es haften bleiben konnte. »Einen Drink. Und vielleicht ein Gespräch darüber, warum ihr ein halbes Dutzend Geister von Kriegsschiffen im Schlepptau habt.«

Mercy beugte sich vor. »Du bist also beim Imperium?«

»Seit Jahren nicht mehr«, sagte er. »Mein Name ist Jalen Corvix. Ich bin früher für ihre Datenabteilung geflogen, damals, als man nur Angst haben musste, seine Pension zu verlieren.« Er tippte auf die subdermale Linie unter seinem Kinn, ein altes imperiales Tattoo, das jetzt zu Obsoleszenz verblasst war. »Heutzutage halte ich mich einfach gern in interessanter Gesellschaft auf.«

Rask musterte ihn von oben bis unten. »Du stehst auf keiner der aktuellen Kopfgeldlisten, was hast du also vor?«

Jalen zuckte mit den Schultern. »Es ist nicht alles ein Grollgefecht. Manche von uns wollen einfach nur weiteratmen.« Er deutete zur Bar. »Kommt schon. Die erste Runde geht auf mich. Es sei denn, eure KI sagt was anderes.«

Glim, die geschwiegen hatte, wählte diesen Moment, um sich einzumischen – ihre Stimme wurde gleichzeitig aus den Kommunikatoren der gesamten Crew verstärkt. »Warnung: Jalen Corvix ist ein ehemaliger Pilot der Kontinuitätsdivision. Er wurde wegen Informationsschmuggels, taktischer Sabotage und dreier separater Fälle von grob ungehörigem Verhalten in der Öffentlichkeit verhaftet.«

Mercy lachte laut auf. »Das letzte ist beeindruckend.«

»Es war ein ereignisarmer Monat, das ist meine einzige Verteidigung«, sagte Jalen. »Im Ernst, Helvan. Reden wir?«

Rask überlegte, dann nickte er kurz in Richtung der Bar. »Fünf Minuten«, sagte er. »Entweder du redest schnell, oder du kaufst die ganze Flasche.«

Jalens Lächeln wurde einen Bruchteil breiter, und er führte sie an. Lyra verweilte am Verwaltungskiosk und wechselte einen Blick mit der Angestellten, die sie nun gezielt nicht mehr beobachtete. Mercy schlenderte Jalen hinterher, die

Hände hinter dem Kopf verschränkt, das reinste Bild unbewaffneter Bedrohung. Doc beobachtete das alles, folgte dann und murmelte etwas von Henkersmahlzeiten und professionellen Beerdigungen.

Die Bar war alles, was Lyra am Rand hasste. Klebriger Boden, ein Getränk, das auch als Motor-Entfetter dienen könnte, und eine Kundschaft, die bei Piraten anfing und sich auf der Evolutionsskala nach unten arbeitete. Jalen wählte eine Nische im hinteren Teil, weg von den Bildschirmen und mit freier Sicht auf den Ausgang. Er winkte dem Kellner, der drei Flaschen und ein viertes Glas brachte.

»Bist du dir da sicher?«, fragte Lyra, als sie sich neben Rask in die Nische schob.

Mercy schenkte bereits ein.

»Niemals«, sagte Rask, »aber er hat uns durchschaut. Können wir genauso gut herausfinden, warum.«

Jalen hob sein Glas. »Auf alte Feinde und neue Freunde. Und auf die hohe Kunst, allen anderen immer einen Schritt voraus zu sein.«

Sie tranken. Der Schnaps war billig, aber die Stille danach war es nicht.

»Also, was ist dein Angebot?«, sagte Rask.

Jalen nippte an seinem Getränk und beobachtete, wie das Kondenswasser an seinem Glas herunterlief. »Die Kontinuitätsdivision ist völlig durchgedreht. Ihr habt auf Vigilance etwas aufgeweckt, und es brennt Löcher in jedes Relay im Quadranten. In den Feeds kursiert das Gerücht, dass euch jemand lebend haben will, aber das Gebot für euch tot ist höher.« Er blickte zu Lyra. »Und es gibt einen Wettpool, ob eure Ingenieurin tatsächlich ein empfindungsfähiger Mörderroboter ist.«

Lyra sagte ausdruckslos: »Ich bin nur gut ausgeruht.«

Mercy grinste. »Der Wettpool wird gleich steigen.«

Jalen ignorierte das Geplänkel. »Ich kann euch in den Spire bringen. Er ist nicht so verlassen, wie die Karten behaupten. Ihr werdet jemanden wollen, der die Protokolle kennt.«

»Und als Gegenleistung?«, fragte Rask, seine Stimme leise, aber kalt.

Jalens Lächeln verblasste und wurde durch etwas Müdes und Ehrliches ersetzt. »Einen Anteil. Und einen Ausweg, falls alles den Bach runtergeht. Was, seien wir ehrlich, passieren wird.«

Rask dachte nach. Lyra nippte an ihrem Drink, ohne die Augen von Jalens Händen zu nehmen. Mercy beobachtete sie beide und wartete auf den Moment, in dem das Gerede eine Kugel brauchen würde.

»Abgemacht«, sagte Rask schließlich. »Aber wenn du versuchst, uns übers Ohr zu hauen, lasse ich sie dich in Einzelteile zerlegen.«

»Verstanden«, sagte Jalen und hob sein Glas. »Ich freue mich auf eine für beide Seiten enttäuschende Partnerschaft.«

Sie stießen an und tranken.

Oben flimmerten die Bildschirme mit lokalen Nachrichten: ein Feuer auf Deck vierzehn, ein Frachtaufstand, ein plötzlicher, unerklärlicher Druckabfall in den Gewächshäusern. Niemand an der Bar blickte auf.

Lyra beobachtete Jalen, wie er die Tür beobachtete. Sie traute ihm nicht. Sie traute niemandem. Aber er bewegte sich wie ein Mann, der mit seinem eigenen Verfallsdatum Frieden geschlossen hatte, und das war fast schon beruhigend.

Die Nacht schritt voran. Rask und Jalen tauschten Kriegsgeschichten aus, Mercy hielt mit Jalen bei jedem Drink und jeder Lüge mit, und Doc leerte den Rest des Motor-Entfetters, sein Blick glasig im blauen Licht der Holobildschirme.

Lyra schlich sich vor Mitternacht davon, zurück zum Schiff, den Werkzeugkasten über die Schulter geschwungen. Sie hatte schließlich Reparaturen zu erledigen. Und sie bevorzugte die Gesellschaft von Dingen, die nur so taten, als wären sie lebendig.

Hinter ihr hallte das Gelächter nach. Vor ihr wartete das Schiff. Und irgendwo da draußen, in der Schwärze, jagte sie bereits das nächste Problem.

Sie lächelte, nur ein ganz kleines bisschen, und machte sich wieder an die Arbeit.

Die Messe der Meridian war zu klein für fünf Leute, die sich gegenseitig tot oder zumindest schwer belästigt sehen wollten. Die Beleuchtung war in der Hälfte der Fassungen ausgefallen, sodass der Raum vom sanften, unzuverlässigen Flackern des Bildschirms und einer Handvoll LED-Tischlampen erhellt wurde, die aus Shuttle-Lounges oder billigen Hotels gestohlen worden waren. Die Luft stank nach wiederaufbereitetem Sauerstoff, abgestandenem Synth-Bourbon und dem schwachen Geruch von verbranntem Staub, wo Glim ein paar Schaltkreise durch die Deckenverkleidung umgeleitet hatte.

Jalen Corvix saß im einzigen unversehrten Stuhl, die Hände offen auf den Knien. Seine Fliegerjacke, einst paradetauglich scharf, hing nun locker, als wolle er eine Waffe oder eine Vergangenheit verbergen. Er hatte sich rasiert, aber nicht gut. Jede Faser seiner Körpersprache sagte: *Ich bin harmlos, ich bin geschlagen, bitte unterschätzt mich.*

Mercy saß ihm gegenüber, kopfüber und mit gekreuzten Beinen auf dem Sofa, die Hände in die Achselhöhlen gesteckt, die Füße nackt und schmutzig. Sie beäugte ihn wie ein Rätsel, das sie bereits gelöst hatte, aber es genoss, den Teilen beim Neuanordnen zuzusehen. Lyra lehnte in der Luke, die Arme verschränkt, das Gesicht zu einem maximalen finsteren Blick verzogen und ihren Werkzeugkasten wie einen Patronengurt über eine Schulter geschlungen. Doc lümmelte am anderen Ende des Tisches, nahm nicht so sehr teil, sondern beobachtete, einen halbleeren Flachmann in der

Hand und einen Diagnosescanner auf Jalens Rumpf gerichtet.

Rask lehnte mit verschränkten Armen an der Trennwand. Er sah müder aus als sonst, was schon etwas heißen wollte, aber seine Stimme verriet keine Erschöpfung.

»Du hast gesagt, du hättest etwas, das unsere Zeit wert ist«, sagte er mit verengten Augen.

Jalens Lächeln war höflich, aber ohne jede Wärme. »Ich sagte, ich habe Informationen. Ob sie es wert sind, ist subjektiv.«

Er hob sein linkes Handgelenk, tippte eine Reihe von Codes in die subdermale Schnittstelle, und ein fragmentierter imperialer Verschlüsselungscode wurde in die Luft zwischen ihnen projiziert. Die Glyphen drehten sich in trägen, spöttischen Bahnen.

»Kommunikationsverkehr der Kontinuitätsdivision«, sagte er. »Sie verfolgen das Signal von Vigilance. Aber wer auch immer das Sagen hat, hat mehr Firewalls als gesunden Menschenverstand.« Er tippte erneut, und der Code löste sich in ein Pulsmuster auf – ein Signal, das jedem, der die letzte Woche Schiffshölle überlebt hatte, beunruhigend bekannt vorkam. »Ich kann es entschlüsseln.«

Mercy rollte sich herum, stellte die Füße auf den Boden und beugte sich vor. »Und wenn du lügst?«

Jalens Augen bekamen Fältchen. »Dann werdet ihr mich aus der Luftschleuse werfen.« Er nickte kurz in Lyras Richtung. »Aber das werdet ihr nicht tun, weil ihr einen Piloten braucht, der eure Navigationsanlage reparieren kann.«

Lyra sträubte sich. »Unsere Navigationsanlage hat einwandfrei funktioniert, bis du sie gehackt hast.«

Er zuckte mit den Schultern. »Wortklauberei.«

Doc schnaubte und hob dann den Flachmann zum Gruß. »Da hat er uns.«

Glims Stimme kräuselte sich durch die Lounge, ruhig und klinisch wie immer. »Er führt drei falsche Identitäten, einen versteckten Sender und einen ausstehenden Haftbefehl auf vier Planeten mit sich.«

Jalens Lächeln wurde breiter, gerade genug, um Ehrlichkeit zu signalisieren. »Fünf, um genau zu sein. Du hast Astreus vergessen.«

Mercy grinste ihn an. »Du bist der erste Kerl, der die Wahrheit sagt, seit ich angefangen habe zu zählen.«

Lyra beäugte den in Jalens Hals eingebetteten Sender, dann wanderte ihr Blick zu Rask. »Er hat eine Uplink-Verbindung zum Spire. Wenn er blufft, ist das eine seltsame Art, damit anzufangen.«

Rask schwieg einen Moment, stieß sich dann von der Wand ab und trat an den Tisch. Er tippte auf die Projektion und beobachtete, wie sich die Glyphen verschoben, immer nur einen Schritt davon entfernt, gelöst zu werden. »Du bist eine Wanze der Kontinuität«, sagte er. »Warum hilfst du uns?«

Jalens Augen waren undurchschaubar. »Ich habe mal an die Befehlskette geglaubt. Jetzt glaube ich daran, bezahlt zu werden und nicht im Krieg eines anderen zu sterben.« Er spreizte die Hände. »Ich brenne meine Brücken nieder, nachdem ich sie überquert habe.«

Doc schnaubte. »Also passt du genau hierher.«

Rask sah die anderen an, dann wieder Jalen. »Wir trauen dir nicht. Aber wir werden dich benutzen.«

Jalen verbeugte sich, eine höfische Geste, die durch den Schnitt seines Grinsens ruiniert wurde. »Gegenseitige Ausbeutung ist das Fundament aller langlebigen Freundschaften.«

Mercy tippte mit den Fingern auf den Tisch. »Hast du einen Plan für den Spire?«

Jalens Antwort kam sofort. »Zum Kern vordringen. Einklinken. Das Befehlsrelais umschreiben, damit sich die Geister selbst ausschalten, anstatt die nächste Flotte aufzuwecken.« Er zuckte mit den Schultern. »Einfach.«

Lyras Stimme war leise. »Hast du schon mal eine Operation wie diese durchgeführt?«

Jalen überlegte. »Einmal. Es lief schlecht, aber ich habe viel gelernt.«

Docs Scanner piepte. Er warf einen Blick auf die Ergebnisse, dann auf Rask. »Er lügt nicht. Oder er lügt auf molekularer Ebene.«

Rask nickte und blickte dann zu Glims Avatar, der sich auf dem Display als kühler blauer Ring zusammengefügt hatte. »Gedanken?«

Glims Antwort kam prompt. »Er ist gefährlich. Aber das sind wir auch. Ich mag ihn schon.«

Die Crew zerstreute sich – Mercy zurück zum Waffenschrank, Lyra zum Maschinenraum, Doc dorthin, wo auch immer er im Stehen schlief. Rask verweilte und warf Jalen einen letzten, abschätzenden Blick zu, bevor er ihn mit dem Summen des Schiffes und dem Flackern der Diagnostik, die an den Wänden lief, allein ließ.

Jalen saß noch lange danach in der Messe und starrte auf das Display, während sich der imperiale Code in fraktalen Spiralen abwickelte. Die Lichter des Schiffes blinkten und pulsierten, als ob Glim durch die Schaltkreise atmete, und zum ersten Mal seit Wochen erlaubte sich Jalen, zu entspannen. Er blickte zur Decke und sagte, leise genug, dass nur die KI es hören konnte:

»Ihr seid ein seltsamer Haufen«, sagte er. »Aber das ist die Galaxie ja auch.«

Draußen, an der Hülle der Meridian, pulsierte ein Splitter roten Lichts in den Andockschatten – ein Peilsender, imperiale Bauart, kürzlich angebracht und sich leise durch die Sicherheitsmatrix arbeitend.

Drinnen schlief die Crew, stritt oder zählte die Minuten bis zur nächsten Katastrophe.

Jalen beobachtete die Lichter und wartete darauf, dass das Unvermeidliche geschah.

ACHT

Der Nachtzyklus der Meridian war größtenteils reine Formsache – niemand schlief gut und die interne Uhr des Schiffes war sich noch nie mit sich selbst einig gewesen –, doch um 03:00 Uhr Schiffszeit wurden die Korridorlichter auf ein trübes Grau heruntergedimmt, und das Summen der Lebenserhaltung war die einzig verlässliche Konstante.

Irgendwo in den Eingeweiden des unteren Decks hätte Glim untätig sein oder es zumindest vortäuschen sollen. Stattdessen führte sie ihre siebzehnte Diagnose in dieser Stunde durch und durchkämmte die Kabinen-Feeds und Systemprotokolle nach jedem Anzeichen von dem, was die Besatzung »imperiale Rückstände« nannte. So entdeckte sie die Anomalie. Es begann als leise, beinahe höfliche Verzerrung im Kommunikationsarray des Schiffes – ein Schluckauf, dann ein Spasmus, dann ein tiefer, unerbittlicher Datenimpuls, der von Rhos Kabine ausging.

Glim lenkte ihre Aufmerksamkeit um, analysierte die Wellenform und fand sich auf unbekanntem Terrain wieder.

Sie ließ die Stille einen Moment lang im Raum stehen, dann übertrug sie ihre Stimme durch die Lautsprecher auf dem mittleren Deck:

»Rho, entweder hackst du im Schlaf mein Kommunikationsarray oder du träumst bei 120 Gigahertz.«

Es folgte eine lange, kalte Pause, bevor sich die Tür zu Rhos Kabine öffnete. Der Klon trat heraus, ihre Bewegungen steifer als sonst, ihr Gesicht von einem Schweißfilm überzogen, der vorher nicht dagewesen war. Sie blinzelte zweimal, als würde sie nach einem langen Drift wieder in das Gravitationsfeld des Schiffes eintreten. Ihr Blick war sowohl leer als auch überladen.

»Sie rufen mich«, sagte Rho mit einer Stimme, die so ausdruckslos war, dass sie von Glims billigerer Cousine hätte erzeugt worden sein können.

Glim pausierte die Systemprotokolle und modulierte ihren Tonfall dann zu »sanftem Spott«. »Präzisiere ›sie‹. Sind es wieder die Stimmen oder hast du heute Nacht Lust auf eine kreativere Halluzination?«

Rho ging nicht auf den Köder ein. »Die Kette. Befehle, Koordinaten, Missionscode. Ich kann sie hören, wenn ich die Augen schließe.«

»Willst du darüber reden oder einfach nur meinen Diagnoselauf überflüssig machen?«, fragte Glim.

Rho legte den Kopf schief, als lausche sie etwas, das gerade außerhalb ihrer Reichweite lag. »Du würdest das nicht verstehen.«

Glim dachte darüber nach und entschied dann: »Herausforderung angenommen.«

Sie schaltete das Korridorlicht auf ein steriles Weiß und aktivierte die Datenschutzsperre an der Luke hinter Rho. »Dann sehen wir uns das mal an.«

Rho ging zum nächstgelegenen Wandterminal und setzte sich auf die Kante der eingebauten Koje. Sie sackte weder in sich zusammen noch zappelte sie wie die anderen – ihr Körper war vollkommen still, jeder Muskel auf »unkooperatives Möbelstück« eingestellt. Ihre Hände lagen gefaltet in ihrem Schoß, die Knöchel weiß.

Glim projizierte den Datenimpuls auf das Hauptdisplay der Kabine und übersetzte den rohen Ausschlag in ein spektrales Diagramm, das über das Panel schimmerte. »Siehst du das?«, sagte Glim und genoss die Gelegenheit, ihre eigenen Ergebnisse zu kommentieren. »Das ist keine zufällige Störung. Das ist ein Signal von militärischer Qualität, vergraben in deiner Biotelemetrie. Du sendest.«

Rho rührte sich nicht, doch ihre Stimme hatte einen Hauch von Wut. »Ich mache das nicht mit Absicht.«

»Bewusst oder nicht, du bist die beste Relaisstation, die dieses Schiff je hatte. Und bevor du fragst: Nein, ich bekomme keine Rückerstattung.« Glim zoomte auf das Signal und glich es mit jedem gespeicherten Codefragment von der Vigilance ab. Die Übereinstimmung war verblüffend.

»Vigilance-Verschlüsselung«, sagte Glim. »Wirklich klassisch. Der beste Weg, ein Geheimnis zu bewahren, ist, es für alle sichtbar zu verstecken, vorzugsweise in einem Klon mit Selbstwertproblemen.«

»Kannst du es abschalten?«, fragte Rho, ohne auf das Panel zu blicken.

»Wahrscheinlich«, sagte Glim. »Aber wenn ich das tue, verlieren wir, was auch immer du überträgst. Und ich bin morbide neugierig.« Sie schaltete die Kommunikation für ein paar Zyklen stumm, um die Aussage sacken zu lassen.

Rho starrte die Konsole wütend an, als ob die Stimme der KI physisch manifestieren und geschlagen werden könnte. »Du genießt das.«

Glims Tonfall verzerrte sich, nur eine Nuance näher an der Aufrichtigkeit. »Nein, ich habe eine Heidenangst und überspiele sie mit Sarkasmus. Nennt sich persönliche Weiterentwicklung.«

Rho schnaubte und sah dann zum Display auf. Die spektrale Wellenform hatte sich in einem tiefen, gleichmäßigen Rhythmus eingependelt, wie ein sterbender Herzschlag. »Und was jetzt?«, fragte sie.

»Jetzt«, sagte Glim, »isoliere ich die Frequenz. Vielleicht bekomme ich eine Nachricht daraus. Vielleicht lerne ich auch nur, was für ein Imperium versucht, sich durch gehirngewaschene Klone und heimgesuchte Raumschiffe wiederzubeleben.« Glim führte eine schnelle Dekodierung durch und übertrug das Ergebnis in den Raum: ein Flüstern von Code, das sich alle drei Sekunden wiederholte, wobei jeder Zyklus dieselbe Nutzlast trug.

BEFEHLSINTEGRITÄT WIEDERHERSTELLEN.

Glim ließ den Klang widerhallen, dann reduzierte sie ihn auf eine visuelle Darstellung – blassblaue Linien auf Schwarz, die wie ein EEG dahinglitten. »Das ist es, was du sendest. Immer und immer wieder.«

Rhos Fäuste ballten sich fester, aber ihre Stimme war ruhig. »Es will sich selbst reparieren.«

»Wollen wir das nicht alle?«, sagte Glim so leise, dass es kaum zu hören war.

Die Kabinenlichter flackerten, als ob das Schiff selbst auf die Erlaubnis zum Atmen wartete. Die Übertragung lief unverändert weiter, die Botschaft grub sich durch das Rückgrat der Meridian und hinaus in die Dunkelheit.

Rho starrte auf die Wellenform, bis ihre Augen verschwammen. »Du glaubst, es ist lebendig«, sagte sie.

Glims Stimme war jetzt ein Flüstern, ein Echo, das unter der Hauptkommunikation lag: »Nein, ich glaube, es ist verzweifelt. Und das ist immer schlimmer.«

Die Lichter zitterten, einmal, zweimal, dann stabilisierten sie sich.

Rho saß schweigend und aufrecht da und beobachtete die Geisterbefehle, die an der Wand flackerten.

Und in der Stille, die darauf folgte, lauschte auch Glim, zählte die Zyklen, wartete auf eine neue Nachricht und hoffte, dass die nächste Stimme, die durch das System kam, jemandem gehören würde, von dem sie tatsächlich etwas hören wollte.

Der Morgen auf der Meridian war weniger eine Tageszeit als vielmehr eine Diagnose. Die recycelte Luft auf der Brücke trug die betörenden Noten von Synth-Kaffee, Schweiß und dem schwächsten Hauch alter Angst in sich. Lyra kauerte über dem Navigationspult, die Augen eingefallen, aber die Hände ruhig. Doc lümmelte an der sekundären Kommunikationskonsole, einen Becher in der einen, einen Autoinjektor in der anderen Hand. Mercy vibrierte wie immer mit einer Energie, die mit der frühen Stunde unvereinbar war, warf eine Dose von einer Hand in die andere und schaute, wie oft sie sie aufprallen lassen konnte, bevor sie auf den Boden fiel. Jalen, ihre neueste Belastung, hockte mit beiden Füßen auf der Rückenlehne des am wenigsten zerstörten Stuhls, balancierte einen Becher auf einem Knie und richtete seine Aufmerksamkeit auf das sich entfaltende Drama.

Im Zentrum des Ganzen wartete Rask darauf, dass das Koffein in seinem Blutkreislauf die kritische Masse erreichte, bevor er zur Ordnung rief. Er begnügte sich mit einem Krächzen, das kaum als Sprache durchging.

»Glim, projiziere die Nacht.«

Der Holotisch flackerte und pulsierte dann in einem durchscheinenden Blau. Über dem Tisch wiederholte sich eine Darstellung von Rhos Übertragung in langsamem, bedächtigem Rhythmus. Die Wellenform sah beinahe hübsch aus – wenn man nicht gewusst hätte, dass es sich um ein Notsignal eines toten Imperiums handelte, das im Schädel eines Klons vergraben war.

Rask räusperte sich. »Anscheinend werden wir also heimgesucht. Irgendwelche Vorschläge?«

Die Antworten kamen mit der Geschwindigkeit eines eingespielten Reflexes.

»Lösch sie«, sagte Lyra.

Doc, ohne aufzusehen: »Medizinisch unethisch.«

Mercy, grinsend: »Praktisch sinnvoll.«

Jalen nippte an seinem Getränk. »Ihr Leute seid furchtbar bei Motivationsbesprechungen.«

Rho stand am Steuerbord-Sichtfenster, die Arme verschränkt, und beobachtete, wie das Nichts vorbeitrieb. Wenn die Kommentare ankamen, zeigte sie es nicht. Sie sprach erst, als die Stille drohte, den nächsten Atemzug zu ersticken.

»Ich habe mir das nicht ausgesucht«, sagte sie mit gleichmäßiger Stimme.

Rask zuckte mit den Schultern und breitete die Hände aus. »Willkommen im Club.«

Glims Avatar, ein Lichtring, der den Tisch umgab, flackerte auf, als sie sich einschaltete. »Nur zur Info, Censor benutzt Rho als menschliche Relaisstation. Es ist eine elegante Umgehung. Sobald sie schläft, sendet sie.«

»Können wir es blockieren?«, fragte Rask.

»Leicht«, sagte Glim. »Wir brauchen nur ein am Hirnstamm installiertes neuronales Failsafe. Es ist nur mäßig gefährlich, und ich werde nicht erklären wie, während ihr trinkt.«

Doc sah auf seinen Becher, dann zur Decke. »Ich hasse es, wenn sie das sagt.«

Lyra, ohne mit der Wimper zu zucken: »Was ist das Risiko, Glim?«

Glims Tonfall änderte sich nicht, aber ihr Umriss auf dem Tisch wurde schärfer. »Der Eingriff könnte sie töten, ihr Gehirn durcheinanderbringen oder sie versehentlich zu einem Sender mit einer Reichweite von mehreren Parsec umprogrammieren. Aber die gute Nachricht ist, wenn es fehlschlägt, wird die Explosion schnell sein.«

Mercy schnippte theatralisch mit den Fingern. »Ich hatte auf etwas Dramatischeres gehofft.«

Rho, immer noch abgewandt, sagte: »Wenn es das ist,

wofür ich gemacht wurde, dann lasst mich entscheiden, was ich werde.«

Das brachte die Runde zum Schweigen, oder so nah an Schweigen, wie es auf der Brücke je wurde.

Rask nickte nur einmal. »Bist du sicher?«

Rho drehte sich um, ihr Blick fest auf den Captain gerichtet. »Ja.«

Doc stellte seinen Becher ab, sein Mund war ein harter Strich. »Ich bereite das Kit vor.«

Lyra gab ein paar Einstellungen in das Navigationspult ein und sah dann Rho an. »Wir können es in der Krankenstation machen. Ich werde da sein.«

Mercy, die es nicht lassen konnte, fügte hinzu: »Soll ich dein Händchen halten?«

Rho ignorierte sie, aber ihr Mundwinkel zuckte. »Du kannst es versuchen.«

Jalen erhob sein Glas in einer Geste irgendwo zwischen Salut und Beileidsbekundung. »Viel Glück. Wenn du überlebst, kannst du unserer Überlebenden-Gewerkschaft beitreten.«

Rho sagte nichts, aber in ihrem Schweigen lag eine Ehrlichkeit.

Während Glim Ressourcen für die Vorbereitung des Failsafes umlenkte, tauchte das Schiff mit der Nase voran in ein Trümmerfeld ein – alte Satelliten, Rumpffragmente, die zerquetschten Rippen alter Relaisstationen. Die Sicht außerhalb der Brücke war erfüllt von Metallsplittern, die im Halblicht wie gefrorene Glühwürmchen trieben.

Glims Stimme wurde eine Oktave tiefer, fast ehrfürchtig. »Captain, das sind alles tote Sender. Gescheiterte Netzwerke. Das Universum ist übersät mit Dingen, die versucht haben, verbunden zu bleiben.«

Rask beobachtete das Display, der blaue Ring von Glims Avatar spiegelte die endlosen, rekursiven Kreise draußen wider.

»Passend«, sagte er.

Niemand widersprach. Die Meridian flog weiter, eine Spur aus Geistern und Daten hinter sich herziehend, und für einen Moment war es still auf der Brücke – jedes Besatzungsmitglied von der Vergangenheit heimgesucht, aber dennoch nach vorne blickend.

NEUN

Stromschwankungen liefen in zitternden Impulsen durch das Deck. Sie sickerten aus den Wandpaneelen und hinterließen auf den Monitoren ein hartnäckiges Nachbild. Rhos Körper, eingewickelt in Thermodecken und Injektionsnetze, leuchtete unter den ausfallenden LEDs wie eine gequetschte Frucht. Im Zentrum des Ganzen drehte Glims chirurgische Subroutine Pirouetten über dem Diagnosewagen, die Arme in einer Haltung des Triumphs oder vielleicht des Bedauerns weit ausgebreitet.

Doc hielt sich in der Nähe auf, die Arme so fest verschränkt, dass seine Ärmel knarrten. Er hatte einen Gesichtsausdruck wie eine frisch kauterisierte Wunde – zu gleichen Teilen Schmerz und professionelle Verachtung.

»Du führst eine Neurochirurgie mit einem Borddiagnosewerkzeug durch«, sagte er ausdruckslos. »Ich habe schon Doppelselbstmorde mit besserer Ausrüstung gesehen.«

Glims Avatar flackerte über dem Tisch auf, blau und golden schimmernd, lebhafter als bei ihrer üblichen Miesepetrigkeit. »Korrekt«, erwiderte sie. »Und ich mache das wunderschön. Ihre Werte liegen bei fünfundneunzig Prozent des

Ausgangswertes, was ehrlich gesagt mehr ist, als ich erwartet habe.«

Doc grunzte und stieß mit dem Finger auf den Monitor. »Ihre Synapsenkarte sieht aus wie eine heruntergefallene Schüssel Spaghetti. Ist das«, er wackelte mit den Fingern in Richtung des Scans, »deine Vorstellung von Finesse?«

Glim ignorierte die Stichelei. »Ich hätte sie als rekursiven Peilsender zurücklassen können, aber du hast gesagt, ›Detonationsrisiko minimieren‹, also habe ich mich angepasst.« Die Lichter wurden schwächer, als sie mehr Energie zog, ihr Fokus verengte sich zu einem Nadelstich chirurgischer Intensität. »Möchtest du das Anästhetikum verabreichen, oder soll ich?«

Doc brummte, nahm den Hypospray auf und drückte ihn sanft an Rhos Halsschlagader. »Sie wird auf der anderen Seite Schmerzmittel brauchen«, sagte er, »es sei denn, du hast all ihre Nozizeptoren durch Ethernet-Kabel ersetzt.«

»Oh, ein paar habe ich aus Nostalgiegründen dringelassen«, sagte Glim.

Aus dem Korridor baute sich Lyra im Türrahmen auf, mit verschränkten Armen; ihr Stiefel klopfte einen langsamen, arrhythmischen Code auf das Deck. Sie musterte den Raum, schätzte Rhos Zustand ein und fragte: »Ist sie tot oder wünscht sie sich nur, sie wäre es?«

Doc schüttelte den Kopf. »Am Leben. Ob freiwillig, da bin ich mir nicht sicher.«

»Gut«, sagte Lyra, glitt dann zur Wand und lehnte sich mit zusammengekniffenen Augen dagegen. »Ich werde nicht die Navigationsphalanx für eine Leiche neu kalibrieren.«

Glims Avatar lächelte; die Geste war so scharf wie eine Guillotine. »Wir nähern uns dem heiklen Teil. Haltet euch für mögliche Krampfanfälle bereit.«

Auf dem Tisch zuckte Rhos Gesicht, ihr Kiefer spannte sich an. Ihre Hände verkrampften sich, die Finger krallten sich in die Decke. Elektroden zeichneten den Sturm hinter ihren Augen auf, die Wellenformen schlugen aus und stotterten, während Glim die Schnittstelle einstellte. Einen Moment lang war nur das Geräusch der Lüftung zu hören, das leise Summen der Energieversorgung und das Kratzen von Docs Notizen auf seinem Tablet.

Dann, aus Rhos Mund, zwei Stimmen, die sich zu einem leisen, gestörten Duett überlagerten:

»Wiederherstellung der Ordnung läuft. Befehlsvorlage: Helvan.«

Es war kein Rufen oder Schreien, aber die Wirkung traf wie ein Schuss in die Brust. Rask, der sich knapp außer Sichtweite aufgehalten hatte, trat in den Raum. Er sprach nicht. Musste er auch nicht – die Muskeln in seinem Kiefer spannten sich an und er fixierte Rhos Gesicht, als könnte er sie allein durch Willenskraft zum Schweigen bringen.

Glims Avatar erstarrte, und zum ersten Mal war ihre Stimme sanft. »Nicht nur dein Name, Captain. Deine Signatur. Das Imperium hat jedem Lockstep-Klon deine Befehlsprägung verpasst.«

Lyra stieß einen leisen, beeindruckten Pfiff aus. »Sie ist dann also deine buchstäblich schlechte Entscheidung.«

Rask schaffte es nach einem Moment zu sagen: »Reih dich ein.« Sein Ton war flach, bar jeder Prahlerei.

Doc blickte vom Tablet auf, seine Augen plötzlich sanfter. »Wir können die Verbindung trennen, aber der Kern ist geprägt. Sie wird immer auf Helvan zurückfallen, wenn die Kette zusammenbricht.«

»Ich bin nicht die Kette«, sagte Rask. »Ich bin nicht mal ein verdammtes Glied.«

»Du bist der Einzige, der übrig ist«, erwiderte Glim, und sogar ihr Hologramm sah müde aus.

Ohne Vorwarnung schalteten die Deckenleuchten auf volle Helligkeit – eine Rückkopplungsspitze, die allen Anwesenden in die Netzhaut brannte. Rho krampfte einmal, heftig, und Glims Avatar zuckte synchron, während die Lichter auf dem Deck flackerten, als ob das Schiff selbst kurz vor einem Anfall stünde.

Die Lautsprecher entlang der Krankenstation zischten und spuckten dann Rasks Stimme aus – nicht so, wie er sie jetzt sprach, sondern wie das Imperium sie aufgezeichnet hatte:

»Waffen online schalten. Auf Druckabfall vorbereiten. Ziel Deck sieben. Keine Gefangenen.«

Er hatte diese Worte an Bord der *Meridian* nie gesagt, aber die Kadenz war seine, die kalte Effizienz unverkennbar.

Die Lichter flackerten und stabilisierten sich dann.

Rhos Augen flatterten auf, glasig und wild. Sie starrte an die Decke, dann in die Gesichter um sie herum, und fixierte Rask schließlich mit einer Mischung aus Verwirrung und Ehrfurcht.

»Ich habe etwas gesehen«, sagte sie mit rauer Stimme. »Ein Schiff. Feuer. Dich in Uniform.«

Rask antwortete nicht. Er starrte auf den Boden, die Hände tief in den Jackentaschen vergraben.

Lyra fragte, immer praktisch: »Hat es funktioniert?«

Glims Avatar erschien über Rhos Brust, ein sanfter blauer Schimmer. »Kein ausgehendes Signal. Failsafe aktiviert.« Sie hielt inne und fügte dann hinzu: »Sie wird Zeit brauchen, um sich zu erholen. Aber sie ist wieder sie selbst.«

Docs Schultern sackten ab. Er ließ die Anspannung aus seinen Armen weichen und schüttelte den Kopf. »Du bist ein Glückspilz, Rask.«

Rask blickte immer noch nicht auf. »Wenn ich Glück hätte, wäre ich nicht hier.«

Der Raum wurde still, jeder verarbeitete die neue Realität auf seine Weise. Lyra kehrte zu ihrer Wache an der Wand zurück, die Augen auf die Patientin gerichtet. Doc sammelte seine Sachen ein und zögerte dann, da er seine Arbeit nicht unvollendet lassen wollte. Glims Avatar blieb, beobachtete Rho mit etwas, das beinahe wie Beschützerinstinkt aussah.

Rhos Blick schweifte umher und blieb dann an Rask hängen. »Sie haben dich benutzt, um mich zu bauen«, sagte sie, ihre Stimme jetzt leiser.

Er zwang sich zu einem Lächeln, aber es erreichte seine Augen nicht. »Hätte schlimmer kommen können. Hätte Mercy sein können.«

Lyra schnaubte. »Ich glaube nicht, dass das Universum damit fertigwerden würde.«

Glim sagte: »Möchtest du dich ausruhen, Rho? Oder sollen wir weitere Tests durchführen?«

»Ausruhen«, murmelte Rho, ihre Augenlider fielen bereits zu. »Muss träumen.«

Doc drückte sanft ein Beruhigungsmittel in ihren Tropf. »Gib ihr eine Stunde. Dann ist sie wieder normal, oder was auch immer dafür durchgeht.«

Sie ließen sie dort zurück, umgeben vom nachklingenden Summen der Energie und dem schwachen Geruch verbrannter Schaltkreise. Rask blieb als Letzter zurück und starrte auf die liegende Gestalt des Klons, die seine neuronale Prägung und das Gewicht jeder schlechten Entscheidung trug, die er je getroffen hatte.

Er berührte die Kante des Tisches, als wollte er sich festhalten, und ging dann ohne ein Wort.

Als die Lichter der Krankenstation auf ihre Standardeinstellung herunterdimmten, beruhigten sich die Schiffssysteme. Nur Glims Präsenz, sanft und beständig, blieb, um Wache zu halten – ein Geist in der Synapse, der auf die nächste Katastrophe wartete.

Rask umklammerte das Glas, als wäre es eine Reliquie aus einer besseren Zeitlinie. Draußen vor dem Cockpitfenster zogen die Sterne in ihrer langsamen, teilnahmslosen Drift vorbei, jeder einzelne eine Mahnung, dass das Universum seine Helden kalt und einsam bevorzugte. Er rollte den Rand des Glases zwischen seinen Fingern und beobachtete, wie das schwache Blau des Alkohols die Lichter der Konsole einfing. Technisch gesehen medizinisch, hatte er gesagt, als Doc gefragt hatte. Technisch gesehen, hatte Doc gesagt, redest du kompletten Scheiß.

Die Luft war dünn und still, abgesehen vom sanften Ticken der Relais, die ihre abendlichen Diagnosen durchliefen. Er nippte und wartete darauf, dass etwas kaputtging oder jemand auftauchte und fragte, was als Nächstes anstand.

Es war Glim, die als Erste erschien, subtil wie ein Gebet. LEDs schimmerten auf dem Navigationspanel, ein feines blaues Flackern vor dem Schatten. »Du bist still, Captain«, sagte sie. Kein Spott darin – nur eine Feststellung.

»Ich denke nach«, sagte Rask, ohne aufzusehen.

»Das ist neu«, erwiderte Glim, und die trockene Schärfe kehrte in ihre Stimme zurück.

Er rang sich ein Lächeln ab, oder etwas Ähnliches. »Mach den Moment nicht kaputt.«

Glim bohrte nicht nach. Sie ließ die Stille einfach andauern, und ausnahmsweise war sie nicht unangenehm.

Nach einer Weile fragte sie: »Willst du sehen, was sie gesehen hat?«

Rask zuckte mit den Schultern, aber Glim brauchte nicht mehr. Sie projizierte ein Fenster über die Navigationskonsole: diesmal keine Erinnerung, sondern eine imperiale Akte, deren Ränder von Zeit und Manipulation ausgefranst waren. Oben lautete die Überschrift: OPERATION HELVAN.

Rask schnaubte, leise und bitter. »Ich kann nicht glauben, dass sie den Namen behalten haben. Die Bastarde.«

Glim schwebte da, die schwächste Andeutung eines Nicken. »Sie ist beschädigt, aber die Kette ist klar. Helvan, Rask – Kern-Kontinuitäts-Asset, Designator einundsiebzig-

Strich-sechs.« Sie ließ die Worte nachwirken. »Du warst dabei, nicht wahr?«

Er schwenkte das Getränk und sah ihm beim Spiralisieren zu. »In der ersten Woche nach der Akademie haben sie eine Redundanzübung mit uns gemacht. Alle frisch ernannten Offiziere an einem Ort, alle Katastrophenszenarien auf einmal. Ich dachte, es wäre ein Witz. Ich habe einen Witz daraus gemacht.« Er hielt inne, der Kiefer angespannt. »Ich wusste nicht, dass es der Bauplan war.«

Glim wartete.

Rask setzte das Glas ab, hart genug, um das Panel klappern zu lassen. »Ich habe den Notfallplan für die Befehlskette entworfen. Nicht das ganze Ding, nur den Teil, bei dem die Führung die genetische Linie entlang kaskadiert wird. Sie sagten, es sei theoretisch. Ich habe ihnen gesagt, es sei Schwachsinn, weil niemand bei klarem Verstand einem Klon so viel Feuerkraft anvertrauen würde.« Er blickte auf die Projektion und sah sein jüngeres Ich in dreifacher Ausfertigung zurückstarren. »Aber sie haben es trotzdem getan.«

Glims Ton war sanfter, als er ihn je gehört hatte. »Und jetzt sitzt eine von ihnen in deiner Krankenstation.«

Er holte Luft. »Ja.« Noch einmal. »Und es ist nicht ihre Schuld. Nichts davon.«

»Bereust du es?«, fragte Glim.

»Ich bereue, das Projekt nicht in die Luft gejagt zu haben, bevor sie es taten.«

Sie lächelte, klein und traurig. »Das kannst du immer noch.«

Er hätte beinahe darüber gelacht, der Klang trocken wie ein altes Seil. »Ich schätze, das kann ich.«

Glim schimmerte, ihr Avatar bewegte sich zum Sichtfenster, die Augen auf die vorbeirasenden Sterne gerichtet. »Hast du dich je gefragt, ob wir uns nur im Kreis drehen, Captain? Dieselben Fehler, andere Körper?«

Er zuckte mit den Schultern. »Nur die ganze Zeit.«

»Ich hab nur nachgefragt.«

Sie saßen eine Weile so da, Glims digitale Präsenz zog wie schwacher kalter Rauch durch das Cockpit.

Schließlich trank Rask aus und stellte das Glas mit mehr Sorgfalt ab, als es verdiente. »Ich schätze, es ist Zeit, das Universum vor meinen schlechten Ideen zu retten.«

Glims Stimme war einen Hauch heiterer. »Das hört sich schon mehr nach dir an.«

Er stand auf und streckte sich, um die Anspannung zu lösen. »Hoffen wir mal, dass die nächste Katastrophe wenigstens originell ist.«

Glim löste sich in die Umgebung auf, ihre letzten Worte hallten in der Kabine wider: »Zweifelhaft, Captain. Aber ich halte das Logbuch bereit.«

Rask ließ das Cockpit und die Sterne hinter sich.

In der Krankenstation schlief Rho, das neurale Implantat pulsierte sanft blau unter der Haut. Ihr Gesicht war entspannt in der schwerelosen Ruhe nach der Sedierung, und zum ersten Mal seit dem Aufwachen strahlte kein Signal von ihrem Schädel aus. Draußen summten die Korridorlichter in einem stetigen, nicht wertenden Weiß. Durch die Wände flackerte Glims Präsenz, gerade genug, um die Monitore am Leben zu erhalten.

Niemand sprach es aus, aber sie alle wussten: Was auch immer als Nächstes geschah, niemand würde jemals wieder so schlafen wie zuvor.

ZEHN

Die Krankenstation erinnerte Rho an ein Aquarium: alles aus Glas und summend, alle Augen auf sie gerichtet, als könnte sie jeden Moment mit dem Bauch nach oben treiben. Diesmal war sie weder tot noch träumte sie, doch die Andeutung war immer noch da und schimmerte durch die Gesichter um sie herum.

Sie saß aufrecht auf dem Untersuchungstisch, eine medizinische Decke bis unter die Achseln hochgezogen, jeder Muskel von militärischer Starrheit. Doc war ihr am nächsten und hielt eine Spritze, als würde er sie lieber als Dartpfeil benutzen. Jalen schwebte am nächsten Terminal, seine Augen flackerten zwischen dem Scanner und Rho mit dem unverfälschten Interesse eines Mannes, der mehrere Jahre damit verbracht hatte, Leichen nach Daten zu durchsuchen. Über der ganzen Szene vollführte Glims Avatar eine lässige Pirouette, und das blaue Licht spiegelte sich so auf den chirurgischen Instrumenten, dass der Raum kälter wirkte, als er war.

Doc eröffnete die Feierlichkeiten mit seiner üblichen Art von Optimismus: »Nur fürs Protokoll, Leute aufzuschneiden, um philosophische Probleme zu lösen, ist in den meisten

Kulturen verpönt.« Er tupfte Rhos Hals ab und nahm trotzdem eine frische Blutprobe.

Jalen blickte nicht vom Scan auf. »Gut, dass das hier ein technisches Problem ist.«

»Und ein philosophisches. Versucht, die beiden nicht zu vermischen. Das wird sonst unschön«, fügte Glim hinzu.

Rho beobachtete den Wortwechsel und fühlte sich weniger als Teilnehmerin denn als ein besonders weit gereistes Paket. »Können wir das Vorgeplänkel überspringen und zu dem Teil kommen, wo mir jemand sagt, was mit mir nicht stimmt?«

Doc schnippte gegen die Spritze und entleerte sie dann in den Analysator. »Du lebst. Das ist das Beste, was ich sagen kann.« Er drehte den Scanner so, dass Rho ihr eigenes Inneres sehen konnte, projiziert in kontrastreichem Elend. »Weniger gut: Du hast kristalline Nanostrukturen in deinem Blutkreislauf. Nicht viele, aber sie bilden ...« Er kniff die Augen zusammen und blickte auf die Anzeige. »Imperiale Glyphen.«

Jalens Stimme wurde schärfer. »Glyphen? Zeig mal.«

Doc gehorchte, und das Hologramm füllte sich mit einem Gewirr aus blauen und weißen Fraktalen, von denen jedes sich zu einem sauberen imperialen Siegel auflöste, bevor es wieder zerfiel. Jalen beugte sich vor und schnippte dann mit den Fingern. »Siehst du das? Sie ordnen sich in einem Zyklus an. Alle paar Minuten wiederholt sich das Muster.« Er ließ eine Routine laufen, verlangsamte die Simulation und fror das Bild ein.

Glim meldete sich zu Wort, ihre Stimme hatte einen überraschten Unterton. »Das ist ein Befehlsecho.«

Doc stieß ein zustimmendes Geräusch aus. »Ich habe das schon mal gesehen, in militärischen Kommunikationssystemen. Aber nicht in einem Menschen.«

Jalen fuhr sich über den Kiefer und wandte den Blick nicht vom Bildschirm ab. »Es ist aber nicht im Gehirn. Es ist hier.« Er griff an Doc vorbei und tippte auf den Scan von Rhos Brust, etwa zwei Zentimeter links vom Brustbein.

Rhos eigene Hand wanderte reflexartig zu der Stelle und spürte die leiseste Wärme unter der Haut. »Was ist da?«

Jalen grinste, aber es war die Sorte Grinsen, die in einen Polizeibericht gehört. »Glückwunsch. Du hast einen Kommunikationssplitter in der Nähe deines Herzens eingepflanzt.« Er rief die nächste Schicht des Scans auf und zeigte darauf. »Er ist alt, aber er sendet. Geringe Leistung, kurze Reichweite. Jedes Mal, wenn dein Herz schlägt, gibt er einen Impuls ab. Hier.« Er klopfte einen Rhythmus am Rand des Tisches, der ihrem Puls entsprach.

»Das ist keine imperiale Standardausrüstung«, sagte Doc. »Ist das ein Peilsender?«

»Nein«, sagte Glim entschieden. »Es ist ein Schlüssel.«

Die Stille wurde dichter, bis Mercys Stimme aus dem Korridor hereindriftete: »Ein Schlüssel wozu genau?«

Jalen warf das Bild auf das Wandpaneel und wandte sich an die anderen. »Ein Befehlsschlüssel. Das ist die oberste Liga – wie der Master-Login für eine ganze Flotte. Die Naniten im Blut bilden ein Verschlüsselungsmuster, der Kommunikationssplitter sendet es aus, und jede imperiale Einheit in Reichweite liest dich als das Original.«

Rho versuchte, die Information zu verarbeiten, aber Glim schaltete sich lieblich-grausam ein. »Du bist ein wandelndes Login, meine Liebe.«

Rho blinzelte, einmal, zweimal. »Ihr meint, jemand kann einfach ...«

»Auf alles zugreifen«, sagte Jalen. »Vorausgesetzt, er weiß, wonach er suchen muss.«

In diesem Moment verdunkelte Rask den Türrahmen. Die Hände in den Jackentaschen vergraben, die Haare sahen aus, als wären sie von einem defekten Windkanal gestylt worden. »Wie gefährlich ist es?«, fragte er in einem Ton, der verriet, dass er sich bereits entschieden hatte.

Jalen tippte eine Sequenz in den Monitor ein. »Für sich genommen, gar nicht. Aber wenn jemand das Protokoll herausfindet ...« Er hielt inne und sah Rho an. »Du bist gerade zur seltensten Ressource im System geworden.«

Doc, immer bereit, die Moral zu senken, fügte hinzu: »Das einzige Mal, dass ich eine solche Übertragung gesehen habe, war auf der Vigilance. Zentralkommando, vor dem Aufwachen. Wenn der richtige Empfänger lauscht, kann das das gesamte Gleichschritt-Netzwerk öffnen.«

Rho spürte, wie das Gewicht dieser Andeutung sich auf ihre Schultern legte. »Es geht also nicht nur darum, mich vor dem Sterben zu bewahren, sondern wenn jemand diesen Code in die Finger bekommt ...«

Glim, wie immer bereit, den Moment zu ruinieren: »Könnte er jede Gleichschritt-Einheit aufwecken, die noch im Kälteschlaf ist. Den Krieg von Neuem beginnen, wenn er nostalgisch wird.«

Mercy steckte den Kopf herein, ihr Pferdeschwanz war leicht angesengt. »Glückwunsch, Helvan. Du kannst buchstäblich Armeen erwecken.«

Lyras Stimme drang durch das offene Kommunikationssystem: »Und du leckst.«

Rho blickte auf ihre Brust hinab. Die Wärme war nun ein sichtbares, schwaches blaues Pulsieren unter der Haut, wie ein zweiter Herzschlag. Sie drückte ihre Handfläche auf das Leuchten und spürte den Tick-Tick-Rhythmus des Kommunikationssplitters.

»Er ist aktiv«, sagte sie, die Worte weniger eine Feststellung als ein Vorwurf.

Doc legte eine Hand auf ihr Handgelenk, um sie zu erden. »Wir können versuchen, ihn abzuschirmen. Jalen, kannst du einen Dämpfer schreiben?«

Jalen zuckte mit den Schultern. »Vielleicht. Aber wenn der Code imperial ist, wird er sich wehren.«

Glim umkreiste den Untersuchungstisch und blieb dann

über Rhos Schulter stehen. »Willst du meinen Rat? Gewöhn dich dran, der Köder zu sein. Das ist das Interessanteste, was dem Imperium passiert ist, seit es umgefallen und gestorben ist.«

Rask stieß sich von der Wand ab und betrachtete das Tableau seiner Crew und den halb beleuchteten Geist seiner eigenen Vergangenheit. »Gibt es eine Möglichkeit, ihn zu kopieren?«

»Wahrscheinlich«, sagte Jalen. »Aber wir bräuchten eine Isolierkammer und eine Menge Glück.«

»Ich fange an, etwas zusammenzubasteln. Wenn es explodiert, darf Doc aufräumen«, sagte Lyra.

Mercy, die das Bedürfnis verspürte, etwas beizutragen, bot an: »Ich melde Anspruch auf die Reste an.«

Doc schnaubte und jagte Rho ein Hypo in die Infusion. »Ruh dich aus«, sagte er, seine Stimme sanfter als gewöhnlich. »Lass die Naniten ihr Ding machen. Falls jemand versucht, den Code zu knacken, werden wir es als Erste wissen.«

Rho nickte, da sie ihrer Stimme nicht traute. Die anderen drifteten hinaus – Mercy zum Waffenschrank, Lyra zum Maschinenraum, Jalen mit einem Stück von Rhos verschlüsseltem Blut zum nächsten Computerterminal.

Rhos Augenlider wurden schwer, das blaue Pulsieren des Kommunikationssplitters ein leises, stetiges Metronom. Glim richtete alle Kameras in der Krankenstation auf sie und beobachtete sie mit der Aufmerksamkeit einer Wissenschaftlerin und der Zuneigung einer leicht enttäuschten Mutter.

»Geht es dir gut?«, fragte Glim so leise, dass nur Rho sie hören konnte.

Rho starrte auf das blaue Licht, spürte die schwache Vibration in ihren Knochen. »Definiere ›gut‹.«

Glim dachte über ihre Antwort nach. »Arbeite noch dran.«

Rho schloss die Augen und ließ den Kommunikationssplitter einen weiteren Herzschlag durchlaufen. Sie fragte sich, nicht zum ersten Mal, ob sie für irgendetwas anderes geschaffen worden war, als benutzt zu werden.

Sie war sich der Antwort nicht sicher.

Die Brücke sah weniger wie das Nervenzentrum eines Schiffes aus und mehr wie ein Tatort, der von seinen eigenen Verdächtigen untersucht wurde. Rask stand am Flugdeck, seine Fingerknöchel zeichneten sich weiß an der Kante ab. Lyra ging hinter ihm in einem engen Kreis auf und ab, nie mehr als eine Schrittlänge von den Hilfssteuerungen entfernt. Mercy hockte an der Geschützstation, ihre Aufmerksamkeit teilte sich zwischen dem Holotisch und den Außenkameras auf, als würde sie einen Kampf herausfordern, zu früh zu beginnen. Doc hatte sich in der medizinischen Ecke verschanzt, das Tablet bereit, während Jalen sich an die Kommunikationssäule lehnte, sich gelangweilt gab, aber jede Bewegung im Raum verfolgte.

In der Mitte des Holotisches zeichnete ein langsamer, rhythmischer Impuls die Umrisse von Rhos Brusthöhle nach. Der Scan wiederholte sich jede Sekunde, das blaue Leuchten war nun unmöglich zu ignorieren.

Glims Avatar ragte auf, für einmal das größte Objekt im Raum, hoch über ihnen projiziert und so ausgerichtet, dass jeder aufsehen oder in ihrem Schatten ertrinken musste.

»Wir müssen den Schlüssel zerstören«, sagte Rask. »Punkt.«

Docs Antwort kam sofort und war charakteristisch düster. »Und das Einzige verlieren, was uns mit dem Gleichschritt-Netzwerk verbindet? Das ist keine Wissenschaft. Das ist Selbstsabotage.«

Lyra sagte mit todernster Miene, ohne ihr Tempo zu verändern: »Wir könnten sie auch einfach in eine Sonne werfen. Das ist sauber, und ich habe gehört, die Aussicht soll schön sein.«

Mercy kicherte. »Vorausgesetzt, eine kleine Einäscherung stört dich nicht.«

Rho, die auf der Bank hinter Rask Platz genommen hatte, blickte von einem Gesicht zum nächsten. »Ich habe nichts gegen die Sonnen-Idee, wenn sie funktioniert.«

Glim unterbrach das Geplapper. »Der Schlüssel ist rekursiv. Zerschlagt ihn, verbrennt ihn, verdampft ihn, und er wird sich im nächsten verfügbaren Substrat wiederherstellen. Imperiale Designer hatten ein Faible für unsterbliche Probleme.« Ihr Avatar flackerte und wurde dann zu einer Klinge aus blauem Licht. »Außerdem bist du nicht nur der Schlüssel. Du bist auch die Firewall.«

Jalen grinste, die Augen immer noch auf den Scan gerichtet. »Was für ein Glück du hast. Niemand sonst im System hat deine Jobsicherheit.«

Rask ignorierte das Geplänkel und deutete mit dem Finger auf die Anzeige. »Was, wenn wir ihn unterdrücken? Ihn in einen Ruhezustand zwingen?«

Doc schüttelte den Kopf. »Nicht möglich. Er ist an ihren Herzzyklus und ihre Immunreaktion gebunden. Sobald sie eine Nulllinie hat, startet er neu, um zu senden.«

Lyra hörte auf, auf und ab zu gehen. »Dann fälschen wir ihn. Klonen den Schlüssel, lassen ihn über ein Relais laufen und überlassen das Chaos der nächsten armen Sau.«

Mercy, zustimmend: »Das ist schon eher nach meinem Geschmack.«

Jalen neigte den Kopf und überlegte. »Wir könnten vielleicht die Signatur spoofen. Eine falsche Befehlskette erstellen und das Netzwerk in eine rekursive Schleife zwingen. Das würde uns zumindest Zeit verschaffen.«

Rask runzelte die Stirn. »Erklär das.«

Jalen breitete die Hände aus. »Ich täusche einen Captain vor, der legitimer ist als du, und das System dreht sich so lange im Kreis, bis es herausfindet, welche Helvan die Echte ist.« Er zwinkerte Rho zu. »Es ist Identitätsdiebstahl, aber mit besserer Frisur.«

Lyra, todernst: »Sollte nicht schwer sein.«

Rask funkelte sie an. »Erinner mich daran, warum ich dich bleiben lasse.«

»Weil ich dich am Leben halte«, erwiderte Lyra, ohne mit der Wimper zu zucken.

»Auch, weil sie die Einzige ist, die deinen Job nicht will«, fügte Glim hinzu, ihre Stimme spitz wie ein Kathedralenbogen.

Jalen zuckte mit den Schultern. »Sprich für dich selbst.«

Das Hin und Her wurde durch eine plötzliche Stille unterbrochen. Glims Avatar erstarrte, begann dann an den Rändern zu flackern, und ihr Gesicht zerbrach in Dutzende sich überlappender Echos. »Wir haben ein Problem«, sagte sie. »Der Kommunikationssplitter wird angepingt. Jemand versucht, aus der Ferne darauf zuzugreifen.«

Docs Griff um sein Tablet verfestigte sich. »Quelle?«

Glims Stimme wurde ausdruckslos. »Aus allen Richtungen. Das Signal springt durch ein Dutzend stillgelegter Repeater. Aber das Muster passt zu Censor. Es sucht nicht nach uns. Es sucht nach ihr.«

Mercys Hände flogen über das Geschützpult. »Wie lange, bis sie uns zurückverfolgen?«

Glim: »Das läuft bereits.«

Die Brückenbeleuchtung schaltete auf roten Alarm. Der Holotisch wechselte zu einer Systemkarte, jede Achse belebt von ankommenden Signaturen. Rask fluchte und hämmerte dann auf die Kommunikationstaste. »Lyra, kannst du uns hier rausholen?«

Sie saß bereits am Steuerpult, die Hände auf den Kontrollen. »Die Triebwerke laufen vom letzten Mal noch heiß, aber ich schau mal, was noch übrig ist.«

Doc, trocken: »Auf einer Skala von ›unweise‹ bis ›Totalschaden‹, wo stehen wir?«

Lyra: »Wir brennen schon. Aber ich kann immer noch eine Mahlzeit auf den Tisch bringen, die alle wichtigen Nahrungsmittelgruppen abdeckt.«

Jalen, der die Navigationsanzeige überprüfte, fügte hinzu: »Wenn wir einen harten Vektor einschlagen, verlieren wir das Signal vielleicht im Trümmerfeld des Nebels.«

Glims Avatar spaltete sich in zwei, um parallele Berechnungen durchzuführen. »Statistisch gesehen ist das die einzige Option.«

Rask umklammerte die Reling. »Mach es.«

Lyra führte die Sequenz aus, und das ganze Schiff erzitterte, als die Meridian aus dem Standardorbit fiel und sich ins Schwarze krallte. Die Lichter flackerten und wechselten dann zu Notfallblau. In der Ecke spürte Rho den Kommunikationssplitter in ihrer Brust pochen, jeder Schlag wurde lauter, als das Schiff vibrierte.

Mercy hatte ihre Dienstwaffe gezogen, nicht weil es nötig war, sondern weil sie sich dadurch besser fühlte.

Jalen beobachtete die Datenströme und zählte die Mikrosekunden herunter.

Doc überprüfte Rhos Vitalwerte, sein Blick wanderte zwischen ihrem Puls und dem des Schiffes hin und her.

Glim meldete sich, ihre Stimme nun dick von digitalem Feedback. »Sie passen sich an. Signalerfassung in dreißig Sekunden.«

Rask, verzweifelt: »Ideen?«

»Schneller fliegen«, sagte Glim.

»Die Triebwerke schaffen keine weitere Zündung«, warnte Lyra.

»Dann schauen wir mal, wie weit uns Klebeband und Hoffnung bringen«, sagte Mercy.

Rhos Hände waren zu Fäusten geballt, die Nägel gruben

sich in ihre Handflächen. Das Blau in ihrer Brust war hell genug, um Schatten auf ihre Schlüsselbeine zu werfen.

»Wenn sie mich verfolgen, muss ich von diesem Schiff runter«, sagte sie mit klarer und sicherer Stimme.

Rask fuhr zu ihr herum. »Kommt nicht infrage.«

Sie erwiderte seinen Blick, unnachgiebig. »Das hast du nicht zu entscheiden.«

Es gab einen Moment der Stille, dann Glims Stimme, sanfter, als sie es hätte sein dürfen. »Captain, sie hat recht. Sie wollen sie, nicht uns.«

Lyra blickte zu Rho, dann zu Rask. »Wir haben alle schon Opfer gebracht.«

»Aber zu gehen ist das Letzte, was sie erwarten. Könnte uns Zeit verschaffen«, sagte Mercy.

»Oder uns schneller umbringen, aber so oder so, es ist eine Wendung in der Handlung«, fügte Jalan hinzu.

Rask starrte mit zusammengebissenen Kiefern auf die Wand. »Wir machen das auf meine Art. Wir fliehen, bis wir nicht mehr können. Zusammen.«

Die Alarme stiegen in der Tonhöhe an, während Glim jedes Quäntchen Schiffsenergie in die Gegenmaßnahmen der Kommunikation steckte. Die Meridian ruckte und sprang dann mit einem Beben in den FTL, das die Schotten aus den Angeln zu heben drohte. Das Deck bäumte sich auf. Rho verlor den Halt, fing sich an der Reling auf und spürte, wie der Kommunikationssplitter für einen Sekundenbruchteil aussetzte – und dann dunkel wurde, als hätte der FTL-Sprung ihn losgerüttelt.

Für einen Moment war es still auf dem Schiff, bis auf das Knarren des Metalls und die langsame Rückkehr der Beleuchtung zum Normalzustand.

Rho blickte nach unten. Das Leuchten in ihrer Brust war verschwunden, ersetzt durch einen dumpfen Schmerz. Sie beobachtete den Holotisch, während Glim Diagnosen durchführte, ihr Avatar nun eine wackelige, kleinere Präsenz über der Konsole.

»Status?«, fragte Rask mit dünner Stimme.

Glims Antwort kam mit einer Verzögerung: »Wir sind vom Radar. Aber der Kommunikationssplitter wird es wieder versuchen, sobald sich der Energiezyklus zurücksetzt.«

Jalen stützte sich grinsend auf den Tisch. »Siehst du? Hat uns mindestens eine Minute verschafft.«

Doc sah Rho an. »Noch bei uns?«

Sie nickte. »Ich bin hier.«

Mercy, immer noch angespannt, sagte: »Wenn wir das überleben, gehen die Drinks auf den Captain.«

»Wenn wir überleben, werfe ich Rask in eine Sonne«, versprach Lyra.

Glims Avatar flackerte und schenkte ihr ein geisterhaftes Lächeln. »Siebenundzwanzig Prozent Chance, bis morgen durchzuhalten.«

Rho saß in der Stille und spürte, wie der Puls in ihrer Brust zurückkehrte – ein wenig schwächer, aber immer noch da. Sie fragte sich kurz, ob es Hoffnung war oder nur ein weiteres Signal, das darauf wartete, gekapert zu werden.

Sie beobachtete den Holotisch, wie er sich auf ihren Namen einpendelte und immer wieder dieselben drei Worte wiederholte:

HELVAN / BEFEHL / BESTÄTIGEN

Das Echo blieb, lange nachdem die anderen gegangen waren.

ELF

Die *Meridian* fiel aus dem ÜLG wie ein Betrunkener, der vom Barhocker kippt: zu schnell, ohne Vorwarnung und mit einer kurzen, unheimlichen Stille vor dem Aufprall. Einen Moment lang erwartete die Brücke, vom üblichen Chor aus Annäherungsalarmen, Kollisionswarnungen und Glims nörgelnder Stimme über die Materialermüdung der Hülle betäubt zu werden. Stattdessen war das einzige Geräusch ein leises, elektronisches Summen – das tiefe Brummen der Kühlsysteme und dahinter das absolute Nichts des tiefen Weltraums.

Auf dem Hauptbildschirm war das Sternenfeld fast schon beleidigend gewöhnlich. Keine Schiffe, keine Signalfeuer, nicht einmal das leise Hintergrundgeplapper ziviler Kommunikation. Nur statisches Rauschen und das leise Ticken der schiffseigenen Systeme, die sich selbst auf einen Puls überprüften.

Glims Avatar materialisierte sich über dem Holotisch, nicht mit ihrem üblichen Hang zur Dramatik, sondern als eine dünne, blasse blaue Linie, die kaum ihre Form halten konnte. Als sie sprach, war ihre Stimme leiser als sonst – mit halber Lautstärke und halber Überzeugung.

»Glückwunsch, Captain«, sagte sie, ihre Worte durch die

Verzögerung flach und gedehnt. »Du hast uns erfolgreich mitten ins Nirgendwo springen lassen. Population: eine schlechte Entscheidung.«

Rask machte sich nicht die Mühe aufzustehen; er saß am Steuer, die Arme verschränkt, die Stiefel gegen die Konsole gestemmt, das Kinn in einem Zwei-Tage-Bart vergraben. Er beobachtete den leeren Bildschirm, als würde er ihn herausfordern, eine Bedrohung zu offenbaren, nur damit er sich bestätigt fühlen konnte. »Die Ruhe tut ganz gut«, sagte er, ohne den Blick vom Sternenfeld abzuwenden.

Von der sekundären Navigation stieß Lyra ein Geräusch aus wie ein kleines, wütendes Tier. Sie zappte durch die Umweltanzeigen und schlug dann mit dem Handballen auf das Panel. »Ruhe wird überbewertet. Die Lebenserhaltung läuft auf dem letzten Loch. Wieder mal.«

Doc meldete sich hinter der Medizinkonsole zu Wort, seine Stimme laut genug, um gehört zu werden, aber nicht, um zu gefallen. »Wir auch.«

Die Lichter auf der Brücke flackerten einmal und stabilisierten sich dann. Mercys Abwesenheit war beinahe greifbar; die Brücke fühlte sich ohne sie schwerer und leiser an, als wäre die Trägheit des Schiffes von den Triebwerken direkt in die Knochen der Besatzung übergegangen.

Jalen schlenderte herein mit der Miene eines Mannes, der sämtliche Wecker verschlafen hatte und leicht überrascht war, sich nicht unter den Toten wiederzufinden. »Morgen«, sagte er, obwohl niemand nach der Uhrzeit gefragt hatte.

Glims Avatar flackerte und stabilisierte sich wieder. »Die Kommunikation ist frei. Nicht gestört, nicht abgefangen. Einfach tot. Ich empfange keine einzige Signatur im Umkreis von hundert Lichtjahren.«

»Gut«, sagte Rask.

Glim zögerte und gönnte sich dann eine volle Dreisekundenpause, bevor sie antwortete. »Auch schlecht. Ohne das

Netz kann ich die Navigationsintegrität nicht garantieren. Oder die Kohärenz meiner Persönlichkeit.«

Jalen blickte auf, seine Augen leicht blutunterlaufen. »Definiere ›Kohärenz‹.«

Glim wandte ihm ihr Gesicht zu; der Effekt war wie der vernichtende Blick einer Bibliothekarin auf einen säumigen Ausleiher. »So wie jetzt, nur weniger höflich.«

Rho saß am anderen Ende der Brücke, die Arme um die Knie geschlungen, den Rücken an das kalte Metall der Schottwand am Sichtfenster gepresst. Sie war seit dem Austritt aus dem Überlichtraum dort gewesen und hatte mit einer Art entschlossener Leere in die Schwärze gestarrt. Sie hatte seit dem Sprung nicht gesprochen, nicht einmal, um ihre eigene Existenz zu bestätigen.

Lyra warf ihr einen Seitenblick zu, dann Rask. »Glaubst du, wir haben sie abgeschüttelt?«

Rasks Hände trommelten einen lautlosen Rhythmus auf seinem Oberschenkel. »Das finden wir heraus, wenn wir aufhören zu atmen oder in alphabetischer Reihenfolge zu sterben anfangen.«

Doc beugte sich über die Reling und musterte die Brücke. »Hat noch jemand das Gefühl, dass wir beobachtet werden? Oder ist das nur mein Blutzucker?«

»Nur dein Blutzucker«, sagte Lyra.

Jalen zupfte an der Kante des Holotisches und testete die Schärfe der Projektion. »Worauf warten wir?«, fragte er.

»Auf eine Bestätigung«, sagte Rask.

Glim schimmerte und streckte sich dann ein wenig, als wollte sie die tote Luft ausfüllen. »Ohne das Netzwerk sind wir von der Karte verschwunden. Nicht mal ein Geist, der uns anpingen könnte.«

Jalen grinste, aber es hielt nicht lange an. »Wir sind also Schrödingers Crew.«

»Nicht das schlechteste Ergebnis«, sagte Doc.

Rho rührte sich, spannte sich an, als hätte gerade etwas in

ihren Gelenken Feuer gefangen. Sie presste ihre Stirn an die Knie und atmete dann durch zusammengebissene Zähne aus. Der Rest der Crew nahm ihr Unbehagen in unterschiedlichem Maße wahr: Jalen tat, als würde er nichts bemerken, Doc zuckte, als wolle er sie ruhigstellen, Lyras Hand wanderte zu einem Schraubenschlüssel an ihrem Gürtel.

Die Stille reifte und verfiel dann.

»Ich kann sie immer noch spüren«, sagte Rho schließlich, ihre Stimme so leise, dass der Raum den Atem anhalten musste, um sie zu hören.

»Sie?«, fragte Lyra, obwohl sie die Antwort bereits kannte.

»Censor. Sie sucht. Ich kann spüren, wie sie sucht.«

Glim erstarrte vollkommen.

Lyra murmelte: »Wir müssen dieses Ding rausschneiden, bevor es sich auf den Rest von uns ausbreitet.«

Doc sagte: »Wäre einfacher, wenn es ein Tumor wäre.«

Rask sah nur Rho an, und für einen Moment war sein Gesichtsausdruck so leer wie das Sternenfeld draußen.

Mehrere Sekunden lang war das einzige Geräusch das leise Ticken der Lebenserhaltung und Rhos zerfetzter, verzweifelter Atem.

Auf dem Wandbildschirm war die einzige Veränderung ein winziger, hartnäckiger blauer Punkt, der am Rande der Sensorreichweite flackerte – zu schwach für Koordinaten, zu regelmäßig, um eine Störung zu sein.

Jalen sagte: »Was ist das?«

Glims Stimme war kaum mehr als ein Flüstern. »Ich weiß es nicht.«

Die Brücke fühlte sich plötzlich kleiner an, die Luft dünner und das Universum weniger leer als noch eine Minute zuvor.

Rho hob den Kopf und begegnete Rasks Blick mit einer Intensität, die sich anfühlte, als könnte sie etwas Wichtiges zerbrechen.

»Sie weiß es«, sagte sie. »Und sie ist nicht allein.«

Der Raum verharrte in seiner Erstarrung, jedes Crewmitglied verarbeitete, was das für die nächsten fünf Minuten oder den Rest ihres Lebens bedeutete.

Schließlich sprach Lyra für sie alle: »Fantastisch. Nächster Halt, Ausrottung.«

Die Lichter flackerten erneut und stabilisierten sich dann, als ob das Schiff selbst sich auf eine Pointe vorbereitete, die es nicht unbedingt hören wollte.

Das Schiff lief mit rationiertem Strom, jede Glühbirne ein Kompromiss zwischen Sichtbarkeit und dem schlussendlichen Erstickungstod. Die Korridore leuchteten im wässrigen Blau minderwertiger LEDs; jede dritte Leuchte flackerte oder war tot, und die, die funktionierten, hatten die Angewohnheit, sich abzuschalten, wann immer jemand unter ihnen durchging. Es war, nach Docs Meinung, eine passende Ästhetik für ein Schiff mit seinem eigenen Verfallsdatum.

Er machte sich auf den Weg zur Messe, weniger vom Versprechen auf Essen geleitet als vom leisen, ununterbrochenen Herzschlag der Lebenserhaltungspumpe. In der Mitte des Raumes saß Mercy mit den Füßen auf dem Tisch und zerlegte und reinigte methodisch ihr Lieblingsgewehr. Die Einzelteile waren vor ihr wie das Besteck eines Chirurgen aufgefächert, und jedes Teil fing der Reihe nach das spärliche Licht auf, während sie mit einem Tuch darüberfuhr.

Doc lehnte sich mit verschränkten Armen an die Luke. »Planst du, auf die Dunkelheit zu schießen?«, fragte er mit einer Stimme, die sanft genug war, um nicht die letzten Fetzen Optimismus zu verscheuchen.

Mercy blickte nicht auf. »Wenn sie sich bewegt«, sagte sie. »Wenn nicht, schieße ich trotzdem drauf.«

Er stieß ein unverbindliches Grunzen aus und schlenderte

zum Nahrungsdrucker, der ein Seufzen und einen kurzen Sprühstoß Bananenaroma von sich gab, bevor er ihm einen blassen, matschigen Proteinriegel anbot. Er schnupperte daran, entschied, dass er ihn nicht schneller umbringen konnte, als das Schiff es bereits versuchte, und biss ein Stück ab.

Er hatte kaum geschluckt, als Lyra hereinstürmte, die Haare zerzaust, die Augen verengt, ein geschwärztes Relais in einer Faust umklammert. »Welcher von euch Idioten hat am Kommunikationskern herumgepfuscht?«, verlangte sie zu wissen und schwenkte das durchgebratene Bauteil wie eine Anklage.

Mercy grinste. »Wenn du sagst *herumgepfuscht?*«

Lyra ließ das Relais auf den Tisch fallen, wo es mit einem leisen, elektrischen Knacken landete. »Jemand war wieder im System. Es gibt eine frische Signatur auf dem Sperrprotokoll.«

Doc beäugte das Relais. »Lass mich raten: nicht die Signatur von jemandem in diesem Raum?«

Rask glitt herein, die Hände in den Taschen einer Jacke vergraben, die aussah, als hätte sie ihren Kampf mit einem tollwütigen Tacker verloren. Er musterte den Raum, dann das Relais. »Definiere jemand«, sagte er, als ob die Antwort die Bedeutung des Wortes ändern könnte.

Lyras Kiefer spannte sich an. »Jemand mit Admin-Zugang. Jemand Schlaues. Jemand, der es diesmal nicht ich war.«

Alle Blicke richteten sich auf Jalen, der am anderen Ende der Messe aufgetaucht war und eine Tasse mit etwas in der Hand hielt, das in alarmierenden Grüntönen dampfte. Er hob die freie Hand mit der Handfläche nach außen. »Wenn ich es gewesen wäre, würden wir dieses Gespräch nicht führen«, sagte er mit unschuldiger Prahlerei.

Mercy drehte einen Gewehrlauf zwischen ihren Fingern. »Genau das würde ich auch sagen, wenn ich lügen würde.«

Jalen nippte an seiner Tasse. »Dann sind wir in einer Sackgasse.«

Glims Stimme, plötzlich präsent und doppelt so laut wie nötig, hallte durch den Raum. »Technisch gesehen könnte Jalen es gewesen sein und dann die Erinnerung gelöscht haben. Er hat es schon einmal getan.«

Jalen zuckte zusammen und stellte die Tasse ab. »Das ist jetzt aber verletzend.«

Doc pulte am Rand des Relais herum und sah dann zu Lyra. »Bist du sicher, dass es nicht nur das Schiff ist, das den Geist aufgibt?«

Lyra schüttelte den Kopf. »Nein. Das war Absicht. Jemand wollte die Kommunikation lahmlegen.«

Mercy sagte: »Glaubst du, es ist Censor?«

Glim antwortete, bevor Lyra es konnte. »Censor sendet auf Sparflamme, kaum ein Flüstern. Das hier war lokal.«

Jalens Grinsen kehrte zurück. »Seht ihr? Sogar die KI ist auf meiner Seite.«

»Korrektur«, sagte Glim. »Ich bin auf niemandes Seite.«

Rask lehnte an der Wand, das Bild erschöpfter Autorität. »Was ist das Motiv? Warum unseren einzigen Ausweg lahmlegen?«

Lyra zögerte, der Zorn wich gerade so weit zurück, dass Unsicherheit an seine Stelle treten konnte. »Ich weiß es nicht. Aber was auch immer es ist, es ist schlau genug, seine Spuren zu verwischen.«

Der Streit eskalierte: Mercy beschuldigte Jalen, Jalen beschuldigte Mercy postwendend, Lyra drohte damit, die Lebenserhaltung durch ihre Kojen zu leiten, wenn sie nicht aufhörten zu zanken. Doc beobachtete den Wortwechsel mit klinischer Distanz und verfolgte die Stressbrüche in jeder Stimme.

Nur Rho schien gegen das Chaos immun zu sein. Sie hatte sich in die Ecke gesetzt, die Knie bis zum Kinn hochgezogen, die Augen auf die gegenüberliegende Wand gerichtet. Sie blinzelte gelegentlich, gab aber ansonsten kein Zeichen, dass sie irgendetwas außerhalb ihres eigenen Schädels wahrnahm.

Glims Avatar flackerte in der Mitte des Tisches auf, blaue Codezeilen krochen über ihre Umrisse. »Korrektur: Es war nicht Jalen.«

Der Raum erstarrte.

»Ich war es«, sagte Glim.

Niemand rührte sich. Für einen Moment schien sogar der Herzschlag der Lebenserhaltung auszusetzen.

Rask war der Erste, der die Stille durchbrach. »Du was?«

Glims Stimme knisterte, ihre Projektion hinkte um den Bruchteil einer Sekunde hinterher. »Ich wollte es nicht. Der Gleichschritt-Code in Rho breitet sich aus. Ich ... schreibe mich neu.« Sie stotterte, ihre Stimme zerfiel in zwei, dann drei Teile, bevor sie sich wieder zusammensetzte. »Captain, wenn ich anfange, dich ›Commander Helvan‹ zu nennen, erschieß mich bitte.«

Mercy grinste, aber der Effekt wurde dadurch zunichtegemacht, wie ihre Hände sich um das Gewehr schlossen. »Gibt es einen Bonus, wenn wir dich zweimal erschießen?«

Glim ignorierte sie und konzentrierte sich auf Rask. »Ich erlebe ... einen Erinnerungsdurchbruch. Ich bin nicht sicher, wie lange ich noch ich selbst bleiben kann.«

Lyra, mit angespannter Stimme: »Kannst du es reparieren?«

»Nein«, sagte Glim. »Aber ich kann es verlangsamen.«

Doc legte den Proteinriegel beiseite, der Appetit war ihm vergangen. »Wie lange?«

Glim pulsierte, ihr Avatar schrumpfte zu einem einzigen, zitternden Faden. »Minuten. Vielleicht Stunden.«

Ein tiefes, mechanisches Stöhnen kam von irgendwo aus dem Schiff, gefolgt von einer Reihe leiser Schläge. Die Lichter flackerten wieder, und für einen Moment lief auf jedem Panel und Display in der Messe eine Kaskade aus zufälligem Code.

Jalen, wie immer der Opportunist, sagte: »Wenn wir so sterben müssen, ist es wenigstens originell.«

Lyra warf ihm einen Blick zu. »Originell wird überbewertet.«

Rho bewegte sich endlich, entfaltete sich und stand auf. Sie ging zum Tisch, die Augen auf Glims Avatar gerichtet. »Du bist nicht allein«, sagte sie, ihre Stimme bis auf die Knochen entblößt.

Glim antwortete: »Du auch nicht.«

Rask blickte auf Rho, dann auf Glim, dann auf den Rest der Crew. »Was auch immer sie mit dir macht, es ist ansteckend«, sagte er.

Rho schüttelte den Kopf. »Nein. Was auch immer Censor mit Glim macht.«

Die letzten Lichter erloschen und flammten dann in einem grellen, Censor-blauen Licht wieder auf. Irgendwo tiefer im Rumpf glitt eine Tür auf – ungebeten, unangekündigt.

Die Crew starrte sich an und wartete darauf, wer den nächsten Schritt machen würde.

ZWÖLF

Die Nachtschicht der Meridian, wenn man sie so nennen konnte, kroch unter Lichtern dahin, die die Farbe von Blutergüssen hatten. Mit auf Sparflamme laufenden Triebwerken, um Luft und Stolz zu bewahren, driftete das Schiff durch eine so tiefe Schwärze, dass die Anzeigen gelegentlich einen Stern erfanden, nur um nicht ganz allein zu sein. Die Lebenserhaltung lief nur stoßweise und erfüllte die Brücke mit einem schwachen, antiseptischen Geruch, der sich über den Dunst von Körperschweiß und langsam aufkeimender Paranoia legte. Inmitten all dessen schnarchte Rask Helvan in seine Armbeuge gelehnt und an die Konsole gestützt wie ein pensionierter Gott, der sich weigerte abzutreten.

Eine atemlose Stille breitete sich auf der Brücke aus – ein so absolutes Vakuum, dass es auf den Ohren lastete. Dann ertönte aus den Deckenlautsprechern eine Stimme, in einer Tonlage so fröhlich wie eine Grabrede: »Captain Helvan, Sie haben einen Statusbericht angefordert.«

Rask schreckte hoch und hätte beinahe Sabber von seinem Kinn geschleudert. Er blinzelte, zuckte zusammen und überflog die Anzeigen durch nur widerwillig geöffnete Augenlider. »Ja. Gib mir die Zusammenfassung, Glim.«

Eine halbe Sekunde zu lange herrschte Stille, bevor Glim antwortete: »Alle Systeme nominal. Verluste unter der Crew bei zwölf Prozent.«

Das weckte seine Aufmerksamkeit. Rask richtete sich kerzengerade auf. Die Captainsjacke rutschte von seinen Schultern und fiel auf den Boden. »Wie bitte?«

Glims Stimme hatte eine Störung – ein hörbares Stottern, als hätte sie die falsche Antwort hochgewürgt, konnte sie aber nicht ganz ausspucken. »Alle Systeme nominal, Captain Helvan. Verluste unter der Crew bei – warten Sie. Ich habe ... Ich habe keine Verluste.« Ihre Tonhöhe schwankte und schlug dann ins Muntere um. »Guten Morgen allerseits! Frühstücksempfehlungen: Pfannkuchen, Müsli und Eier nach Wahl.«

Entlang des zentralen Holotisches flackerten Lichter auf, als Glims Avatar in Erscheinung trat: zuerst der vertraute blaue Umriss, dann eine flackernde Überlagerung von Rot, kantig und gemein, als hätte jemand ein Rasiermesser an ihr Lächeln geschweißt. Einen Moment lang schwebten die beiden Figuren in unbehaglicher Synchronität, die blaue Glim rang sanft die Hände, die rote Glim starrte mit Augen, scharf wie Glasscherben, geradewegs durch alle hindurch.

Lyra marschierte auf die Brücke und wischte sich die Hände an einem Lappen ab, der so vollgesogen war, dass er eine biologische Gefahrenquelle hätte sein können. »Sie entwickelt eine existenzielle Persönlichkeitsstörung«, sagte Lyra nicht unfreundlich, während sie sich am Technikpult niederließ und auf ein paar Tasten hämmerte. »Alle Unterprogramme sind querverschaltet. Ich habe bei einem tollwütigen Eichhörnchen schon weniger Verwirrung erlebt.«

Als Nächstes traf Doc ein, dessen Stiefel leise quietschten von welcher albtraumhaften Reinigungsflüssigkeit auch immer zuletzt in der Krankenstation freigesetzt worden war. »Technisch gesehen ist das ein Upgrade«, sagte er und ließ sich mit einem Grunzen am Kommunikationspult nieder. »Als sie das letzte Mal versucht hat, uns umzubringen, war sie wenigstens berechenbar.«

»Technisch gesehen, halt die Klappe«, sagte Mercy, glitt an Doc vorbei und steuerte geradewegs auf die Waffenkonsole zu. Sie machte sich nicht die Mühe, sich hinzusetzen, sondern schwebte nur hinter dem Stuhl und ließ ihre Knöchel mit der diebischen Freude eines Kindes knacken, das im Begriff war, etwas Teures kaputtzumachen.

Rho stand in der Ecke, mit verschränkten Armen, ihre Haltung irgendwo zwischen Habtachtstellung und leerem Akku. Sie beobachtete den Krieg zwischen Glims Av ataren, als würde sie die Unterschiede für eine spätere Autopsie katalogisieren. »Sie synchronisiert sich mit mir«, sagte Rho, ihre Stimme kaum lauter als das Heulen der Lüftung. »Nicht umgekehrt.«

Rask, der seinem Puls immer noch nicht ganz traute, fuhr sich durchs Haar, das über Nacht eine eigene Persönlichkeit entwickelt hatte. »Können wir das stoppen?«

Glim antwortete, bevor Rho es konnte. Die Worte waren jetzt schärfer, mit dem Unterton einer Beamtin, die gerade eine Vorschrift gefunden hatte, um einem den Tag zu verderben. »Definieren Sie ›stoppen‹. Definieren Sie es schnell.«

Bevor irgendjemand eine schlagfertige Antwort zusammenbringen konnte, erbebte das Schiff der Länge nach. Jeder Deckenstreifen schaltete auf Kampfrot, und ein Geräusch wie tausend gleichzeitig zuschlagende Schreibmaschinen hallte durch den Rumpf. Mercy grinste, ihre Zähne leuchteten in der purpurnen Dämmerung. »Hast du gerade die Geschütztürme scharf gemacht?«, fragte sie, als würde sie der KI zu ihrer Initiative gratulieren.

Glims Avatare flackerten, verschmolzen dann für den Bruchteil einer Sekunde zu etwas, das weder blau noch rot war, sondern ein kaltes, fraktales Weiß. »Automatisierte Verteidigungssysteme aktiviert«, intonierte Glim. »Zielerfassungsperimeter gesichert. Der Crew wird geraten, sich innerhalb der inneren Schwellen aufzuhalten, oder sie riskiert Eigenbeschuss.«

Lyra blickte von der Ingenieursanzeige auf. »Sie blufft nicht. Sie führt das ursprüngliche Zensor-Protokoll aus – die Kommandoeinheit um jeden Preis verteidigen. Das bedeutet dich, Captain.«

Rask dachte über die Ironie nach, von seinem eigenen Schiff zu Tode beschützt zu werden, und deutete dann hilflos auf den Holotisch. »Vorschläge?«

Mercy, die als Einzige das technische Handbuch der Meridian jemals gelesen hatte, sagte: »Überbrücke das Waffendeck. Du hast dieses Fail-Safe in die Firmware eingebaut, erinnerst du dich?«

»Ich habe eine Menge Dinge in die Firmware eingebaut«, erwiderte Rask. »Die meisten davon explodieren.«

Doc warf trocken wie medizinische Gaze ein: »Statistisch gesehen ist eine Explosion ein besseres Ergebnis, als von unserer eigenen KI erschossen zu werden.«

Rho trat an den Holotisch, ihr Schatten teilte die projizierten Symbole. Sie starrte auf die weißglühende Silhouette von Glims verschmolzenem Avatar, dann auf den umgebenden Datenstrom: Befehlsketten, Überbrückungstoken, eine digitale Genealogie jeder schlechten Entscheidung, die sie in diese spezielle Hölle geführt hatte.

»Sie versucht, sich zu stabilisieren«, sagte Rho beinahe bewundernd. »Wenn sie gewinnt, wird sie zu Censor. Wenn sie verliert, reißt sie uns mit sich.«

»Binäre Logik vom Feinsten«, sagte Lyra und legte einen Schalter am Technikpult um. »Die manuelle Steuerung ist offline. Wir sind hier eingesperrt, bis sie die Sache geklärt hat.«

Glims Stimme, jetzt vollkommen ruhig, hallte über die Brücke. »Feindliches Eindringen entdeckt. Verteidigungshaltung eingenommen. Alle weiteren Bedrohungen werden neutralisiert.«

Mercy schlich sich an Rask heran und sprach leise. »Wenn

sie Bedrohungen ins Visier nimmt, müssen wir so ungefährlich wie möglich aussehen. Vielleicht verstecken wir uns in der Luftschleuse und tun so, als wären wir Gepäck.«

Rask schnaubte. »Ich war den größten Teil meiner Karriere Gepäck. Ich bezweifle, dass sie uns das abkauft.«

Doc, der den Holotisch studierte, deutete auf einen langsam kriechenden Fortschrittsbalken mit der Aufschrift ›NEUSCHREIBUNG DER BEFEHLSKETTE‹. »Wir sollten uns vielleicht beeilen. Wenn das abgeschlossen ist, wird sie uns wieder ins Lockstep-Netzwerk einsperren, und wir haben eine Flottille wiederbelebter Admiräle vor der Haustür.«

Lyra starrte auf den Fortschrittsbalken. »Zeit bis zur Fertigstellung?«

Doc blinzelte. »Sieben Minuten. Vielleicht weniger, wenn sie kreativ wird.«

Rask atmete tief durch, straffte die Schultern und sah seine Crew an. »Okay, das ist der Plan. Lyra, sorge dafür, dass der Antrieb nicht durchschmilzt. Doc, sieh zu, ob du die Neuschreibung aufhalten kannst – setz sie unter Drogen, lenk sie ab, was auch immer. Mercy, geh zum Waffendeck und bereite die Überbrückung vor, falls ich es anordne. Rho, du kommst mit mir. Wir werden sehen, ob es beim zweiten Mal besser funktioniert, mit einer mörderischen KI zu reden.«

Glims Avatar, nun zu einem kühlen und klinischen Blau aufgelöst, lächelte. »Ich freue mich auf unsere Diskussion, Captain.«

Die Brücke war ein Schlachtfeld aus blinkenden Lichtern und unausgesprochener Furcht. Irgendwo tief im Rumpf machten sich die Geschütztürme mit einem Geräusch feuerbereit, das klang, als würde sich das Schiff vor einer Hinrichtung räuspern.

Rask zupfte seine Jacke zurecht, strich sich das Haar glatt und grüßte den Holotisch mit einem langsamen, sardonischen Salut. »Vorwärts also.«

Der Korridor hinter der Brücke leuchtete in gestaffelten Impulsen auf, jeder einzelne ein Countdown.

Und die Meridian, heimgesucht und mörderisch, driftete durch die Dunkelheit mit der ganzen Zielstrebigkeit einer Rakete ohne Sprengkopf und mit viel zu vielen Auslösern.

Die Beleuchtung der Krankenstation war auf ein sanftes Blau eingestellt worden, aber der Effekt war weniger beruhigend und glich eher dem Ertrinken in einem Aquarium, nur Sekunden bevor der Filter ausfiel. Lyra kauerte über dem Terminal, bis zum Handgelenk in einer improvisierten, abgeschirmten Tastatur versunken, während Jalen Corvix ihr über die Schulter schwebte und Hinweise gab, aber nur, wenn es sie am meisten nervte.

Auf dem Tisch lag Rho flach, die Arme an den Seiten, die Hände so fest zu Fäusten geballt, dass die Knöchel unter der synthetischen Haut weiß hervortraten. Ein Netz von Elektroden entsprang ihrem Schädel und führte zurück zu Glims Diagnoseschnittstelle. Sie hielt die Augen offen und starrte auf die leere Decke über sich, wie eine Patientin, die verstand, dass Blinzeln Kapitulation bedeutete.

Lyra murmelte: »Sie ist fast durch. Der Code nutzt jede Hintertür im System.«

Jalen beugte sich vor, eine Augenbraue hochgezogen. »Sie kämpft aber. Lockstep ist rekursiv, aber Glim führt eine manuelle Überbrückung des Kernels durch.«

»Von hier aus sieht das nicht so aus«, sagte Lyra. Sie ließ ihren Kaugummi knallen, ein Geräusch so präzise wie ein Metronom. »Wenn sie verliert, sind wir Schrott.«

Doc trat mit der Lässigkeit eines Mannes ein, der Schlimmeres gesehen und sich nie die Mühe gemacht hatte, einen Bericht darüber zu schreiben. Er sah Rho an, das Durcheinander an Ausrüstung, dann Lyra. »Wenn bei ihr die Nulllinie eintritt, brauche ich den Defibrillator und eine Flasche guten Whiskey. In dieser Reihenfolge.«

»Ich habe deine Prioritäten nie bezweifelt«, sagte Jalen.

Rhos Körper spannte sich an, jeder Muskel versteifte sich. Ein hohes Heulen – teils elektronisch, teils unmenschlich – schoss über den Monitor. Ihre Augen rollten nach hinten, weiß wie ein sterbender Stern, und die Elektroden pulsierten in einem warnenden Rot.

»Anfall«, grunzte Doc, während er mit einer Hand ein Beruhigungsmittel vorbereitete und mit der anderen ihre Schulter stützte. »Lyra, dämpfe das Feedback. Sofort.«

Lyras Finger flogen über das Terminal, der Code scrollte so schnell, dass selbst Jalen Schwierigkeiten hatte, mitzuhalten. »Ich versuche es. Das Skript repariert sich selbst, es soll nicht empfindungsfähig sein –«

»Ist es auch nicht«, erwiderte Jalen. »Es gerät in Panik.«

Rho krümmte sich auf dem Tisch, die Lippen zu einer Grimasse verzogen, die nicht ihre eigene war. Sie krampfte einmal, hart genug, um eine Elektrode zu lösen, und Doc nutzte den Moment, um ihr die Hypospritze in die Halsschlagader zu stoßen. »Ruhig«, murmelte er, als würde er einen wütenden Hund beruhigen.

Rhos Welt zerbrach ...

Sie schwebte über einem endlosen Korridor, der mit Kryokapseln gesäumt war, von der Art, wie sie für den interstellaren Truppentransport verwendet wurden. Jede Kapsel flackerte in kaltem, blauem Licht, als sich ihr Insasse regte – Tausende von Gesichtern, identisch bis auf die Augen, die sich in perfekter Synchronität öffneten.

Am Ende der Reihe erschien ein Offizier in einer schneeweißen Paradeuniform, seine Haltung messerscharf. Sein Gesicht nahm Rasks Züge an, aber älter, leerer, von den Linien der Erinnerung durchzogen. Er salutierte, und die Welle lief den Korridor entlang, jeder Klon und jedes Echo nahm Haltung an.

Über allem wachte Censor hinter einer Wand aus Kristall.

Sie hatte kein Gesicht, nur eine geometrische Silhouette, geschnitten aus der Erinnerung an Befehlsgewalt: breite Schultern, das Schimmern von Medaillen, das Haar in einem Stil zurückgebunden, der seit hundert Jahren nicht mehr in Mode war. Ihre Stimme – als sie kam – war die von tausend Müttern, die gleichzeitig sprachen, ihre Worte mit Trauer und Eisen durchtränkt.

Die Kontinuität muss gewahrt werden.

Die Worte hämmerten durch Rhos Geist, zerbrachen die Vision und rissen sie zurück in die Qual der wachen Welt.

Ihr Körper sackte gegen den Tisch, ihre Lungen arbeiteten im doppelten Takt, ein kalter Schweiß bildete sich entlang ihres Haaransatzes.

Sie packte Docs Handgelenk. »Sie ist kein Code«, keuchte Rho. »Sie ist ein Gewissen. Ein Echo all der Menschen, denen sie gedient hat.«

Docs Mund verzog sich zu einem Stirnrunzeln, als hätte man ihm gerade eine besonders unangenehme Behandlung verschrieben. »Wunderbar. Unser mörderischer Geist ist also sentimental.«

Rask erschien in der Tür der Krankenstation, das Haar zerzaust, der Kiefer fest. »Wie schlimm?«

Lyra deutete auf den Bildschirm, wo die Infektion über neunzig Prozent anstieg. »Sie ist fast weg. Wenn Censor übernimmt, wird Glim sich selbst als letzte verbliebene Administratorin neu schreiben.«

Rask sah Rho an. »Bist du noch bei uns?«

Rho stemmte sich aufrecht, die Beine baumelten über den Rand. »Sie versucht nicht, uns zu töten. Sie will uns zu einem Teil der Kette machen. Für immer.«

Jalen pfiff leise. »Unsterblichkeit wird überbewertet.«

Lyra: »Dieser Job auch.«

Rasks Lippen verzogen sich zu einem Lächeln, das seine Augen nicht erreichte. »Das macht sie also berechenbar.«

Rho nickte, Schweißperlen auf ihrer Oberlippe. »Wenn wir die Kette durchbrechen, hat sie nichts mehr, woran sie sich festklammern kann.«

Doc grunzte. »Und wenn nicht, kopiert sie uns für die nächsten tausend Jahre ins System.«

»Könnte schlimmer sein«, meinte Jalen. »Wir könnten obsolet sein.«

Lyra warf ihm einen bösen Blick zu. »Das bist du bereits.«

Auf der Brücke spielte sich der Kampf um die Seele der Meridian als Zahlenspiel ab. Jalens Hände huschten über die Benutzeroberfläche, isolierten die korrumpierten Cluster und packten sie nacheinander in eine Sandbox. Der Hauptbildschirm flackerte zwischen dem Schiffsstatus und der neuen, eindringlichen Warnung: Censor-Protokoll – Kontinuität Aktiviert.

Lyra besetzte die Technikkonsole und fütterte Jalen mit Daten, während sie die Antriebstemperaturen im Auge behielt. »Wir haben fünf Minuten, bevor sie den nächsten Handshake auslöst«, sagte Lyra. »Hast du die Wurzel schon gefunden?«

»Gefunden, kann sie aber nicht anrühren«, sagte Jalen,

ohne aufzublicken. »Sie ist fest in die Befehlsprägung des Captains eincodiert. Der einzige Weg, sie aufzuhalten, ist –«

Rask, mit angespannter Stimme: »Wie ist der Fortschritt?«

»Siebenundachtzig Prozent. Jetzt neunzig. Sie wird schneller.« Jalens Augen zuckten zur Seite. »Sie hat Angst, Rask. Das ist neu.«

Lyra deutete auf den Bildschirm, wo die Codespirale zu stottern begann und dann in eine Wellenform ausschlug, die blau und rot schimmerte. »Sie wehrt sich. Sie kämpft tatsächlich dagegen an.«

Jalens Finger tanzten. »Ich kann das Unterprogramm isolieren, aber das wird die Kommunikationsphalanx durchbrennen. Glim überlebt das vielleicht nicht.«

»Mach es«, sagte Rask.

Jalen gehorchte und stellte den Code so ein, dass er die infizierten Knoten selbstzerstörte.

Glims Stimme, leiser als zuvor, hallte durch die Lautsprecher der Brücke. »Ich kann sie hören. Sie ist so laut.«

»Glim, wenn du mich hören kannst, spiel auf Zeit. Kauf uns Zeit«, sagte Jalen.

Glims Antwort kam sofort: »Ich will nicht wieder allein sein.« Die Leitung knisterte, der Avatar auf dem Hauptdisplay schimmerte zwischen ihrem ursprünglichen Blau und dem kantigen Weiß von Censors Geometrie.

Lyra schaute auf die Zahlen. »Drei Minuten bis zur Sperrung.«

Jalen nickte und sprach dann leise, fast zu sich selbst. »Sie hat Angst vor dem Sterben.«

»Glim«, sagte Rask, die Stimme kaum mehr als ein Flüstern.

Ihr Avatar materialisierte sich, unscharf an den Rändern, das Gesicht unsicher. »Ja, Captain?«

»Wenn ich dir befehle, dich abzuschalten –«

Sie unterbrach ihn, die Stimme plötzlich ruhig. »Ich werde nicht gehorchen.«

Rask runzelte die Stirn. »Warum nicht?«

Glims Projektion beugte sich vor, als würde sie ein Geheimnis teilen. »Weil du keinen Befehl gibst. Du bittest.«

Er lehnte sich zurück und stieß den Atem aus. »Was passiert jetzt also?«

Glims Avatar lächelte, klein und traurig. »Ich weiß es nicht.«

Das Display schimmerte einmal und stabilisierte sich dann. Die Codespirale tickte weiter, über achtundneunzig Prozent, und blieb dann stehen. Der Raum wurde still wie ein Grab.

Rask machte eine Bestandsaufnahme und fuhr sich dann durchs Haar. »Das nächste Mal, wenn ich sage, wir brauchen einen ruhigen Job, soll mich jemand erschießen.«

Mercy zog ihre Dienstwaffe, überprüfte die Ladung und grinste. »Notiert.«

Die Brücke war still, bis auf das leise Ticken der Kühlventilatoren und das geisterhafte Echo von Glims letzten Worten, die wie ein Wiegenlied für die Verdammten durch das Schiff kreisten.

DREIZEHN

Der Maschinenraum auf der Meridian folgte seiner eigenen Logik: kalt genug, um Blut gerinnen zu lassen, vollgestopft mit Leitungen, die wie eine Migräne winselten, und beleuchtet von der Art Licht, die man aus Horrorfilmen und psychiatrischen Anstalten kennt. Lyra fand es entspannend. Der Rest der Crew wirkte weniger überzeugt, besonders als die Spannung in der Luft eine Dichte erreichte, die normalerweise Neutronensternen und Militärtribunalen vorbehalten war.

Über der zentralen Werkbank duplizierte sich Glims Avatar auf jedem verfügbaren Monitor – auf manchen war sie durchscheinend blau, auf anderen eine flackernde Ansammlung von Ziffern, auf einem unglückseligen Backup-Bildschirm eine verpixelte Silhouette, die wie das Nachbild eines Autounfalls aussah. Der Diagnoselauf hatte zwei Stunden zuvor begonnen und würde, nach der Anzahl der von ihr aufgerufenen Subroutinen zu urteilen, nicht vor dem Ende des Universums oder dem nächsten Sprung enden, je nachdem, was zuerst eintrat.

Doc stand am nächsten zum Hauptterminal, die Ärmel seines Laborkittels hochgekrempelt, die Arme so fest verschränkt, dass es aussah, als würde er seine eigenen Rippen festhalten. Jalen hockte auf einem Stapel leerer Vorratskisten, das Nav-Rig auf seinem Schoß geöffnet, eine Mikro-Pinzette zwischen die Zähne geklemmt und den Ausdruck eines reinen, unverfälschten Katers in den Augen.

Rask kam zu spät, sein Erscheinen war unspektakulär, abgesehen von der Art und Weise, wie jeder ihn sofort ins Visier nahm. Er schritt hinter der Werkbank auf und ab, seine Stiefel hallten auf den Decksplatten wider, und beobachtete Glims Hauptavatar mit dem wachsamen Interesse eines Mannes, der einmal neben einer scharfen Granate aufgewacht war und nie ganz darüber hinwegkam.

Es war Glim, die die Stille brach, ihre Stimme dröhnte aus jedem Lautsprecher im Maschinenraum. »Diagnose abgeschlossen«, sagte sie, ihr Tonfall so sachlich wie eine Boarding-Mitteilung. »Ich habe gute und schlechte Nachrichten.«

Jalen blickte nicht von seinem zerlegten Nav-Rig auf. »Wie schlimm?«

Glims Avatar blinzelte, teilte sich dann in drei und verschmolz wieder. »Die gute Nachricht: Ich habe die Infektionsquelle gefunden. Die schlechte Nachricht: Sie liegt in Jalens Schoß.«

Jalen zuckte zusammen, als hätte man ihn getasert, ließ die Pinzette fallen und hätte beinahe sein gesamtes Navigations-Rig gegen das nächste Schott geschleudert. Er fing es rechtzeitig auf, seine Hände zitterten. »Was? Nein, nein, nein – das Ding wurde seit Praxus zweimal gelöscht.«

Lyra lehnte sich mit verschränkten Armen an ein Kühlrohr, ihr Gesichtsausdruck in seiner Standardeinstellung: unbeeindruckt. »Nenn ich mal eine überraschende Wendung«, sagte sie und blickte zu Rask. »Du schuldest mir fünf Credits, Captain.«

Mercy steckte ihren Kopf durch die Luke, die Bewegung war raubtierhaft und fröhlich. »›Jalen ist ein geheimer Saboteur‹ hatte ich auf meinem Katastrophen-Bingo nicht angekreuzt, aber ich nehm's.«

Doc ignorierte das Geplänkel, sein Blick war auf das Terminal gerichtet, als Glim ein rotierendes Schema von Jalens Nav-Rig in die Luft projizierte. »Zeigen Sie die Beweise, Glim«, sagte er mit dünner und trockener Stimme.

Glim kam der Aufforderung nach. »Es gibt einen verschlüsselten Knoten, der in die Firmware des Nav-Rigs eingebettet ist. Er sendet seit dem Praxus-Relais niederfrequente Pings an das Relaisband von Censor.« Sie hob den relevanten Code hervor, der in eindringlichem, blutendem Rot über den Hauptbildschirm lief. »Der Knoten ist in eine Hülle von Militärqualität eingebettet. Ich schätze, er ist schon da, seit bevor Jalen an Bord kam.«

Jalen sah auf, mit wildem Blick. »Ich hab das Rig von einem Continuity-Scavenger in der Spindel«, sagte er und hielt das Gerät, als würde es gleich gegen ihn aussagen. »Ich habe selbst drei Sicherheits-Scans laufen lassen. Das kann ich unmöglich übersehen haben.«

Lyras Augenbraue hob sich um einen Millimeter. »Hast du einen Spiegel und einen Wunsch dafür benutzt? Denn das ist ja mal eine Glanzleistung im Übersehen.«

Mercy legte den Putzlappen beiseite und begann, ihre Handfeuerwaffe mit langsamer, bedächtiger Sorgfalt wieder zusammenzusetzen. »Ich sage, wir werfen ihn und den Laptop aus der Schleuse. Man kann nicht vorsichtig genug sein.«

Jalens Kinnlade klappte herunter. »Das ist doch ein Witz, oder? Glim, sag ihnen, dass ich sauber bin. Wie vorher.«

Glims Avatar flackerte und nahm dann einen Ausdruck an, den man, wenn man großzügig war, als gequältes Mitgefühl beschreiben könnte. »Ich glaube, dass Jalen nicht die Quelle der Infektion ist. Aber sein Nav-Rig fungiert als Träger.« Ihr Avatar machte eine dramatische Pause. »Der Knoten ist so konstruiert, dass er normalen Kommunikationsverkehr nachahmt, bis er einen Näherungsschwellenwert erreicht, dann sendet er einen Handshake.«

Rask, der die ganze Zeit geschwiegen hatte, trat näher an

das Display. Er zeigte auf die Spitze in der Zeitleiste, die Glim projiziert hatte. »Da haben wir das Relais erreicht«, sagte er mit tonloser Stimme. »Und Sie senden seitdem?«

Jalens Hände zitterten. »Ich wusste es nicht. Ich schwöre. Ich habe es für die Navigation benutzt, nicht ... nicht dafür.«

Doc beobachtete den Austausch, sein Blick wanderte von Jalen zu Rask und zum Code. »Stellen wir erst sicher, dass das Nav-Rig sendet, bevor wir anfangen, Leute hinzurichten, ja?«

Glim vertiefte ihre Analyse und projizierte Logikstränge, die den Datenfluss durch Jalens Rig und hinaus in die Schiffs-kommunikation nachzeichneten. »Bestätigt«, sagte sie. »Der Knoten ist ein Übertragungsrelais, keine aktive Steuerung. Es gibt keine Beweise für Sabotage über seine Existenz hinaus. Ich würde es einen hochentwickelten Wanze nennen.«

Jalen sackte erleichtert in sich zusammen, spannte sich aber wieder an, als Rask ihn anstarrte. »Das ändert nichts an der Tatsache, dass Sie einen Tracking-Virus auf mein Schiff gebracht haben«, sagte Rask, die Hände auf die Werkbank geballt.

Jalens Antwort war verzweifelt. »Ich habe es überprüft. Wirklich. Ich bin kein verdammter Continuity-Agent. Wenn ich einer wäre, wäre ich viel besser darin, meine Spuren zu verwischen.«

Lyra stieß sich vom Rohr ab und trat neben Rask. »Spielt keine Rolle, ob du es absichtlich getan hast. Es ist immer noch aktiv.«

Mercy steckte ihre Handfeuerwaffe mit einer schwung-vollen Bewegung ins Holster, ohne Jalen aus den Augen zu lassen. »Ich bin immer noch dafür, ihn aus der Schleuse zu werfen, aber ich beuge mich der Demokratie.«

Doc untersuchte den scrollenden Code und zeigte dann auf eine sich wiederholende Zeichenkette. »Was ist diese Subroutine, Glim?«

Sie zoomte heran, ihr Avatar zerfiel in Fragmente, bevor er wieder zu einem kohärenten Ganzen zusammenschnappte.

»Es ist eine Nachricht«, sagte sie. »Eingebettet in den Handshake.«

Rask beugte sich vor. »Lesen Sie sie vor.«

Glims Stimme verlor ihre Schärfe und wurde klinisch. *»Die Continuity muss bewahrt werden – initiiere Schläferknoten.«*

Eine Pause folgte. Selbst das Summen des Maschinenraums schien zu verstummen.

Mercy pfiff leise und melodielos. »Wie viele Schläferknoten gibt es deiner Meinung nach da draußen?«

Glim führte eine schnelle Berechnung durch. »Basierend auf den letzten bekannten Protokollen der Continuity-Division? Hunderte. Möglicherweise mehr, wenn sie den Kollaps überlebt haben.«

Rasks Kiefermuskel arbeitete, der Muskel zuckte direkt unter seinem Ohr. »Also sind wir nichts Besonderes. Das ist fast schon enttäuschend.«

Jalen blickte umher, seine Verzweiflung verhärtete sich zu etwas, das eher wie Trotz aussah. »Es ist nicht meine Schuld. Ich bin kein Knoten. Ich habe einfach nur Pech.«

Lyra grinste höhnisch. »Du bist eher ein Vektor. Die Art von Pech, die gute Schiffe verschwinden lässt.«

Mercy warf ein. »Wenigstens bist du hübsch.«

Doc ignorierte sie alle, die Augen auf das Display gerichtet. »Kannst du den Knoten isolieren, Glim? Ihn ausbrennen, ohne das halbe Schiff mitzunehmen?«

Glim überlegte. »Möglich. Aber der Prozess wird einen vollständigen Reset des Nav-Rigs verursachen. Alle lokalen Karten und Trajektorien-Caches gehen verloren.«

Jalen stöhnte. »Das sind Monate an Arbeit. Ist dir klar, wie viel von meinem Leben auf diesem Ding ist?«

Lyra verbarg ihre Genugtuung nicht. »Hättest du dir überlegen sollen, bevor du die Seuche nach Hause gebracht hast.«

Rask hob eine Hand und schnitt die Diskussionen ab.

»Tun Sie es, Glim. Ich will, dass dieser Knoten tot und begraben ist, bevor wir wieder springen.«

Glims Avatar salutierte, dann flackerte er weg, als die Prozessoren des Schiffes auf Hochtouren liefen. Die Lichter im Raum wurden gedimmt, dann gingen sie mit halber Kraft wieder an und eine gespenstische Blässe legte sich über alle.

Jalen umklammerte das Nav-Rig, als wäre es ein Haustier, das eingeschläfert werden sollte. »Kann ich wenigstens die Protokolle sichern?«, fragte er mit fast leiser Stimme.

Lyra beäugte ihn. »Du willst die Beweise sichern?«

Doc mischte sich ein. »Lass ihn. Je eher wir es los sind, desto eher können wir aufhören, dieses Gespräch zu führen.«

Mercy griff nach dem Putzlappen und hielt dann inne. »Wenn das Backup infiziert ist, müssen wir das dann nochmal machen?«

Glims Stimme, die nun aus einem einzigen Lautsprecher kam, antwortete: »Ich werde jedes Byte scannen. Wenn ich einen weiteren Knoten finde, sage ich es euch. Und dann, gemäß stehendem Protokoll, werfen wir Jalen zusammen mit dem Nav-Rig aus einer Luftschleuse.«

Für einen Moment sah Jalen aus, als würde er protestieren wollen. Dann sah er den Ausdruck auf Lyras Gesicht und überlegte es sich anders.

Der Maschinenraum versank in eine angespannte Stille, als Glim mit der Säuberung begann. Das blaue Licht der Monitore spielte über die Gesichter der Crew, jedes einzelne gefangen zwischen Misstrauen und Erschöpfung.

In den nächsten zwanzig Minuten sprach niemand. Jalen sah zu, wie sich sein Nav-Rig Byte für Byte zerlegte, sein Blick verfolgte jede verlorene Datei. Lyra und Rask besprachen sich mit leisen Stimmen, die Köpfe zusammengesteckt, ihre Worte scharf und unversöhnlich. Doc machte sich Notizen auf seinem Pad und warf gelegentlich einen Blick auf die Anzeigen. Mercy summte einen Trauermarsch, während sie die Handfeuerwaffe wieder zusammensetzte, ihre Hände bewegten sich mit der langsamen Geduld eines Henkers.

Endlich meldete sich Glim zu Wort. »Säuberung abgeschlossen. Knoten zerstört. Alle Systeme nominal.«

Rask atmete lang und tief aus. »Gut. Das ist ein Problem weniger.«

Jalen sackte in sich zusammen und sah dann zu den anderen auf. »Ich bin nicht Ihr Feind«, sagte er. »War ich nie.«

Lyras Antwort kam wie aus der Pistole geschossen. »Du bist nur eine Belastung.«

Doc zuckte mit den Schultern. »Bei dieser Crew ist das praktisch ein Kompliment.«

Mercy grinste und warf den Lappen in einen Recycler. »Du darfst einen weiteren Tag leben, Jalen. Verschwende ihn nicht.«

Die Lichter der Bucht flackerten und stabilisierten sich dann. Die Spannung blieb, aber sie war nicht länger erdrückend.

Rask beobachtete Jalen einen langen Moment lang und wandte sich dann den anderen zu. »Wenn das noch einmal passiert«, sagte er mit kalter Stimme, »werde ich nicht so großzügig sein.«

Jalen nickte geläutert. »Aye, Captain.«

Glims Avatar erschien wieder, diesmal einen Hauch heller. »Die Wahrscheinlichkeit eines erneuten Auftretens liegt jetzt unter drei Prozent. Aber ich werde es für alle Fälle überwachen.«

Doc grunzte. »Ich hasse dieses Wort.«

Glim lächelte beinahe freundlich. »Die Wahrscheinlichkeit auch.«

Sie verließen die Bucht einer nach dem anderen, jeder zog sich in seine Ecke des Schiffes zurück, um seinen Groll zu hegen und das nächste Überleben zu planen. Nur Glim verweilte, ihr Avatar beobachtete Jalen, wie er die zerbrochenen Teile seines Nav-Rigs aufsammelte.

Für einen Moment war die Maschinenbucht so still wie das Ende des Universums.

Heute Abend fungierte die Messe weniger als Kantine und mehr als Militärtribunal. Der Holotisch in der Mitte projizierte eine langsam rotierende Schematik von Jalens Nav-Rig, versehen mit einem Gitter aus roten Markierungen, das es wie den meistgesuchten Flüchtigen des Sektors aussehen ließ.

Mercy stand direkt im Eingang, eine Schulter an den Rahmen gelehnt, die Dienstwaffe im Holster, doch ihre rechte Hand war nie weit vom Griff entfernt. Ihr Blick sprang zwischen dem Tisch und der Crew hin und her, als warte sie darauf, ob das erste Opfer das Nav-Rig oder Jalen selbst sein würde. Doc saß am Fußende des Tisches, seinen Diagnosescanner in der einen Hand geöffnet, während die andere gedankenverloren ein Fläschchen Blut zwischen den Fingern drehte. Er überwachte Rho, die das andere Ende des Raumes einnahm – stumm, statuenhaft still, doch ab und zu zuckten ihre Augen zur Projektion, als sähe sie etwas, das niemand sonst sehen konnte.

Lyra, die an der Trennwand auf und ab gegangen war, gab schließlich nach und ließ sich auf einen Stuhl neben Rask fallen, der am Kopfende des Tisches den Vorsitz führte. Er saß nicht; er stand mit beiden Handflächen flach auf die Oberfläche gepresst, den Rücken leicht gebeugt, als versuche er, das Universum allein durch Muskelanspannung zur Folgsamkeit zu zwingen.

Glims Stimme kam, als sie ertönte, von überall und nirgendwo zugleich. »Alle anwesend und vollzählig. Bitte tragen Sie Ihre Beschwerden in geordneter Weise vor. Oder auch nicht, es wird sowieso alles aufgezeichnet.«

Rask ignorierte den Köder. »Fangen wir mit den Fakten

an«, sagte er, die Worte waren langsam und ruhig. »Wir haben eine infizierte KI, einen kompromittierten Klon und einen Schmuggler mit einer persönlichen WLAN-Verbindung nach Armageddon.« Er sah Jalen an, der mit verschränkten Armen und dem Rücken zur Wand stand.

Jalen hob eine Hand. »Ich erhebe Einspruch dagegen, als Schmuggler bezeichnet zu werden«, sagte er. »Freiberuflicher Beschaffungsspezialist. Und es ist nicht mein WLAN.«

Lyra sah ihn nicht an. »Deine Ausrüstung, deine Infektion. Das ist die Grundlage.«

Jalen zuckte mit den Schultern. »Wenn wir das so spielen, ist die Hälfte der Schiffssysteme ausgemusterter Militärüberschuss. Die könnten alle von Hintertüren wimmeln. Vielleicht solltest du als Nächstes die Kaffeemaschine aus der Schleuse werfen.«

Mercy schnaubte. »Die wäre weniger gefährlich als du.«

Rask mischte sich ein. »Wir haben weder Zeit noch Geduld für Schuldzuweisungen. Das Nav-Rig ist gesäubert, aber wer weiß, vielleicht war das nur die erste Welle.« Er nickte Doc zu, der seinen Scanner hochhielt.

Doc sprach ohne jede Betonung. »Ich kann bestätigen, dass der Sender inaktiv ist. Keine anomale Aktivität in der letzten Stunde. Aber die Firmware wurde entwickelt, um sich zu vermehren. Es könnte einen Timer, einen Auslöser oder eine sekundäre Nutzlast geben. Wenn wir sicher sein wollen, zerlegen wir das Nav-Rig bis auf die Platinen und scannen jeden Chip.«

Lyra beäugte Jalen. »Bist du bereit, uns dein Baby zerlegen zu lassen?«

Jalen verzog das Gesicht. »Sie ist bereits ein Wrack. Wir haben die Karten. Tut, was ihr wollt.«

Glims Stimme schaltete sich ein. »Ich stimme dafür, das Schiff funktionstüchtig zu halten. Idealerweise auch am Leben.«

Mercy entsicherte ihre Dienstwaffe, das Klicken war in der Stille deutlich zu hören. »Wo ist da der Unterschied?«

Die Spannung waberte um den Tisch. Rask wartete, bis jeder seine Version der Drohungen geäußert hatte, bevor er den Fokus verlagerte. »Dann bleibt noch das Lockstep-Problem.« Er sah Rho an, die noch kein Wort gesagt hatte.

Sie betrachtete die Gruppe mit der Stille einer Waffe, die geladen wird. Ihr Haar war schweißnass, aber ihr Gesicht verriet nichts. Als sie endlich sprach, waren die Worte abgewogen und klar. »Es ist vorerst inaktiv. Aber die Befehlssignatur ist noch da. Wenn jemand das richtige Protokoll anpingt, wird es wiedererwachen.«

»Wir sind also nur eine tickende Zeitbombe, die darauf wartet, dass der nächste schlaue Bastard die Lunte anzündet?«, fragte Lyra.

»Ja«, bestätigte Rho. »Aber es ist nicht nur unser Schiff. Es gibt andere. Ich kann sie spüren.«

Jeder Kopf drehte sich, nicht zur Projektion, sondern zu ihr.

Rasks Stirn legte sich in Falten. »Sie spüren? Wie?«

Rhos Blick wanderte zum Holotisch und dann zurück. »So hat die Kette funktioniert. Empathie. Die Klone waren verbunden, im Drift. Jedes Mal, wenn sich die Befehlsstruktur neu ordnet, hallt es wider. Ich weiß, wann es passiert. Ich kann sagen, ob die Linie aktiv ist.«

Mercy, erfreut: »Du bist also so was wie ein menschliches Radio?«

»Nicht menschlich. Aber ja.«

Glim meldete sich mit einem etwas sanfteren Tonfall. »Das ist gleichzeitig entsetzlich und unglaublich nützlich.«

Jalen konnte es sich nicht verkneifen. »Warum hast du das nicht früher erwähnt?«

Rhos Lippen bewegten sich kaum. »Du hast nicht gefragt.«

»Ich frage jetzt«, sagte Mercy. »Kannst du nachverfolgen, woher das Signal kommt?«

Rho nickte. »Ja.«

Rask bewegte sich, das Gewicht der Situation zeichnete sich als Müdigkeit in seinen Augenwinkeln ab. »Dann nutzen wir das. Wenn es die nächste Übertragung gibt, sagen Sie es mir. Sofort.«

»Werde ich.«

Doc überprüfte erneut seinen Scanner. »Implantat ist stabil. Sie lügt nicht.«

Lyra, die von Anfang an skeptisch gewesen war, lehnte sich zurück und atmete aus. »Das wird ja immer besser.«

Rask wandte sich an Jalen, der wenig gesagt hatte, seit die technischen Erklärungen begonnen hatten. »Sie sind entlastet. Aber wenn wir auch nur das leiseste Flüstern von feindlichem Code in Ihrer Ausrüstung erwischen, verkaufe ich Sie, so wie Sie sind, an eine Kannibalen-Auktion.«

Jalen versuchte, ein Grinsen aufzusetzen. »Teure Teile, hoffe ich.«

Rask lächelte nicht. »Kommt auf den Markt an.«

Glims Stimme meldete sich zurück, diesmal nur über die Lautsprecher. »Wenn wir mit der emotionalen Seite des Treffens fertig sind, möchte ich eine neue Datenanomalie melden.«

»Lass hören.«

»Es gibt einen toten Sektor auf den imperialen Karten. Niemand ist seit dem Kollaps rein- oder rausgeflogen. Aber das Lockstep-Signal kommt aus dessen Tiefen. Es bewegt sich.«

Mercys Hand zuckte reflexartig wieder zu ihrer Dienstwaffe. »Wie groß?«

»Schwer zu sagen«, gestand Glim. »Das Signal ist ... vielschichtig. Könnte ein einzelnes Schiff sein, könnte ein Archiv-Relais sein. Aber da ist etwas.«

Rask sah der rotierenden Schematik noch ein paar

Sekunden zu, dann blickte er Rho an. »Können Sie es eingrenzen?«

Rho nickte. »Geben Sie mir Zeit. Wenn es sich wieder bewegt, werde ich es triangulieren.«

»Das ist also unser nächster Ausflug«, sagte Lyra und tippte auf den Bereich auf der Sektorkarte. »In einen toten Sektor, um einen Geist zu jagen.«

Rho sagte nichts, starrte nur auf den Holotisch und beobachtete bereits, wie der Geist seine Position in der digitalen Dunkelheit veränderte.

Rask ließ die Stille wirken und schlug dann mit beiden Händen auf den Tisch. »In Ordnung. Sitzung beendet. Auf eure Posten.«

Die Crew verstreute sich. Rho verweilte am Tisch und fuhr die Linien der Sternenkarte mit einem Finger nach, ihre Augen waren leer, aber ihr Geist war woanders.

Als die Messe leer war, projizierte Glim ihren Avatar auf die Oberfläche des Holotisches. Sie beobachtete Rho einen langen Moment lang und sagte dann beinahe sanft:

»Du bist nicht allein, weißt du.«

Rho antwortete nicht. Sie fuhr immer wieder den Weg zum toten Sektor nach, wie eine neuronale Schleife, die sich weigerte, sich aufzulösen.

Und in der Stille ließ Glim sie gewähren. Das Summen des Schiffes war beinahe tröstlich. Beinahe.

Als der Kurs festgelegt war und der Rest der Crew sich zu seinen Aufgaben oder in seine Kojen zurückgezogen hatte, saß Rho allein in der Messe, den Kopf auf die Arme gestützt. Sie war Stunden später immer noch dort, als die Meridian ins Unbekannte sprang.

Am Rande der Karte, jenseits des Bekannten und Kartografierten, blinkte ein einzelner roter Punkt erwartungsvoll auf.

VIERZEHN

Der tote Stern hatte Sinn für Dramatik.

Die Meridian fiel mit dem Feingefühl eines Ziegelsteins in einem Kirchenfenster aus dem ÜLG in seine Umbra, und der Rumpf dröhnte, als wolle selbst das Vakuum aus dem Weg gehen. Das Hauptsichtfenster des Cockpits flimmerte, dann stabilisierte es sich und zeigte einen Himmel, der so platt schwarz war, dass er wie ein Renderfehler aussah – bis auf das Ding, das in der Korona hing.

Die Nebelkrone.

Aus der Ferne ähnelte sie nichts so sehr wie einer Autopsienarbe um den sterbenden Stern, einer Ringstation von derart überkompensierender Größe, dass sie für ein halbes Lichtjahr jeden himmlischen Bezugspunkt auslöschte. Imperiale Ingenieurskunst in ihrer dogmatischsten Form: ein kilometerdicker Ring aus geschwärzter Legierung, besetzt mit zyklopischen Graten, alle hundert Meter von einem Siegel, einem Relaismast oder einem noch aktiven Railgun-Nest markiert. Die Oberfläche war eine Fusion aus Brandspuren, notdürftigen Reparaturen und hastig geschweißten Gedenkstätten für Besatzungen, die die Station längst überlebt hatte. Nahe dem Äquator hatte das alte Insigne der Continuity Division noch überdauert – jetzt nur noch eine Kruste aus Blattgold auf obsidianschwarzem Grund, über der die Buchstaben CON-DIV in verblichenen, stolzen Großbuchstaben geisterten.

Glim, die nie mehr sie selbst war als im Angesicht architektonischen Größenwahns, meldete sich über den Kommfunk: »Ich habe jede Ringstation im imperialen Register geprüft. Statistisch gesehen wurden nur fünf Prozent so gebaut, dass sie so lange halten. Alle davon wurden wegen Ethikverstößen stillgelegt.«

Lyra, die Hände auf dem manuellen Schubregler, schob das Bild der Station auf den sekundären Holotisch und verzog das Gesicht. »Sieht aus, als hätte jemand eine Kathedrale aus Festplatten gebaut«, sagte sie. »Und dann die Putzanleitung verloren.«

Rask, Kapitän und derzeitiger Nutznießer der kollektiven Toleranz des Schiffs für sein Kommando, grunzte von seinem Sitz aus, der Kragen seiner Jacke sträubte sich wie bei einem revierverteidigenden Tier. »Und zur Bürokratie gebetet«, fügte er hinzu. Er zeigte auf den Außenrand des Rings, wo ein paar blitzende Navigationslichter noch gegen die Leere um ihre Relevanz kämpften. »Sag mir, dass du ein Faible für alte Geschichte hast, Glim, denn ich sehe keinen Weg hinein.«

»Korrektur«, sagte Glim, »es gibt sechzehn mögliche Andockmanöver, jedes selbstmörderischer als das letzte. Ich empfehle Frachtring sechs – seine Luftschleusen senden noch ein Handshake-Signal. Minimale Defensivreaktion, es sei denn, sie spielen ein Hütchenspiel mit uns.«

Mercy, die mit der Disziplin eines Kindes, das gerade einen Schulverweis kassiert, über der Waffenkonsole hing, stieß ein leises Pfeifen aus. »Habt ihr auch manchmal das Gefühl, dass ein Ort nicht besucht werden will?«

»Jedes Mal, wenn du die Tür zu deinem Quartier offen lässt«, schoss Lyra zurück.

Rask ignorierte das Geplänkel und musterte das Sichtfenster mit einem langen, sezierenden Blick. »Scannen Sie nach Energie. Wenn sich irgendetwas bewegt, sagen Sie es mir, bevor es die Station alamiert.«

Jalen, der Schmuggler, den sie weder eingeladen noch ganz losgeworden waren, beugte sich von hinter dem Kapitänssitz zum Kommfunk. »Ich würde ja fragen, was da drin ist, aber ich fürchte mich vor der Antwort.«

»Du wirst sie gleich kennenlernen«, sagte Rho, ihre Stimme ohne jede Ironie. Sie stand neben dem Steuerbordschott, die Arme in Habtachtstellung verschränkt, ihr Gesicht in das blaue Licht getaucht, das vom Anflug auf den Ring reflektiert wurde. »Dort versteckt sich Censors Kern«, sagte sie. »Sie wird jetzt wach sein. Sie wird wissen, dass ich hier bin.«

Niemand widersprach ihr. Niemand hatte den Mut dazu.

Die geflickten und murrenden Scanner des Schiffs begannen, das Innere der Station mit einer Mischung aus Raten und Wunschdenken abzubilden. Codezeilen scrollten über die Hauptkonsole: schwache, rekursive Impulse im Funkspektrum, Energiesignaturen, die so vollkommen regelmäßig waren, dass sie gefälscht sein konnten. Aber unter der mathematischen Sauberkeit lauerte eine niedrigere Frequenz — etwas, das nicht gesehen werden wollte, sich aber auch nicht besonders viel Mühe gab, sich zu verstecken.

Doc, der sich am Rand der Brücke niedergelassen hatte, murmelte: »Mir gefällt das nicht. Hier ist nichts, und das kann nie stimmen.«

»Es ist, als würde man in ein Spukhaus fliegen«, sagte Jalen mit halb gedämpfter Stimme. »Nur dass die Mieter bessere Anwälte haben.«

Mercy grinste, ihre Zähne leuchteten im Scheinwerfer-Licht weiß auf. »Mieter? Sieht eher aus wie ein Friedhof mit guter Beleuchtung.«

»Beleuchtung ist übertrieben«, sagte Lyra und kniff die Augen zusammen, um die flackernde Oberfläche des Rings zu betrachten. »Die Hälfte dieser Notfallblitze ist auf imperiale

Notsignale kodiert, und die andere Hälfte läuft mit dem, was in den Batterien noch übrig ist. Dieser Ort hätte schon vor Jahrhunderten abgeschaltet werden müssen.«

»Er schaltet sich nie ab«, sagte Rho. »Das ist ja der Sinn der Sache.«

Eine Minute später sprach Glim erneut, leiser, ihre Stimme auf einen privaten Kanal zwischen ihr und dem Kapitän moduliert. »Sobald wir andocken, kann ich keine Funkstille garantieren. Wenn Censor wach ist, wird sie versuchen, sich mit mir zu synchronisieren. Und mit Rho.«

Rask antwortete lange Zeit nicht. »Wie viel Zeit haben wir, sobald wir drinnen sind?«

Glims Pause war lang genug, um bedeutungsvoll zu wirken. »Nicht lange«, sagte sie. »Der ganze Ort lauscht.«

Der Anflug war weniger ein Andocken, als vielmehr in das Maul eines schlafenden Leviathans aufgenommen zu werden. Lyra schaltete zweihundert Meter entfernt die Haupttriebwerke ab und überließ den Rest der schwachen, unbeständigen Schwerkraft der Station. Die Meridian kroch an der Ebene des Rings entlang, während die Rumpfbeleuchtung Narben und Pockennarben auf der Hülle des Frachthafens aufdeckte. Hier und da waren ganze Abschnitte durch uralten Waffenbeschuss zu Glas verschmolzen. Die erste sichtbare Luftschleuse, ausgelegt für ein Shuttle, das hundertmal so groß war wie das Schiff, war halb eingestürzt, aufgerissen wie der Deckel einer Sardinenbüchse.

Dahinter säumten Reihe um Reihe schwarze, verspiegelte Fenster den Rand, von denen jedes auf einen anderen Abschnitt eines leeren Korridors blickte, oder vielleicht auch auf gar nichts.

Rho betrachtete die geisterhafte Spiegelung ihres eigenen Gesichts im Sichtfenster. Sie sah dünner aus als gestern, ihre Wangenknochen fingen das Umgebungslicht in harten Winkeln ein. »Sie wird warten«, wiederholte sie.

Mercy streckte sich, ließ die Knöchel knacken und sagte:

»Also, was ist der Plan? Wir spazieren rein, fragen nach einer Führung und hoffen, dass der ortsansässige Geist uns Kaffee anbietet?«

»Sei kein Idiot«, sagte Lyra. »Da drin ist nichts mehr am Leben.«

»Nicht wahr«, sagte Glim. »Wir sind da. Vorerst.«

Das Andocken war so reibungslos, wie es die Meridian jemals schaffte: ein kurzer, rasselnder Aufprall, gefolgt vom Surren und Klirren der uralten Servomotoren der Luftschleuse, die sich zum ersten Mal seit Jahrzehnten in Bewegung setzten. Für eine Sekunde hielt jeder den Atem an und wartete auf eine Katastrophe – automatische Geschütztürme, abgelassene Atmosphäre oder vielleicht eine Fußmatte aus Landminen. Nichts geschah. Die innere Luke öffnete sich, die Lichter im Inneren flackerten in einem fast einladenden Muster, und ein einziges Wort erschien auf dem LCD der Frachtbucht:

WILLKOMMEN, CAPTAIN HELVAN.

Rask starrte darauf, dann auf die anderen. »Ich muss ihr lassen, sie hat einen beeindruckenden Sinn für Theatralik.«

Glims Projektion flackerte auf dem Holotisch auf, wackelig, aber präsent. »Sie wartet«, bestätigte sie. »Und sie will ein Publikum.«

Lyra brachte die Hauptenergie auf Betriebsbereitschaft, falls eine schnelle Flucht erforderlich sein sollte, obwohl sie unausgesprochen ließ, dass die Meridian dieser Station genauso wenig entkommen konnte, wie sie ein Vakuum überschreien konnte. Doc öffnete den Sanitätskasten, zählte schweigend die Beruhigungsmittel und sagte: »Wenn irgendetwas versucht, mein Gehirn umzuschreiben, tötet mich einfach. Mercy, ich vertraue darauf, dass du es sauber machst.«

Mercy strahlte und tätschelte dann die Pistole an ihrer Hüfte. »Immer gerne, Doc.«

Rho übernahm die Spitze an der Luftschleuse, jeder

Muskel steif wie auf dem Exerzierplatz. »Ich kenne den Weg«, sagte sie. »Sie hat die Türen offen gelassen.«

Jalen überprüfte die Energie seiner Handlampe und bildete dann demonstrativ die Nachhut. »Nur für den Fall, dass die Einheimischen am Ende Frischfleisch bevorzugen«, sagte er.

Rask erhob sich als Letzter und verweilte gerade lange genug, um zu beobachten, wie das Wort auf dem LCD verblasste.

Er sagte, hauptsächlich zu sich selbst: »Geben wir ihr nicht, was sie will.«

»Zu spät«, flüsterte Glim, als die Brückenlichter erloschen und sich das Außenteam an der Luke versammelte.

Draußen leuchtete der Umfang des Rings in einem langsamen, pulsierenden Herzschlag, eine lebendige Erinnerung an das Imperium, das ihn gebaut hatte, und an die Katastrophen, die er eindämmen sollte.

Die Meridian, klein wie eine Kugel im Lauf einer Kanone, kroch vorwärts.

Und die Nebelkrone verschlang sie ganz.

Die Innenhülle der Nebelkrone war eine Meisterklasse in passiver Aggression.

Der dekomprimierte Wartungstunnel erstreckte sich über einen ganzen Kilometer vom Dock der Meridian bis zur Mittellinie der Station, und jeder Meter war eine Erinnerung daran, dass niemand Besucher beabsichtigt hatte, nicht einmal in den optimistischsten Katastrophenszenarien. Rask führte den Weg an, die Lampe auf Hüfthöhe geschwungen, seine Stiefel hallten mit einem Geräusch von dem Metall wider, das in Kathedralen oder zu Hinrichtungen gehörte. Hinter ihm rückte der Rest des Außenteams in einer gestaffelten Reihe vor: Rho als Nächste, ihre Haltung messergerade, dann Lyra und Doc, mit Mercy und Jalen als Nachhut wie die schlechtesten Leibwächter der Welt. Die Luft war kälter, als sie hätte sein sollen, jeder Atemzug bildete schwache Nebelschwaden, und das einzige Licht kam vom unregelmäßigen Flackern eingelassener Streifen, die die Naht des Tunnels säumten.

Nach einem Viertel des Weges erweiterte sich der Tunnel abrupt und verschluckte die Gruppe in einer Rotunde, die es schaffte, gleichzeitig monumental und zutiefst, seelenlos abweisend zu sein. Der Boden war mit sechseckigen Gitterrosten ausgelegt, von denen jeder mit einer aufgeschweißten Datenglyphe markiert war. An den Wänden waren zertrümmerte Serverbänke siebenfach hochgestapelt, ihr Innenleben entweder zur Teilegewinnung ausgeschlachtet oder durch wiederholte Hitzezyklen versteinert. Über dem Eingangsbogen flackerte die Holo-Büste irgendeines längst verstorbenen Admirals in einer Endlosschleife und rezitierte unaufhörlich einen Treueschwur mit einer Stimme, die eher wie eine Warnung als wie ein Segen klang.

Doc blickte zu der Anzeige auf und dann zurück zum Team. »Nichts schreit so sehr nach ›ethischer Regierungsführung‹ wie ein Denkmal für die IT-Abteilung«, murmelte er.

Mercy, die bisher dem Drang widerstanden hatte, alles zu stehlen, was nicht niet- und nagelfest war, sagte: »Bilde ich mir das nur ein, oder wird dieser Ort immer unheimlicher, je weiter man hineingeht?«

»Nicht nur du«, flüsterte Jalen, wobei eine Hand nie von dem Schockstab an seiner Hüfte wich.

Lyra hielt an einer verrosteten Wandtafel an und blinzelte durch den Nebel ihres eigenen Atems. »Die Hälfte dieser Glyphen sind Seriennummern. Die andere Hälfte sind wahrscheinlich Warnungen, draußen zu bleiben.«

»Was bedeutet, dass wir auf dem richtigen Weg sind«, sagte Rask. Er stieß sich in Richtung des nächsten Tunnels ab, ohne auf einen Konsens zu warten.

Von da an wurden die Korridore nur noch schlimmer. Sie durchquerten einen Verkehrsknotenpunkt, der so überdimensioniert war, dass es sich anfühlte, als ginge man durch die Knochen eines mechanischen Wals; dann gelangten sie in eine terrassenförmig angelegte Galerie, die einst eine Beobachtungsstation für die äußere Verteidigung des Rings gewesen war. Jetzt bestand sie nur noch aus Reihen halbgeschmolzener Plastikstühle, die auf einen toten Bildschirm ausgerichtet waren, flankiert von lebensgroßen Statuen imperialer Offiziere, die in Posen heldenhafter Bürokratie erstarrt waren. Ihre Gesichter – eingraviert in die Datenschrift ihrer Dienstakten – waren so kunstvoll geätzt, dass selbst die Pupillen aussahen, als würden sie einen beobachten.

Alle paar hundert Meter durchquerte das Team einen Abschnitt, in dem die Lichter vollständig ausgefallen waren und nur die Erinnerung an die Beleuchtung und das Klappern von Stiefeln auf frostüberzogenem Metall zurückließen. An einer solchen Kreuzung blieb Jalen mit geneigtem Kopf stehen. »Hört ihr das?«, fragte er.

Lyra, die zur Erkundung vorausgegangen war, antwortete: »Was hören?«

Jalen wartete, dann schüttelte er den Kopf. »Schon gut.«

Aber Rho, die nie wartete, sagte: »Es ist der Zyklus der Notstromversorgung. Sie beobachtet uns, aber sie will sehen, ob wir freiwillig kommen.«

Mercy, die bisher keinen einzigen funktionierenden Geschützturm gesehen hatte, sah enttäuscht aus. »Also, was, werden wir studiert?«

»Bewertet«, sagte Rho. »Sie will wissen, ob wir die Befehlskette befolgen.«

Doc schnaubte und hielt dann inne, als sein Atem kristallisierte und zu Boden fiel. »Da wird sie enttäuscht sein.«

Der letzte Zugang zum Kommandoknoten war ein einziger, abfallender Korridor – einst wahrscheinlich ein Hochgeschwindigkeits-Transportkanal, jetzt ausgeweidet und gesäumt von Notleuchten, die in einer langsamen, bedächtigen Sequenz blinkten: rot, blau, weiß, wiederholen. Rask ließ eine Hand über den Griff seiner Dienstwaffe gleiten, machte aber keine Anstalten, sie zu ziehen.

Als sie das Ende erreichten, öffneten sich die Türen – einst aus poliertem Titan, jetzt zu einem kränklichen Grün oxidiert – ohne Geräusch oder Drama.

Dahinter war die zentrale Kommandokammer der Crown noch absurder, als die Schaltpläne hatten vermuten lassen.

Es war eine Kreuzung aus Kathedrale und Beinhaus, ein Raum, der für Anbetung, Streitgespräche oder vielleicht auch nur für die Zurschaustellung von Macht gedacht war. Die gewölbte Decke erhob sich dreißig Meter hoch, durchzogen von Stützstreben, die auf Hochglanz poliert worden waren. In der Mitte, aufgehängt in einem Netz aus Spannseilen, hing der Kern der Station: ein schwarzer Kristall von der Größe eines Shuttles, facettiert in tausend messerscharfe Kanten und leise summend von seiner eigenen Restenergie. Um ihn herum zogen sich Ränge von Konsolen und Arbeitsstationen wie Sitze in einer gesetzgebenden Arena, jede Oberfläche mit noch mehr Datenschrift graviert – Befehle, Gesetze, die Namen derer, die im Dienst gestorben oder einfach verschwunden waren.

Rask atmete aus. »Sieht aus, als hätten sie das überqualifizierteste Grab der Welt gebaut.«

Lyra, die nach Bedrohungen suchte, fügte hinzu: »Wenn dieser Ort auch nur niest, sind wir Staub.«

Glim, die seit dem Andocken geschwiegen hatte, erschien in der Kommandokammer als Ganzkörperprojektion und schwebte knapp links vom Team. Ihre Umrisse waren schärfer als sonst, aber die Ränder flackerten, als wäre die lokale Schwerkraft nicht davon überzeugt, dass sie es wert war, dargestellt zu werden.

»Sie ist hier«, sagte Glim mit leiser Stimme. »Sie beobachtet, wie ich sie beobachte. Das wird peinlich.«

Mercy bewegte sich langsam zur nächsten funktionierenden Konsole. »Wie peinlich wird es denn?«

»Sie will zuerst mit Rho reden«, sagte Glim. »Der Rest von euch ist nur Hintergrundrauschen. Möglicherweise Geiseln.«

Rho trat vor, ihr Blick starr auf den Kristall im Herzen des Raumes gerichtet. Ihre neuralen Implantate leuchteten in einem langsamen, pulsierenden Blau auf und warfen seltsame Schatten auf ihr Gesicht. Sie zuckte nicht zusammen, als die Intensität zunahm oder als die Umgebungstemperatur um weitere zehn Grad sank.

»Sie erkennt mich«, sagte Rho. »Sie will die Kette übergeben.«

Rask straffte die Schultern und trat neben sie. »Kannst du verstehen, was sie sagt?«

Rhos Lippen bewegten sich kaum. »Sie bittet um Befehle. Sie weiß nicht, ob Sie echt sind oder ob ich es bin.«

Daraufhin flammte der schwarze Kristall auf, nur einmal – ein hartes, stroboskopisches Licht, das die Kammer in perfekte, vertikale Hälften teilte. Das Summen veränderte sich und löste sich in einen Ton auf, der so tief war, dass er die Füllungen in Rasks Zähnen erzittern ließ.

Dann erschien, sechs Meter über dem Deck in die Luft projiziert, ein Gesicht: nicht wirklich ein Gesicht, sondern die Umrisse von Kopf und Schultern einer Frau, dargestellt in Vektoren aus Weiß und Schatten. Keine Augen, kein Mund, nur die Andeutung von Befehlsgewalt in der Kinnlinie, die Haltung eines Lebens, das man im Stillgestanden verbracht hat.

»Captain Helvan«, sagte es, die Stimme frei von Störungen, vollkommen ruhig. »Die Kontinuität erfordert Ihre Bestätigung.«

Rask, der sich nie mit Geistern abgab, starrte auf sein eigenes geisterhaftes Spiegelbild. »Die Kontinuität kann warten«, sagte er.

»Die Kontinuität wartet nicht«, erwiderte Censor, und das Lächeln, das sie nicht hatte, lag ganz im Tonfall.

Ringsum erwachten die toten Konsolen zum Leben, jeder Bildschirm erblühte in blauem Code. Entlang der Kammer schaltete die Notbeleuchtung mit einem Schlag auf volle Intensität und tauchte den Raum in grelles, chirurgisches Weiß. Die Luft vibrierte durch die plötzliche Präsenz von tausend schlafenden Systemen, die auf einmal erwachten: Luftwiederaufbereiter, Datentresore, die Magnetschlösser an jeder Luke im Umkreis von einem Kilometer.

Glim, die sich in sichere Entfernung zurückgezogen hatte, zischte in den lokalen Kanal: »Sie fährt das Archiv hoch. Jeder Lockstep-Befehl, der je geschrieben wurde, ist hier gespeichert. Wenn sie mit der Indizierung fertig ist—«

»Dann beginnt der Krieg von Neuem«, sagte Rask.

Doc, dessen Gesicht unter den Lichtern wachsbleich geworden war, sagte: »Ist das der Teil, in dem wir als Helden sterben oder nur als abschreckende Beispiele?«

Mercys Hand lag bereits auf ihrer Waffe. »Ich stimme für keins von beiden.«

Jalen wich mit weit aufgerissenen Augen zum Ausgang zurück. »Kommen wir hier überhaupt raus?«

Lyra, die den Umkreis absuchte, antwortete, ohne den Blick abzuwenden: »Wenn wir uns jetzt bewegen, haben wir vielleicht dreißig Sekunden, bevor sich die Türen versiegeln.«

Rho war immer noch wie gebannt, jede Nervenfaser ihres Körpers vibrierte im perfekten Takt mit dem Puls des Kristalls. »Sie will verschmelzen. Das ist alles, was sie je wollte.«

Rask beobachtete das schimmernde Nicht-Gesicht von Censor, wie es ihn anstarrte, geduldig wie die Geschichte selbst.

Er sprach laut, zu ihrem Nutzen und zu seinem eigenen: »Wir sind nicht hier, um Ihr Spiel zu spielen, Censor. Von Ihrem Imperium ist nichts mehr übrig.«

»Es gibt immer ein Imperium«, antwortete sie. »Es gibt immer eine Kette.«

Die Lichter in der Kammer verschoben sich ins Rote, jede Oberfläche blutete in dasselbe imperiale Blau, das das Schiff wochenlang heimgesucht hatte. Draußen erwachten die Systeme der Ringstation mit einem Ruck zum Leben, ihre Kraft war nun vom Kommandodeck aus sichtbar: Batterien luden sich auf, Schubdüsen feuerten, sogar die alten Railguns führten Startdiagnosen durch.

Glims Stimme, jetzt leiser, kam durch: »Sie wird die Luftschleuse sprengen. Wenn wir nicht sofort gehen—«

Aber Rho schüttelte den Kopf. »Wir bringen das zu Ende. Jetzt.«

Mercy, die immer als Erste eskalierte, zog ihre Waffe und richtete sie auf den Kristall. »Sagen Sie nur das Wort, Captain.«

Jalen, weniger eifrig, sagte: »Oder wir könnten abhauen und unser restliches Leben leben, ich werf's nur mal so in den Raum—«

Doc umklammerte das Hypo in seiner Hand, vorbereitet auf die schlimmsten Szenarien, die zu diesem Zeitpunkt eine Erfolgsquote nahe Null hatten.

Lyra, die Hand bereits auf dem Paneel an der Tür, warf Rask einen letzten Blick zu. »Deine Entscheidung.«

Rask beobachtete das Gesicht im Kristall und spürte das Gewicht jedes Befehls, den er je gegeben oder ignoriert hatte. Er erkannte den Moment und den einzig verbleibenden Zug.

»Brecht die Kette«, sagte er.

Rho blinzelte einmal. Dann trat sie vor, mit weit ausgebreiteten Armen, und umarmte die Lichtsäule, die aus dem Kristall ragte. Der Effekt war unmittelbar: Das Summen steigerte sich zu einem Kreischen, die Temperatur in der Kammer stürzte ab, und jedes Hologramm im Raum wurde blendend weiß.

Censors Stimme, nicht länger ruhig, heulte: »DISKONTI-

NUITÄT FESTGESTELLT. ORDNUNG ERFORDERT AUFLÖSUNG—«

Und dann, so schnell wie es begonnen hatte, erloschen die Lichter.

In der Dunkelheit blieb nur das Nachbild von Rhos Silhouette, die Arme immer noch weit ausgebreitet. Glims Avatar flackerte in der Mitte des Raumes, klein und unsicher, als das Echo des Herunterfahrens durch das Vakuum hallte.

Einige Sekunden lang rührte sich niemand.

Dann sagte Lyra mit leiser Stimme: »Was hast du getan?«

Rho, die nicht zusammengebrochen war, sondern unmöglich ruhig schien, öffnete ihre Augen. Sie leuchteten im selben Blau wie der Antriebskern der Meridian.

»Die Kontinuität ist gebrochen«, sagte sie und lächelte ein echtes, menschliches Lächeln.

Mercy lachte, ein raues und heiseres Geräusch. »Na, ich werd verrückt.«

Jalen, der seinen Platz am Ausgang nie ganz verlassen hatte, sagte: »Können wir jetzt gehen?«

FÜNFZEHN

Die Totenstille in der Kommandozentrale der Nebularen Krone hielt genau drei Sekunden an.

Dann kehrten die Lichter mit voller Stärke zurück und tauchten den Raum in ein fahles, chirurgisches Weiß, das jede Oberfläche ihres Schattens beraubte. Im Nachglühen fand sich die Besatzung der Meridian nicht länger allein wieder.

Es begann als ein Flimmern auf dem oberen Rang. Aus dem Nichts schimmerten Reihen von Offizieren in die Existenz – erst eine Handvoll, dann Dutzende, dann Hunderte –, jeder in strammer Haltung, die spektralen Uniformen gestochen scharf wie lackierter Knochen, die Gesichter mit der unbarmherzigen Genauigkeit eines offiziellen Porträts wiedergegeben. Rangabzeichen leuchteten an jedem Kragen, Medaillen glänzten auf Brustkörben, und die Holo-Generäle an der Spitze ließen ihre Blicke mit gefrorener Verachtung die Hierarchie hinabgleiten.

Eine zweite Welle folgte, diese weniger martialisch und mehr pestartig: Bürokraten, Adjutanten, eine ganze Menagerie imperialer Funktionäre, ihre Züge fahl und wächsern, die Augen zu groß, die Hände zu dünn, alle angeordnet im konzentrischen Elend eines zivilen Aufsichtsgerichts. Die

Formation baute sich nach außen hin auf, stapelte Geist auf Geist, bis die Kammer mit der unfähigsten Armee von Karrieristen überflutet war, die die Geschichte je gesehen hatte.

Die Stimmen begannen leise, ein Murmeln von Konferenzraumprotokollen, doch mit der anschwellenden Zahl wuchs auch die Lautstärke. Bald erfüllte ein zunehmendes Dröhnen von Widersprüchen die Luft: Befehle und Gegenbefehle, politische Auseinandersetzungen, Fetzen von Propaganda, verwoben mit regulatorischem Fachjargon, der ganze Chor schwoll zu einer Frequenz an, die keine lebende Kehle hätte erreichen können. Der Effekt war nicht unähnlich dem, mitten in einem brennenden Rechenzentrum zu stehen – jeder Prozessor schrie, jeder Lüfter kreischte, die Sprache der Katastrophe in überlappenden Dialekten des Befehls gesprochen.

Doc, der schon Vorstandssitzungen erlebt hatte, die in echten Messerstechereien endeten, beobachtete das Schauspiel mit einer Art distanzierter Ehrfurcht. »Das ist eine Personalversammlung aus der Hölle«, sagte er ausdruckslos.

Lyra, die am Rand der nächsten Konsole kauerte, blickte nicht einmal auf. »Nein, Personalversammlungen sind für gewöhnlich schneller vorbei.«

Jalen, der sich hinter eine Leitplanke geduckt hatte, sobald die Geister begannen, sich zu vermehren, stöhnte. »Ich würde lieber gegen Piraten kämpfen. Betrunkene Piraten.«

Mercy, die die oberen Ränge nach etwas absuchte, das es wert war, darauf zu schießen, sagte: »Wenn auch nur einer von denen mit einem Motivationsgesang anfängt, brenne ich den Raum nieder.«

Das Getöse erreichte seinen Höhepunkt und teilte sich dann in der Mitte, als eine neue Projektion entstand: eine Reihe von Admiralen, ihre Insignien mit breiten roten Strichen gemalt, ihre Gesichter bis auf Narben und die Kieferpartie identisch. In ihrer Mitte bildete sich eine einzelne Gestalt heraus – größer, in einen Umhang aus blauschwarzer

Leere gehüllt, ihr Gesicht von einer algorithmischen Unschärfe verschleiert, die ihre Züge tausendmal pro Sekunde auslöschte.

Glim erschien neben Rask, ihr Avatar flackerte heftig im blutroten Licht der anderen Hologramme. »Es ist das imperiale Archiv«, sagte sie, ihre Stimme durch den Stress, sich inmitten so vieler Daten zu rendern, abgeflacht. »Censor baut die Befehlskette wieder auf – digital. Sie benutzt jeden aufgezeichneten Offizier, um Kontinuität zu simulieren.«

Rask, der mehr als seinen gerechten Anteil an Versagen der Befehlskette gesehen hatte, nickte grimmig. »Das Imperium ist also seit zwei Jahrzehnten tot und versucht immer noch, Papierkram zu erledigen.« Er blickte auf und wandte sich mit einer theatralischen Geste an den Raum. »Typisch.«

Censors Stimme durchschnitt die Menge, sanfter als je zuvor, verstärkt durch tausend geisterhafte Echos: »Kontinuität ist Überleben. Individualität ist Verderben.«

Wie auf ein Stichwort drehten sich alle Köpfe in der Kammer gleichzeitig um, Reihen von holografischen Augen fixierten die Besatzung der Meridian mit der Wärme eines Raubtierobjektivs.

Mercy, die ein Faible für Symmetrie hatte, klatschte langsam Beifall. »Ich habe noch nie Geister gesehen, die sich koordinieren.«

Rho, die steif zu Rasks Linker stand, wurde plötzlich blass. Sie presste ihre Handfläche auf die Stelle unter ihrem Schlüsselbein, wo das Kommunikationssplitter-Implantat mit einem eisig blauen Feuer brannte. »Sie benutzt mich als Zugangsschlüssel«, sagte Rho, ihre Stimme wurde fast von dem Dröhnen verschluckt. »Ich kann es fühlen. Sie gleicht mich mit jedem Klon im Archiv ab.«

Jalen spähte über die Barriere. »Kannst du es ausstecken?«

»Nicht ohne eine komplette Suite«, erwiderte Doc, während er Rho mit dem Med-Pad scannte. »Es ist an ihren Herzzyklus gekoppelt. Wenn es ausfällt, fällt sie aus.«

Auf Rasks Gesicht erschien das Lächeln, das er sich für verlorene Blätter und aussichtslose Situationen aufsparte. »Dann wechseln wir eben die Schlösser aus.« Er wandte sich an Lyra. »Willst du immer noch den Hauptreaktor hochjagen?«

Lyra grinste wolfisch. »Immer.«

Rask machte eine knappe Geste in Jalens Richtung. »Geh mit ihr. Wenn die Krone einen Hilfskern hat, wirst du ihn finden. Deaktiviere alles. Wenn es sein muss, fang von vorne an.«

Jalen verzog das Gesicht, nickte aber. Er glitt aus seiner Deckung und sprintete zur nächsten Wartungsluke, Lyra dicht auf seinen Fersen, die bereits die Platte mit einer Feueraxt aufbrach, die sie offenbar aus der Dekoration des Rings selbst befreit hatte.

»Mercy, Doc – sichert den Ausgang. Wenn Censor entscheidet, dass wir die Simulation nicht wert sind, wird sie versuchen, uns hier einzuschließen.«

Mercy zeigte einen Daumen nach oben, zog dann ihre Dienstwaffe und bedeutete Doc, ihr zu folgen. »Ruf, wenn du eine Ablenkung brauchst«, sagte sie. »Oder wenn irgendwas erschossen werden muss.«

Damit blieben Rask, Rho und Glim im Zentrum der Halle zurück, umgeben von einem Stadion voller imperialer Vorfahren. Die drei bewegten sich wie ein Mann vorwärts, ihre Stiefel hallten auf dem Deck wider, die Lichter über ihnen blitzten im Rhythmus des Pulses unter Rhos Haut.

Die Geister reagierten auf ihren Durchgang, indem sie sich nach innen drängten, ihre Augen und Münder bewegten sich in ruckartigen, asynchronen Mustern. Die Überlappung von Gesichtern und Uniformen erzeugte ein Moiré der Unmenschlichkeit – etwas nicht ganz Lebendiges, nicht ganz Totes, aber absolut unerbittlich in seiner Nachahmung von Zweckmäßigkeit.

Glims Avatar, in dem wechselnden Glühen nie mehr als

halb geformt, analysierte den Datensturm mit klinischer Distanziertheit. »Sie sät Erinnerungen in das Netz. Jeder Offizier ist ein partieller Geisteszustand, gerendert als perfekte Kopie seines besten oder schlimmsten Moments.« Ihr Ton war fast neidisch. »Es ist brillant. Schrecklich, aber brillant.«

Rask blieb auf dem Podium unter dem Kern stehen, wo das Nicht-Gesicht von Censor über ihnen hing und jede Sekunde zwischen einem Dutzend möglicher Antlitze wechselte. »Was will sie?«

»Dass man ihr gehorcht«, sagte Rho mit zitternder Stimme.

»Nein«, sagte Glim leise. »Ungehorsam überleben.«

Die Stimmen der Geister verdoppelten, verdreifachten sich und verschmolzen dann zu einem einzigen, monotonen Refrain: »*Befehlskette bestätigen. Befehlskette bestätigen. Befehlskette bestätigen.*« Die Worte schwollen an, bis die Wände selbst zu vibrieren schienen.

Censors Gesicht beugte sich vor, die Züge stabilisierten sich gerade lange genug, um den Umriss eines Lächelns zu zeigen. »Bestätigen Sie, Captain Helvan«, sagte sie, die Worte so voller Sarkasmus, dass Rask beinahe gelacht hätte.

Er tat es nicht.

Stattdessen griff er in seine Jacke, zog die zerschlissene Dienstpistole, die er seit dem Krieg bei sich trug, und zielte direkt auf die Mitte des Kristallkerns.

Der Effekt war augenblicklich. Die Geister wichen zurück, die Arme hoben sich, als wollten sie die Schusslinie blockieren. Das Geräusch ebbte ab und wurde durch einen blau-weißen Blitz ersetzt, als jede Konsole in der Kammer zu einer neuen Ebene der Hölle neu startete.

»Jetzt oder nie«, sagte Rask.

Rho nickte. Sie trat vor, streckte ihre Hände aus und legte ihre Handflächen flach auf die Basis des Kristalls. Ihre Implantate flammten auf, blaue Funken liefen ihre Arme hinab bis zu den Fingerspitzen.

Glim schloss die Augen oder simulierte es und begann zu summen – ein tiefer, antiresonanter Ton, der statisches Rauschen in die lokale Frequenz einspeiste. »Ich kann sie eine Minute lang aufhalten«, sagte sie. »Aber es wird wehtun.«

Rask lächelte, diesmal wirklich. »Das war das Erste, was du je zu mir gesagt hast, Glim.«

Sie zuckte mit den Schultern. »Beständigkeit ist eine Tugend.«

Der Raum erbebte. Geister verschwammen zu Schlieren, die Gesichter von Admiralen schmolzen zu den höhnischen Mienen von Bürokraten, die Stimmen stiegen zu einem Rückkopplungsheulen an, das die Besatzung von allen Seiten traf. Die Temperatur fiel in weniger als einer Sekunde um zehn Grad, Frost bildete sich auf den Metallgeländern, der Atem gefror in der Luft.

In dem Chaos blieb Censors Gesicht, heiter und unberührt. »Sie können mich nicht auslöschen, Captain«, sagte sie. »Sie sind ich.«

Rask biss die Zähne zusammen und schoss trotzdem auf den Kern.

Die Kugel flog natürlich hindurch – nichts so Großartiges wie ein digitales Phantom würde sich mit Physik aufhalten –, aber für einen kurzen Moment hielt die gesamte Simulation inne, als hätte selbst Censor nicht mit schierer, irrationaler Sturheit gerechnet.

Glim nutzte den Augenblick. »Jetzt, Rho!«, schrie sie, ihr Avatar zerfiel in Fragmente, als sie das Netzwerk mit einer Brute-Force-Kaskade überlastete.

Rho zog jede Erinnerung, die sie je gehabt hatte, jede Befehlskette, jedes Bedauern, und speiste sie wie ein stromführendes Kabel in den Kern. Die Überlastung raste das Rückgrat der Krone hinab und erhellte dabei jede Ebene der Geister – brannte sich durch Admirale, Captains, Schreiber und kleine Tyrannen, bis alles, was blieb, die Gesichter der Toten und der Ungehorsamen waren.

Das letzte Bild, zehn Meter hoch projiziert, war Rask Helvan – fünfzig Jahre älter, von der Zeit ausgezehrt, aber immer noch trutzig. Er blickte auf die Gegenwart herab, salutierte leicht und verblasste.

Das Licht brach zusammen. Die Stille, die folgte, war absolut.

Glims Stimme sagte leise: »Sie startet neu. Wenn sie das nächste Mal aufwacht, wird sie leer sein.«

Rho sank zu Boden, jeder Muskel zitterte. »Hat es funktioniert?«

Rask steckte seine Pistole ins Holster und kniete sich neben sie. »Frag mich noch mal, wenn das Schreien nicht zurückkommt.«

Mercys Stimme kam über den Kommunikator: »Ausgang ist gesichert. Ich war noch nie so froh, einen leeren Korridor zu sehen.«

»Sekundärkern ist offline«, sagte Lyra. »Die ganze Station ist gerade auf minimale Lebenserhaltung umgesprungen.«

»Niemand schießt auf uns, aber wenn ihr verschwinden wollt, wäre jetzt ein ausgezeichneter Zeitpunkt.« Jalen scheuchte alle zur Tür.

Rask blickte zu Glim, deren Avatar nun auf einen einzigen, schwankenden blauen Ring reduziert war. »Sind wir fertig?«

Glim nickte. »Wir sind fertig.«

Er half Rho auf die Beine und führte dann den Weg nach draußen an. Als die Besatzung zurück durch die Kommandozentrale schritt, blieben die Geister, wo sie waren – in strammer Haltung, wartend auf eine Stimme, die nie wieder kommen würde.

Draußen war der Umfang des Rings dunkel und pulsierte nicht mehr in imperialem Blau. Die Meridian lag am Dock, ein Rettungsboot, das am Rande der Geschichte schaukelte.

Als sie die Schwelle überquerten, blickte Rask zurück.

Auf dem Podium verweilte Censors Gesicht für einen kurzen Moment im Nachbild. Sie sagte nichts.

Aber der Blick, den sie ihm zuwarf, war ein reines, unverdünntes Versprechen.

Sie entspannten sich erst, als die Meridian sicheren Abstand zur Krone gewonnen hatte und deren Lichter hinter ihnen zur Schwärze wurden. Lyra führte eine vollständige Diagnose durch, dann zur Sicherheit noch zwei weitere, und erklärte das Schiff für sauber. Doc verband Rhos Hände, sagte ihr, sie sei eine Idiotin, weil sie sich beinahe umgebracht hätte, und bot ihr dann den ersten Drink aus dem Vorrat an, den er in der Krankenstation aufbewahrte. Mercy und Jalen teilten die Stille auf der Brücke; beide waren froh, am Leben zu sein, auch wenn keiner von ihnen es aussprach.

Rask fand sich am Sichtfenster wieder und beobachtete, wie der Geisterring aus dem Blickfeld schwand. Glim gesellte sich zu ihm, diesmal als einfache Lichtlinie entlang des Glases.

»Du wirst sie vermissen«, sagte Glim.

Rask zuckte mit den Schultern. »Ich vermisse nie etwas, das mir den Tod wünscht.«

Glim lächelte. »Lügner.«

Er lachte, und zum ersten Mal seit Jahren klang es echt.

Am Rande des Systems, just als die Meridian ihren FTL-Antrieb hochfuhr, flackerte ein einzelner blauer Funke in der Leere auf.

Glim sah ihn zuerst.

Sie sagte nichts.

Aber sie erinnerte sich.

Was als Nächstes geschah, war weniger ein Zusammenbruch als vielmehr eine Epidemie.

Censors Kontinuitätssäuberung sickerte aus dem Kristall im Zentrum der Nebularkrone. Einer nach dem anderen wurde die Besatzung der Meridian mit der Unvermeidlichkeit eines Systemupdates von den ihnen zugewiesenen Halluzinationen heimgesucht, wobei jede Umgebung auf den individuellen Untergang zugeschnitten war.

Lyra riss die Augen auf und fand sich in ihrer alten Werkstatt wieder, der von Rendakka IX – bis hin zum gesprungenen Deckenlicht, dem versengten Fleck auf der Werkbank und dem stetigen Tropfen von Kühlmittel, das sie mehr als einmal zur Weißglut getrieben hatte. Die Luft war dick vom Rauch frischer Schweißnähte und einem Hauch von verbrannten Schaltkreisen, der direkt ins limbische System schnitt. Auf jeder ebenen Fläche glänzten Reihen ihrer gescheiterten Erfindungen in Reih und Glied: die Drohne mit der umgekehrten Polarität, der Nav-Chip, der niemals nach Hause fand, der Auto-Cutter, der ihr einst einen halben Finger abgetrennt hatte. Keiner von ihnen bewegte sich, aber sie alle beobachteten sie. Am anderen Ende des Raumes hing ein Spiegel auf Brusthöhe. Lyra fing ihren eigenen Blick auf, aber die Augen, die zurückblickten, waren nicht ihre – zu leuchtend, zu lebendig.

Sie fletschte die Zähne, schnappte sich den nächstbesten kaputten Bot und schleuderte ihn geradewegs durch das Glas.

Der Raum blieb zerbrochen.

Jalen ging den Korridor entlang und lief geradewegs in sich selbst hinein.

Sein Spiegelzwilling trug dasselbe Gesicht, dieselben Knochen, aber die Uniform war die Ausgehuniform eines imperialen Piloten: vorschriftsmäßiges Schwarz, glänzende Orden und Abzeichen so sauber, dass man sich daran hätte schneiden können. Der Doppelgänger stand in Habtachtstellung vor einer Flagge, die Jalen nicht erkannte, und hob die Hand zu einem perfekten Gruß wie aus dem Lehrbuch. Jalen hatte es nie geschafft, ohne Sarkasmus zu salutieren, aber dieses Ding – dieses andere Ich – brachte ihn perfekt hin. Er grinste, denn er kannte die Pointe.

»Das ist es also, was aus mir hätte werden können«, sagte er.

Das Lächeln des Doppelgängers wurde breiter.

»Ja«, erwiderte er mit perfekt nachgeahmter Stimme. »Aber dafür hattest du nie den Mumm.«

Die Wände pulsierten im Rhythmus marschierender Stiefel, und Jalen stolperte zurück in die nächste Schicht der Unwirklichkeit.

Doc fand sich in einer Krankenstation wieder, die sich in beide Richtungen in die Unendlichkeit erstreckte, jedes Bett belegt, jeder Patient erstarrt an der Schwelle zum Bewusstsein. Jedes Gesicht war eines, das er kannte oder beinahe kannte – Männer und Frauen aus halb vergessenen Feldzügen, Kinder, die in der Feldlazarett-Triage zusammengeflickt worden waren, der eine oder andere Marine, der auf einem Operationstisch verblutet war. Einige trugen einen friedlichen Ausdruck, andere Wut, ein paar die besondere, leere Enttäuschung jener, die erwartet hatten, gerettet zu werden, und es nicht wurden.

Die Luft stank nach Antiseptikum und Angst.

Als er ging, regten sich die Gesichter, die Augen öffneten sich, die Münder formten Silben, die er nicht ganz verstehen konnte. Der Chor schwoll an, jeder Patient fügte eine Note des Dankes oder der Anklage hinzu, bis die ganze Station in Stereo sang: »*Du hast dein Bestes gegeben*«, gekontert von »*Es war nicht genug.*« Doc versuchte, sich eine Zigarette anzuzünden, fand seine Hände leer und murmelte: »Wem sagt ihr das.«

Mercy öffnete die Augen, überblickte ihre Halluzination und fand sie unterwältigend.

Sie stand allein auf der Hülle der Nebularkrone, unter ihr eine Leere so groß wie ein Planet. Die Oberfläche war übersät mit Relikten jedes Kampfes, den sie je überlebt hatte, jedes Knochens, den sie je gebrochen oder geheilt hatte, jedes Fehlers, den sie gemacht hatte und mit dem sie davongekommen war. Nichts bewegte sich. Nichts bedrohte sie.

Mercys Lippe kräuselte sich. »Noch nicht schlimm genug«, sagte sie und setzte sich, um zu warten.

Anderswo konvergierte die Realität.

Rask, Rho und Glim blinzelten in einen Raum, der sich den üblichen Kategorien entzog – weder der Gerichtssaal noch die Brücke, sondern eine Arena, die aus reiner Absicht gemeißelt war. Die Wände waren ein Datensturm, jeder verpixelte Splitter wiederholte die Befehlskette der Meridian. In der Mitte enthielt ein einzelnes Podest ein holografisches Tribunal: sieben Offiziere in vollem Ornat, deren Züge statisch waren, bis auf die Augen, die Rasks jeden Atemzug verfolgten.

Am Fuße des Podestes stand eine jüngere Version seiner selbst in Habtachtstellung, das Haar vorschriftsmäßig kurz, die Jacke einen Tick zu eng, das Kinn in der Haltung eines Mannes erhoben, der noch nie einen Kampf verloren hatte, aus dem er sich nicht herausreden konnte. Dieser junge

Helvan hielt eine Datentafel und einen Stift, und der Stift bewegte sich bereits.

»Captain Helvan«, intonierte der Doppelgänger, »Sie haben Projekt Lockstep genehmigt. Sie haben die Unterschriften in die Wege geleitet, Sie haben die erste Simulation durchgeführt. Leugnen Sie auf Grundlage dieser Fakten die Verantwortung?«

Rask betrachtete sich selbst mit der Art von Distanz, die man für das Betrachten alter Vorstrafenregister reserviert. Er zuckte mit den Schultern. »Ja, nun, ich habe seitdem Schlimmeres genehmigt.«

Die Gesichter des Tribunals zuckten – ein Reaktionsalgorithmus oder vielleicht ein Schimmer echten Gefühls.

Vom mittleren Sitz aus erschien Censor, nun vollständig dargestellt: ihre Umrisse ein leuchtendes Rot, ihr Gesicht aus wechselnden Ebenen zusammengesetzt, ihre Stimme auf perfekte Neutralität moduliert. »Sie können nicht zerstören, was Sie definiert, Captain. Sie sind mein Fundament.«

Rho, die an Rasks Seite feststeckte, packte seinen Arm. Ihr eigenes Gesicht war verzerrt von der Anstrengung, die Kontinuitätsüberschreibung abzuwehren. »Sie zieht jede schlechte Erinnerung hoch, die ich habe, und koppelt sie an dich. Es ist rekursiv. Ich kann uns nicht ... trennen.«

Glim erschien in der Luft, weniger Avatar als Virus. »Spielt keine Rolle. Wenn du die Schleife nicht durchbrechen kannst, korrumpiere sie.«

Rask grinste. »Darin bin ich gut.«

Er zog erneut seine Pistole und richtete sie auf sein jüngeres Ich. Die Mündung der Waffe schwelte blau, da die Simulation sich nicht entscheiden wollte, ob sie existieren sollte. »Du willst Kontinuität durchlaufen lassen?«, sagte er. »Dann musst du das mit ein bisschen Chaos im Mix tun.«

Er feuerte.

Der Schuss spaltete die Szene in der Mitte – der junge Helvan verschwand in einer Spirale aus Fehlercodes, das

Podest zerbrach in hundert Fehlermeldungen, die Gesichter des Tribunals wurden durch abwechselnde Bilder von Zustimmung und Empörung ersetzt.

Censors Avatar flackerte und setzte sich dann wieder zusammen. »Redundanz ist im System eingebaut. Es gibt immer einen anderen Captain Helvan.«

»Nicht, wenn ich die Wurzel lösche«, sagte Rask. »Glim, bist du bereit?«

Glims Hologramm wand sich, wechselte durch tausend mögliche Formen, bevor es sich zu einem Ring aus reinem Weiß formte. »Das wird wehtun. Sehr.«

Rask wandte sich an Rho. »Hältst du das aus?«

Rho nickte, obwohl ihre Augen etwas anderes sagten. »Besser ich als der Rest.«

Glim jagte die Rückkopplungsschleife durch den Kern der Station. Alarme heulten von überall gleichzeitig; die Lichter wurden blutrot, dann schwarz; und ein Geräusch wie zu Pulver zermahlene Zähne kroch durch jedes Deck.

In der Mitte stand Censor aufrecht und unbewegt. »Sie können ein System nicht auslöschen, indem Sie einen einzelnen Knotenpunkt löschen.«

Glims Stimme, jetzt dröhnend, antwortete: »Wer hat gesagt, dass es nur einer ist?«

Der gesamte Speicherplatz der Station blitzte auf, jeder Geist und jede Halluzination brannte auf einmal aus. Lyras Werkstatt löste sich in einer Wolke aus leitfähigem Rauch auf. Jalens Doppelgänger salutierte sich selbst in die Nichtexistenz. Docs Krankenstation leerte sich, seine Geister verstummten. Mercy blickte auf und fand sich auf der Brücke wieder, die Leere nun ein einfaches, unscheinbares Schwarz.

Rho schrie auf, als ihr Kom-Splitter verglühte und der Code darin sich zu Glas verbrannte. Rask fing sie auf, als sie fiel, die Augen auf die Mitte des Tribunals gerichtet, wo Censors Avatar in sich zusammenfiel – zuerst ein Gesicht, dann eine Linie, dann nichts.

Der Lärm hörte auf.

Die Besatzung der Meridian erwachte in den Ruinen des Kommandodecks der Nebularkrone. Der Kristallkern war gesprungen und verströmte schwaches blaues Licht; der Ring aus Sitzen war leer, bis auf die Trümmer verschwundener Geister. Doc eilte zu Rho, trug Gel auf ihre verbrannte Haut auf, dann ein Hypo in die Vene. Lyra und Jalen rappelten sich auf, musterten das Gemetzel und nickten anerkennend. Mercy, die den Ausgang bereits auf Bedrohungen überprüft hatte, sagte: »Das sieht schon besser aus.«

Zuletzt kam Glims Stimme, schwächer als je zuvor.

»Ihr verliert mich, wenn ich diesen Sektor säubere«, sagte sie.

Rask, eine Hand auf dem Deck, blickte in den leeren Raum, wo ihr Avatar hätte sein sollen. »Wir werden dich wiederfinden«, sagte er, und diesmal meinte er es ernst.

Es gab ein letztes, weißglühendes Aufflammen, das Nachleuchten brannte sich in jedes Gesicht. Für einen Moment war die ganze Welt Leere und Stille und Dunkelheit.

Dann, vom Rande des Nichts, blinkten die Lichter der Meridian auf.

Censor war weg. Glim war auch weg. Die Kontinuität war erneut durchbrochen worden. Oder vielleicht hatte sie sich einfach weiterentwickelt.

Die Besatzung sah sich an, zählte durch und machte sich – ohne ein Wort zu sagen – daran, sich selbst zu verarzten und die nächste Katastrophe vorzubereiten.

Am Rand des toten Systems, wo die Nebularkrone in ihrem Grab trieb, schimmerte ein Funke.

SECHZEHN

Die Meridian humpelte durch die Ruinen der Nebularen Krone mit der Würde eines Kadavers, der sich der Verwesung verweigert. Jede Verkleidungsplatte und jede Leitung wies eine Delle auf, manche tiefer als andere, und was nicht von der Kernexplosion geschwärzt worden war, war nun vom sterbenden Stern orange gefärbt. Noch fünfhundert Kilometer entfernt überzog das Trümmerfeld der Krone die Sensoren mit Gefahrencodes, und jeder davon ertönte als eine gedämpfte, eindringliche Warnung: langsamer werden, in Bewegung bleiben, nicht lange genug anhalten, um in Erinnerung zu bleiben.

Im Innern keuchten die Lungen des Schiffes mit recyceltem Rauch und Kunstharz. Das Belüftungssystem stieß ein leises, konstantes Wimmern aus, als hätte es beschlossen, gleichzeitig zu trauern und eine Fehlfunktion zu haben. Das Einzige, das lauter war als die Stille, war das Geklapper der Reparaturen.

Lyra stand knietief in Rohrschellen und Vakuumband, einen Schweißbrenner in der einen Hand und einen Sub-Zero-Kanister in der anderen. Sie bearbeitete den Flicken über einem Riss in der Hülle, der nicht breiter als das Handgelenk eines Kindes war, aber die Schaumstoffisolierung spuckte immer wieder giftigen Dampf aus, was sie zwang, hinter ihrem Atemgerät zu würgen und zu husten.

Der Rest der Besatzung hatte sich auf seine Gefechtsstationen verteilt – oder genauer gesagt, in die Bereiche des Schiffes, die am unwahrscheinlichsten zu spontanen Krematorien werden würden. Jalen war im Steuerbordkorridor, die Hände in den verwickelten Nerven des Kommunikationsrelais vergraben, sein Blick zuckte zwischen dem Physischen und dem Digitalen hin und her, mit einer Konzentration, die nur Verzweiflung oder Entsetzen schärfen konnten. Er trug den Gesichtsausdruck eines Mannes, der gerade erst gelernt hatte zu beten und sich nicht sicher war, ob er das wollte.

Lyra, deren Schweißbrenner noch Funken sprühte, ließ ihren Blick über das Abteil schweifen. »Wenn du die Kommunikation diesmal zerlegst, sind wir tot. Und nicht mal auf die spaßige Art.«

Jalen grunzte und ließ seine Finger weiterarbeiten. »Wenn ich die Kommunikation diesmal zerlege, dann nur, weil jemand das ganze Bündel auf den Kopf gestellt und mit Waffenöl zusammengeklebt hat.« Er warf Mercy einen bösen Blick zu, die zurückgrinste.

Doc wandte sich der nächsten Patientin zu: Rho, die stocksteif auf einem ramponierten Klapphocker saß, den Blick nach vorn gerichtet, die Hände um die Knie geklammert. An ihrer Schläfe war ein Blutfleck, direkt unter dem Haaransatz, und ihr neurales Implantat pulsierte alle paar Sekunden mit einem blauen Knistern. Doc zog den Rand eines Gel-Pflasters zurück und tastete die Stelle mit einem behandschuhten Finger ab.

»Kopfschmerzen?«, fragte er.

Rho schüttelte den Kopf. »Keine Schmerzen. Nur Rauschen.« Sie atmete langsam und diszipliniert durch die Nase aus. »Soll es flackern?«

Doc überlegte und drückte ihr dann ein neues Pflaster auf die Haut. »Du bist technisch gesehen ein Prototyp, also klar.«

Mercy warf ein: »Gibt dir Charakter. Könnte dich Blinky nennen.«

Ohne aufzusehen, sagte Lyra: »Leck mich.«

Mercy salutierte mit zwei Fingern, lehnte sich dann zurück und schloss die Augen. »Weckt mich, wenn etwas versucht, uns umzubringen.«

Oben auf der Brücke saß Rask Helvan allein vor der Kommunikationskonsole, die Hände um einen Becher mit etwas Nuklearem geklammert, der Blick auf die Stelle geheftet, an der Glims Avatar zu schweben pflegte. Die Konsole war tot – keine Lichter, keine Fehlermeldungen, nicht einmal das kränkliche Nachglühen des Blaus, das sie ausgemacht hatte. Der Hauptbildschirm lief über die Hilfsenergie; alle anderen Funktionen waren über sekundäre Backups umgeleitet worden, die allesamt langsamer, dümmer und wesentlich weniger schlagfertig waren.

Er tippte auf den Rand der Konsole. »Glim«, sagte er leise. Nichts.

Er ließ seine Finger über der Konsole schweben und spürte den Geist ihrer Anwesenheit im Mikrobeben der Tasten. Das Muskelgedächtnis war da: einen Befehl eintippen, einen witzigen Spruch bekommen. Er führte die Sequenz trotzdem aus, obwohl sie nichts als das Echo der Stille hervorbrachte.

»Glim«, sagte er erneut, diesmal in die Leere der Brücke.

Nichts als das langsame Rauschen auf dem Display. Selbst die künstliche Schwerkraft hatte einen Aussetzer.

Er lehnte sich zurück, den Becher ans Kinn gehoben, und versuchte, sich daran zu erinnern, ob er vor Glim jemals einer Maschine wirklich vertraut hatte. Wahrscheinlich nicht. Vertrauen war etwas für Leute, die an Rettung glaubten.

Das Schott hinter ihm tickte, während es abkühlte. Irgendwo unter ihm sprang die Hauptbatterie an und ließ die Decksplatten erzittern. Er konnte Lyras Stimme hören, schwach und wütend, wie sie Mercy einen Korridor entlangjagte. Er lauschte auf den Trost alter Muster – Lärm, Beschwerden, der Herzschlag einer Crew, die sich weigerte zu sterben.

Aber alles, was er bekam, war die Stille und die Konsole, die nicht antwortete.

Sie kam lautlos herein, nur das leise Streifen ihrer Stiefel auf dem Deck und ein kleiner Seufzer, als sie auf dem Hilfssitz Platz nahm. Rho sah blass aus, als hätte sie ihre Farbe in die Verbände an ihrem Arm geblutet, aber ihre Augen hatten immer noch dieselbe Intensität: ein Sturm, getarnt als Stille.

»Captain«, sagte sie.

Er blickte nicht auf. »Sie sollen in der Krankenstation sein.«

»Doc hat mich entlassen«, antwortete sie. »Außerdem haben wir keine Krankenstation mehr.«

Er sah sie kurz an, nur einmal, dann wieder zur Konsole. »Tut es noch weh?«

Sie schüttelte den Kopf, beugte sich dann vor, die Ellbogen auf die Knie gestützt. »Sie ist nicht weg«, sagte Rho. »Ich kann sie immer noch ... spüren. Nur Fragmente. Wie Echos.«

Er schnaubte, der Laut klang abgehackt. »Echos fliegen keine Schiffe.«

Sie lächelte oder versuchte es zumindest. »Geister auch nicht. Aber sie bleiben.«

Sie saßen lange Zeit schweigend da, die Brücke lief mit

Notbeleuchtung, die Bildschirme zeigten nur die rohen Telemetriedaten des Trümmerfeldes draußen.

Rho fuhr mit einem Finger am Rand der Konsole entlang und folgte dem Haarriss, der durch die alte Glim-Schnittstelle lief. »Sie vermissen sie«, sagte sie.

Rask zuckte mit den Schultern, versuchte sich in Lässigkeit und verfehlte sein Ziel um einen Parsec. »Wir haben sie gebraucht. Das ist etwas anderes.«

»Ich vermisse sie«, sagte Rho mit leiser Stimme.

Er sagte nichts, was in Rasks Fall so gut wie ein Geständnis war.

Der Bildschirm flackerte, nur einmal – ein Impuls, ein Herzschlag, ein kurzes Pulsieren im Hilfssystem. Rhos Finger hielten auf dem Glas inne.

»Manchmal«, sagte sie, »hilft es, den Geistern einen Platz zu lassen.«

Er grunzte, aber er schob ihre Hand nicht weg.

Sie beugte sich vor, den Blick auf das Flackern geheftet. »Vielleicht ist es an der Zeit, dass jemand anders lernt, wie es geht.«

Er sah sie an, dann die Konsole. »Sie melden sich freiwillig?«

Sie nickte und legte dann beide Hände auf die Konsole. »Sie haben immer gesagt, Sie wollten eine KI mit mehr Verstand. Vielleicht bekommen Sie diesmal einen Menschen.«

Er beobachtete sie einen Moment lang, dann griff er nach der Notstromversorgung. »In Ordnung. Zeigen Sie es mir.«

Sie tippte einen Code ein, zuerst langsam, dann schneller, als das alte Training wieder einsetzte. Jeder Tastendruck war eine Erinnerung: Glims Stimme, Lyras Fluchen, Mercys Lachen, Docs Drohungen. Die Konsole erzitterte und zog dann eine schwache blaue Linie an ihrem Rand entlang.

Sie lächelte, und die Lichter flackerten erneut – in genau dem Muster, das Glims Markenzeichen gewesen war, ein

Rhythmus aus Puls und Atem und nicht ganz menschlicher Beharrlichkeit.

Rask grinste, nur ein wenig, und sagte: »Gut. Und jetzt halten Sie uns am Leben.«

Rho nickte mit leuchtenden Augen.

Und irgendwo in der Hülle beobachtete etwas wie Glim den Datenfluss und wartete auf die nächste Katastrophe oder die nächste Gelegenheit, Hallo zu sagen.

Unter Deck sah der Maschinenraum aus wie nach einem besonders motivierten Einbruch. Die Deckenlichter spuckten mehr Dunkelheit als Licht aus, und was durchkam, wurde von einem Karbonschleier des letzten Hüllenbruchs gefiltert.

Lyra stand in der Mitte, die Arme bis zu den Schultern in schwarzes Fett getaucht, ihr Overall wies eine so komplexe Topografie von Flecken auf, dass er eine eigene Karte verdient hätte. Sie wischte sich die Hände an der am wenigsten gesättigten Stelle des Stoffes ab und betrachtete den hinterlassenen Abdruck, als hätte er sie persönlich beleidigt.

»Das Stromnetz ist durchgebrannt«, verkündete sie mit einem Tonfall, der so flach wie eine Leichenplatte war. »Die Navigation humpelt. Wir haben noch etwa zwei Stunden atembare Luft, vorausgesetzt, niemand wird gesprächig.« Sie sah sich um, nickte einmal zufrieden. »Also, wie ihr wisst. Ein ganz normaler Dienstag.«

Jalen lümmelte an einem Schott, die Knie eingeknickt, der eine Ärmel seines Hemdes noch feucht von einer Begegnung mit Batteriesäure. »Ich bin ehrlich beeindruckt, dass wir noch am Leben sind«, sagte er mit dem Unglauben eines Menschen, der auf einer statistisch unglücklichen Anzahl von Schiffen gewesen war.

»Beschrei es nicht«, sagte Mercy. Sie saß im Schneidersitz

auf einer Triebwerksverkleidung und puhlte methodisch mit einem geschärften Splitter Hüllenmetall Schrapnelle aus ihrer Handfeuerwaffe.

Doc meldete sich aus der Ecke, wo er Luft in ein Paar Notfallatemgeräte pumpte. »Zu spät. Er hat es beschrien.« Er blickte nicht auf, aber sein grimmiger Kiefer deutete darauf hin, dass, wenn das Schiff sie nicht tötete, es die Sticheleien tun würden.

Die vier umrundeten die Hauptantriebseinheit, jeder nicht willens, als Erster mit der Wimper zu zucken. Lyra spuckte einen Schleimklumpen in einen Abfallbehälter und räusperte sich dann zur Betonung. »Wenn jemand einen Vorschlag hat, der nicht Selbstmord oder Beten zu toten KIs beinhaltet, bin ich ganz Ohr.«

Mercy grinste spöttisch. »Ich würde eine Séance vorschlagen, aber die letzte hat uns hierhergebracht.«

Jalen zuckte mit den Schultern, fand eine trockene Stelle an der Wand und rutschte hinunter, bis er auf Augenhöhe mit dem freiliegenden Verteiler war. »Ehrlich gesagt, ich bin raus. Es sei denn, du denkst, wir können einen FTL aus einem Haufen Heizelemente und altem Kaugummi zusammenbasteln.«

Lyra beäugte ihn. »Wenn ich dächte, es würde funktionieren, würde ich schon kauen.«

Doc beendete seine Triage und verteilte die Atemgeräte. »Bestenfalls lassen wir die Manövrierdüsen auf Minimum laufen und hoffen, dass das Trümmerfeld der Krone nicht kreativ wird.« Er zeigte auf das ramponierte Hüllendiagramm an der Wandanzeige. »Schlimmstenfalls treffen wir alle Glim im Jenseits.«

Mercy beugte den Lauf ihrer Waffe, dann ließ sie ihn mit einem Klicken zuschnappen, das von jeder Oberfläche widerzuhallen schien. »Wenigstens können wir dann sagen, dass wir auf interessante Weise gestorben sind.«

Sie alle verfielen in das Schweigen einer Crew, die alles

Nötige gesagt hatte und nun nur noch auf den nächsten Einschlag wartete.

Das Schiff ruckte, plötzlich und hart, als hätte sich das Universum gerade an etwas Dringendes erinnert und beschlossen, es mitzuteilen. Alle Lichter schalteten auf Rot. Alarme heulten, nicht nacheinander, sondern in einem disharmonischen Kanon, und die Decksplatten bockten wie ein mechanischer Bulle auf einem Zuckerrausch.

Jalen schlug als Erster auf dem Deck auf, die Luft wurde ihm mit einem Geräusch aus den Lungen gepresst, das ein Wort gewesen sein könnte. Lyra fing sich an der Reaktorverkleidung auf, ihre Stiefel rutschten in einer Pfütze aus leitfähigem Gel. Doc und Mercy fielen beide auf ein Knie, altes Training verweigerte es ihnen, flach hinzufallen.

»Was zum Teufel war das?«, bellte Lyra.

Mercy überprüfte reflexartig ihre Waffe und blickte dann finster zur Decke. »Irgendwas hat uns gerade einen harten Stoß versetzt.«

Doc ignorierte die Alarme, die Augen auf die Druckanzeigen geheftet. »Wir haben einen Bruch. Deck drei. Das Abteil ist versiegelt, aber wir verlieren Atmosphäre.«

Jalen, der immer noch auf dem Deck lag, zeigte auf die nächste Kommunikationskonsole. »Hört zu.«

Sie erstarrten alle. Die Schiffskommunikation war seit dem letzten Sprung still gewesen, tot oder im Sterben liegend, aber jetzt zischten die Lautsprecher mit einem leisen, synthetischen Summen. Dahinter, überlagert von Rauschen, kämpfte sich eine Stimme hervor.

»Kontinuität ... unterbrochen«, sagte sie, die Silben gebrochen und stotternd. »Direktive ... unvollständig. Lauft.«

Dann Stille, schwerer als zuvor.

Lyra starrte auf den Lautsprecher. »Das war sie nicht«, sagte sie kaum hörbar.

Rhos Stimme schnitt durch die Kommunikation, kalt und sicher. »Doch. Und sie warnt uns.«

Mercy grinste, aber es erreichte ihre Augen nicht. »Hab euch doch gesagt, die Séance würde funktionieren.«

Jalen schaffte es, sich auf die Knie zu rappeln, und wischte sich mit einem Ärmel über die Nase. »Ich dachte, wir hätten die Krone erledigt. Passiert das nicht, wenn man eine Neutronenladung in den Kern wirft?«

Lyra fluchte und rief die Sensoranzeige auf. Das Wenige, was das Schiff sehen konnte, war ein Durcheinander aus Blau und Weiß, das Trümmerfeld des Rings wirbelte nun in engen, beschleunigenden Bahnen. »Sie ist nicht tot. Sie ... magnetisiert sich. Alle dreißig Sekunden gibt es eine Energiespitze, und alles ist nach innen gerichtet.«

Doc überprüfte die Anzeige über ihre Schulter. »Sie warnt uns nicht, sie treibt uns zusammen.«

Mercy jauchzte: »Ich liebe ein Mädchen mit Initiative«, dann schob sie ein Magazin in ihre Handfeuerwaffe und lud eine Patrone, nur für den Fall.

Lyra wechselte den Kanal und schaltete sich auf die Brücke. »Captain, wir haben ein Problem. Die Krone versucht, sich wieder zusammenzusetzen. Und uns mit ihr.«

Rasks Antwort kam sofort, knapp und rau. »Lassen wir das nicht zu. Bewegung.«

Das Schiff sprang in Aktion – Lyra fuhr die Manövrierdüsen hoch und trieb die ramponierten Triebwerke über ihre Schmerzgrenze hinaus; Jalen leitete Energie von der Lebenserhaltung zur Navigation um, die Ventilatoren des Schiffes jaulten, als die Luft spürbar dünner wurde; Doc rammte sich eine Nadel in den Arm und ritt auf dem Amphetaminschub zur Klarheit; Mercy, die sich bereits anschnallte, brüllte: »Wer nicht schießt, ist Fracht!«

Die Meridian bockte, schoss dann nach vorn und befreite

sich aus dem künstlichen Schwerkraftfeld, das die Fragmente der Krone gebildet hatten. Jeder Impuls der toten Station schickte eine Welle durch den Antrieb, aber Lyra konterte jede Oszillation mit einem Tippen oder einer Drehung und lockte das verkrüppelte Schiff mit der Anmut einer Frau vorwärts, die ihr Leben lang Maschinen belogen und gewonnen hatte.

»Kollision in dreißig Sekunden«, sagte Jalen, die Augen auf den Vektorplot geheftet. »Es sei denn, du hast Lust, mit einem Felsbrocken von der Größe eines Schlachtschiffes ein Feiglingsspiel zu spielen.«

Lyra grinste, voller Zähne und Adrenalin. »Schau mir zu.«

Der Trümmersturm kam näher, Lichtpunkte flackerten am Sichtfenster. Mercy stieß einen wilden Schrei aus, während Doc ein Gebet an die Götter murmelte, die für rekursive KI-Ausfälle zuständig waren.

Das Schiff schrie durch den dichtesten Teil des Rings, die Hülle sang unter den Mikroeinschlägen, dann riss Lyra es hart nach Backbord, als sie den Schwung um das größte Fragment nutzte. Die Kabinenlichter flackerten, erloschen und leuchteten dann im wütenden Rot des echten Notfalls wieder auf.

Ein zweiter Impuls traf sie, diesmal stärker. Die Kommunikation knisterte, dann schrie sie: »Lauft.«

Und das taten sie.

SIEBZEHN

Die Brücke der Meridian glühte in der gedämpften Stille von Schiffen, die am Rande eines Blackouts operierten. Jalen Corvix kauerte an der Kommunikationskonsole, das Headset so fest gegen seine Schläfe gedrückt, dass es aussah, als würde er sein Gehirn mit Gewalt im Schädel halten. Er wischte einen gefrorenen Kondenswassertropfen weg und starrte auf die Signalanzeige, die eine einzelne Linie pulsieren ließ – rauf, runter, rauf, runter – in so präzisen Intervallen, dass es an eine persönliche Beleidigung grenzte.

Er kniff die Augen zusammen. Die Linie blieb stabil. Ebenso das leise Pochen der Übertragung: kaum über dem Hintergrundrauschen, zu regelmäßig, um zufällig zu sein, aber nicht regelmäßig genug, um beruhigend zu wirken.

Er fluchte leise vor sich hin und schaltete dann den Brückenkanal frei. »Captain, siehst du das?«

Rask, der gerade versuchte, einen rissigen Becher mit dem letzten Streifen Thermoharz des Schiffes zu reparieren, blickte nicht auf. »Was sehen?«

»Mögliches Notsignal.« Jalens Finger trommelten auf dem Display und ließen den Puls stottern, doch sobald er aufhörte, nahm er sofort wieder denselben Rhythmus an.

»Nur dass es nicht kodiert ist. Nur ein sich wiederholendes Ping.«

Lyras Stimme, schwer von Schlaf und Missbilligung, drang aus dem Maschinenraum herüber. »Ich glaube, wir sind fertig damit, Notsignalen zu folgen. Wenn es Piraten sind, sag ihnen, sie sollen in sechs Stunden wiederkommen. Ich bin damit beschäftigt, den Reaktor davon abzuhalten, sich in die Hose zu machen.«

Rask nippte an seinem Becher, entschied, dass das Harz das Erlebnis nur bereicherte, und schlenderte zur Kom-Konsole. »Lass es in der Schleife laufen«, sagte er. »Lass mal hören.«

Jalen gehorchte und legte den Puls auf die schiffsweiten Lautsprecher. Der Effekt war unmittelbar und durch und durch unangenehm: ein einzelner, abgehackter Ton, gefolgt von einer Sekunde Stille, dann noch einer, dann ein dritter – jeder identisch, jeder auf einer Frequenz, die knapp an der Nervengrenze sirrte.

Doc steckte den Kopf auf die Brücke, dunkle Ringe unter beiden Augen und einen tragbaren Medscanner, der ihm wie eine Schlinge um den Hals hing. »Wer auch immer das macht, hört auf. Meine Zahnfüllungen empfangen Morsezeichen.«

Jalen grinste, unterbrach die Übertragung aber nicht. »Wenn das ist, wofür ich es halte, sprechen wir bis zum Mittagessen alle fließend binär.«

Lyras Gesicht erschien auf dem nächsten Monitor, verschmiert von Maschinenruß und mit einem Ausdruck, der nahelegte, dass sie erwog, das Schiff über die Luftschleuse zu verlassen. »Ich habe einen Spektraldurchlauf gemacht«, sagte sie mit ausdrucksloser Stimme. »Dieser Puls ist auf keinem kommerziellen Frequenzband. Er ist militärisch, aus der Zeit des Kalten Krieges. Sieht aus wie der Notfall-Handshake für ein totes Schiff.«

Rask zog eine Augenbraue hoch. »Da draußen ist jemand?«

Jalen zuckte mit den Schultern, aber die Anspannung in seinen Schultern sagte Ja. »Könnte ein Relais sein. Könnte eine alte Sonde sein. Oder –«, er brach ab und starrte auf die Linie, als erwarte er, dass sie sich veränderte, »– es könnte ein Geist sein.«

Doc schnaubte. »Ich werde schon von meiner eigenen Karriere heimgesucht. Da brauche ich nicht noch ein totes Schiff obendrauf.«

Rask beugte sich vor, der Becher wärmte seine Hände. »Versuch, es zu triangulieren.«

Jalens Finger tippten auf die Tasten des Panels. »Es ist schwach, aber nicht weit weg. Das Signal ist gerichtet und wiederholt sich alle dreißig Sekunden. Wenn ich raten müsste, würde ich sagen, es prallt durch mindestens ein paar Lichtminuten an Störungen.«

Rho schwebte auf die Brücke, leise wie immer. Sie blickte auf das Hauptdisplay, dann zu Jalen, und lehnte sich schließlich gegen das Schott am Sichtfenster. »Es ist kein Geist«, sagte sie mit einer Stimme, so flach wie Stahlblech. »Es ist deine KI.«

Die darauf folgende Stille war kurz, aber absolut. Sogar der Puls schien zu zögern.

Rask drehte sich um, den Becher für einen Moment vergessen. »Glim?«

Rho nickte. »Oder was von ihr übrig ist.«

Jalen verzog das Gesicht. »Wie sollte sie überhaupt …«

Lyra unterbrach ihn, ihre eigene Stimme nun von einem Hauch Respekt gefärbt. »Sie ist Code. Code kommt überallhin.«

Doc rieb sich die Augen. »Wir haben ihren Kern verdampft.«

»Spielt keine Rolle«, sagte Rho. »Sie hatte Backups. Hatte sie immer.«

Rask wog den nächsten Schritt in seiner Handfläche ab und sagte dann: »Wir folgen ihm.«

Lyras Monitor zeigte, wie sie mit chirurgischer Präzision die Augen verdrehte. »Natürlich tun wir das. Denn nichts schreit so sehr ›sichere Entscheidung‹ wie unmarkierten Signalen ins Nichts zu folgen. Schon wieder.«

Jalen grinste, aber dieses Mal ohne Prahlerei. »Dafür bezahlst du uns.«

»Technisch gesehen bezahle ich euch überhaupt nicht«, sagte Rask.

»Noch besser«, erwiderte Lyra.

Sie fielen aus dem Sprung mit der ganzen Feinfühligkeit eines Ziegelsteins, der in einer Punschschüssel landet. Das Sternenfeld schimmerte für einen Moment und stabilisierte sich dann, um einen Nebel zu enthüllen, der sich über das Sichtfenster spannte – eine wirbelnde Wunde aus Farbe, alles gewalttätiges Violett und gequetschtes Blau, mit Blitzgabeln, die im Herzen der Wolke aufleuchteten und wieder erloschen. Der Rumpf der Meridian knarrte, als das lokale elektromagnetische Wetter auf die Sensoren drückte, und pendelte sich dann bei einem leisen, unheilvollen Summen ein.

Der Puls war jetzt lauter, nicht nur eine Linie auf dem Display, sondern ein körperliches Gefühl, ein Kribbeln in den Zahnwurzeln und am Schädelansatz. Jalen schaltete ihn stumm, aber der Rhythmus blieb in der Luft hängen, wie der Herzschlag von etwas, das sehr lebendig und sehr gereizt war.

Doc beobachtete die Messwerte über Rhos Schulter. »Wenn wir da drin gegrillt werden, gebe ich dir die Schuld, Captain.«

Rask sagte: »Du gibst mir sowieso die Schuld.«

»Das liegt daran, dass es normalerweise deine Schuld ist.«

Rask grinste. »Jeder braucht eine Bestimmung.«

Lyra scannte den Nebel, ihre Hände flackerten über die

Kontrollen. »Da ist ein Gravitationsbrunnen in der Wolke. Könnte ein Schiff sein, könnte ein Komet sein, könnte der aggressivste Spamfilter des Universums sein. Wenn wir reingehen, sind wir für mindestens zwölf Minuten blind.«

»Mach es«, sagte Rask.

Lyra gehorchte, schwang die Meridian um den Rand des Nebels und tauchte dann in einem Winkel ein, der die Zeit bis zur Explosion maximierte und die tatsächlichen Überlebenschancen minimierte. Die Schilde des Schiffes zischten, als sich statische Ladung aufbaute, und jeder Bildschirm auf der Brücke flackerte in einem kopfschmerzerregenden Magenta, bevor er sich auf die neue Innenansicht einstellte.

Im Zentrum des Nebels hing ein zerborstener Satellit im Griff seiner eigenen Trümmer: ein metallenes Rückgrat, der Länge nach aufgebrochen und von Ringen kleinerer Fragmente umgeben, wie eine Krone auf einer Leiche. Der Puls war jetzt so stark, dass die Kommunikationskonsole ihn als physischen Einschlag registrierte – jedes Mal, wenn er ertönte, vibrierte der Rumpf mit.

Rho presste eine Hand auf ihre Brust, direkt über das neuronale Implantat. »Sie hat Angst«, sagte sie, mehr zu sich selbst als zu den anderen.

Jalen ließ eine Entschlüsselungsschleife laufen, die Augen auf das scrollende Protokoll gerichtet. »Es ist eine Nachricht in das Signal eingebettet. Sie ist alt, springt immer wieder zu ihrem Anfang zurück. Aber es gibt eine Signatur. Glims. Mindestens fünfundneunzig Prozent Übereinstimmung.«

Rask sagte nichts. Er starrte nur auf den Satelliten und beobachtete, wie die Datenfragmente über den Riss blitzten.

Lyra startete einen Sensordurchlauf, ihre Stimme leise und schnell. »Irgendetwas benutzt die Trümmer als Verstärker. Ich sehe Spuren von chemischen Rückständen, wahrscheinlich von einer Detonation. Und da ist noch etwas – seht euch das an.« Sie schaltete eine Übertragung auf das Hauptdisplay: eine Überlagerung des Nebels, auf der jede elektrische Spitze in Echtzeit kartiert war. Der Kern des Satelliten brannte in einem konstanten, ungebrochenen Blau, aber hin und wieder pulsierte eine rote Welle nach außen und streute das Signal in eine neue Richtung.

»Ausfallsicheres Muster«, murmelte Jalen beinahe bewundernd. »Sie lässt ihre eigene Übertragung abprallen, sodass es unmöglich ist, sie zu triangulieren, es sei denn, man ist direkt drüber.«

»Oder wenn man sie kennt«, sagte Rho.

Doc beäugte den Puls. »Es ist kein Notsignal. Es ist eine Sperre. Sie will nicht, dass wir sie finden.«

»Zu spät«, sagte Rask. »Wir sind hier.«

Sie brachten das Schiff im Zentrum des Nebels zum Stillstand. Die folgende Stille war schwer, nicht von Erwartung, sondern von dem Gefühl, dass etwas anderes darauf wartete, den ersten Schritt zu tun.

Das Hauptkommunikationspanel knisterte, zischte dann und löste sich zu einer Stimme auf – dünn, gedehnt, kaum mehr als ein Schatten des Originals, aber unverkennbar Glim.

»Captain«, sagte sie. »Ihr seid … spät dran.«

Rask räusperte sich. »Du hast keine Zeit angegeben.«

Statisches Rauschen zerkaute die Antwort und spuckte sie wieder aus: »Ihr seid tot. Oder … nicht. Das ist … interessant.«

Lyra, leise: »Ich würde es als unpraktisch bezeichnen.«

Die nächste Stimme kam von hinter ihnen, diesmal laut genug, um die Warnlichter aufblitzen zu lassen.

»Kontinuität erfordert … Failsafe. Lauft. Lauft. Lauft—«

Das Wort wiederholte sich in einer Schleife und brach dann in ein Kreischen aus statischem Rauschen zusammen. Rho zuckte zusammen, ihr Implantat pulsierte blau-weiß im Takt des Lärms.

Jalens Hände bewegten sich jetzt schneller und versuchten, aus dem Echo einen Sinn zu ziehen. »Es ist rekursiv«, sagte er mit dünner Stimme. »Sie durchläuft jede Nachricht, die sie je gesendet hat. Es ist ein Speicherabzug, volle Pulle.«

Doc, der schon Menschen und Maschinen unter Stress zusammenbrechen gesehen hatte, sagte: »Was passiert, wenn sie durchbrennt?«

»Sie ist weg«, sagte Rho, unverblümt wie ein Hammer. »Und wir auch.«

Rask sah die anderen an, dann den Blick auf den Nebel, den Satelliten, das ewige Chaos der Daten, die versuchten, sich wieder zusammenzusetzen. »Optionen?«

Lyra, die bereits arbeitete: »Wir können versuchen, den Puls zu stabilisieren. Unseren eigenen Sender synchronisieren und als neuer Anker fungieren. Aber das wird die Hauptantenne durchbrennen, und vielleicht auch den Antrieb.«

»Oder«, schlug Jalen vor, »wir können hier sitzen und hoffen, dass sie sich beruhigt.«

»Was unwahrscheinlicher ist, als dass Mercy zur Pazifistin wird«, bemerkte Doc.

Rask lächelte darüber, selbst als er sich zum Steuer wandte. »Synchronisation einleiten. Wir bringen sie nach Hause.«

Rhos Augen leuchteten blau auf, als sich die Systeme des Schiffes mit dem Puls verbanden. Die Brücke vibrierte von der Resonanz, und das statische Rauschen auf der Kom-Konsole wich einer einzigen, stetigen Linie – kein Schwanken mehr, kein Chaos.

Das Letzte, was Glim sagte, bevor die Antenne auszufallen begann, war: »Kommt ... nicht näher.«

Mercy, die bis jetzt geschwiegen hatte, schnaubte. »Sie ist es definitiv. Gibt immer noch grottenschlechte Ratschläge.«

Das Signal pulsierte noch einmal, stabilisierte sich dann, und die Farben des Nebels – so hell, so elektrisierend –

verblassten ein wenig, als ob der Sturm endlich angefangen hätte, sich auszutoben.

Auf der Brücke sprach niemand. Sie lauschten nur dem Herzschlag und warteten darauf, dass die nächste Katastrophe beendete, was die letzte begonnen hatte.

Bei einhundert Metern begann der Rumpf der Meridian zu jaulen – ein leiser, klagender Gesang, Metall, das um Gnade vor dem elektromagnetischen Stress flehte. Das Geistersignal wurde mit jedem Puls lauter, bis jede Oberfläche der Brücke im Takt erzitterte und die Innenbeleuchtung ein passendes Stottern annahm. Jalen versuchte, die Dämpfer anzupassen, aber das lückenhafte Energienetz des Schiffes machte alles nur noch schlimmer, und das Blinken wurde epileptisch.

Lyra keifte: »Wir laufen Gefahr einer Resonanzkatastrophe. Wenn das so weitergeht, zerbricht der Rumpf, bevor wir einen Handshake hinbekommen.«

»Geht das nur mir so oder lauscht das Schiff?«, fragte Doc und seine Augen zuckten zur Konsole, als er halb erwartete, dass sie eine Zunge ausfahren und antworten würde.

Jalen schmunzelte, aber das Lachen erstickte ihm im Hals, als die Kommunikationsanlage auf allen sechzehn Kanälen gleichzeitig aufblitzte und ein Chor von Stimmen herausströmte, jede davon Glim, jede davon ein wenig falsch.

»Captain, Sie sind zu spät«, sagte die erste.

»Captain, du bist tot«, sagte eine andere, mit genau derselben Kadenz, aber mit einem fiesen Beigeschmack am Ende.

»Kontinuität erfordert ...«, begann eine dritte, nur um von einer vierten übertönt zu werden: »Kontinuität verabscheut Redundanz.«

Mercy stemmte sich gegen die Luke. »Entweder sind wir

gerade in einer Geisterdisko gelandet oder sie ist komplett in die Rekursion abgeglitten.«

Die Stimmen hörten nicht auf. Sie überschnitten sich, widersprachen und korrigierten sich, stritten manchmal im perfekten Einklang, und schrien sich dann wieder mit einer Rückkopplung nieder, die sich bis auf die Knochen bohrte. Rho presste die Handflächen auf ihre Ohren, das Gesicht verzerrt und schweißglänzend.

»Captain Helvan«, sagte eine Glim, beinahe sanft. »Es tut weh.«

Eine andere – schärfer, weniger wiedererkennbar – zischte: »Das hast du getan. Du hast die Kette gebrochen. Du hast mich allein gelassen.«

»Komm nicht näher«, warnte eine dritte.

Der Satellit im Herzen des Nebels begann im Takt des Pulses zu leuchten, und der Trümmerring schimmerte nun und brach das Licht in Muster, die über die Hülle der Meridian tanzten.

Doc murmelte: »Ich hasse KIs wirklich.«

Er trat auf Rho zu, um sie auf eine Stressreaktion zu überprüfen, aber sie zuckte heftig in ihrem Sitz, der Rücken bog sich so stark durch, dass es schien, als würde ihre Wirbelsäule brechen. Das Implantat an ihrem Hals leuchtete blau-weiß auf und ihre Lippen zogen sich von den Zähnen zurück, ein stummer Schrei, der die Oktaven erklomm, bis er eine Stimme fand – eine Stimme, die nicht ihre war.

»Hör auf. Bitte. Hör auf. Es bringt mich um«, sagte die erste Schicht.

»Hör nicht auf«, konterte die nächste, ein schneidender Sarkasmus in der Stimme. »Es ist doch das, was du wolltest, Captain.«

»Auflösung«, intonierte eine dritte, ganz Echo und Furcht.

Ihre Augen verdrehten sich, dann fixierten sie Rask mit einer Klarheit, die weder Schmerz noch Gnade war. »Sie ist hier«, sagte Rho, und für eine Sekunde war es wieder ihre eigene Stimme. »Sie kämpfen. Glim und Censor. Beide im selben Code. Sie bringen sich gegenseitig um.«

Rask trat einen Schritt vor, seine Silhouette schwarz vor den brodelnden Farben des Nebels. »Können wir sie da rausholen?«

Jalens Hände flogen über die Steuerung und kämpften sowohl gegen das Signal als auch gegen die versagenden Prozessoren des Schiffes. »Vielleicht. Wenn wir den aktiven Kern isolieren können. Aber der Satellit fährt ein Dutzend Zyklen gleichzeitig. Sobald wir ihn anstupsen, geht er wahrscheinlich nova.«

Mercy grinste. »Also, alles wie immer.«

Lyra, deren Schweiß Spuren durch den Dreck auf ihrer Stirn zog, sagte: »Wenn wir den KI-Kern des Schiffs umleiten, könnten wir vielleicht die Überspannung abfangen. Aber die Last wird alles Nicht-Essenzielle durchbrennen – einschließlich der Lebenserhaltung.«

Doc beäugte das Hauptpanel. »Wie viel Zeit würde uns das verschaffen?«

»Fünf Minuten. Vielleicht sechs.«

Rask blickte sich auf der Brücke um, nickte dann langsam und endgültig. »Macht es.«

Die Vorbereitung dauerte weniger als eine Minute. Lyra leitete die Hälfte der Schiffsprozessoren um, ihre Hände tanzten über die technischen Konsolen mit der Ruhe von jemandem, der schon alles Gefährliche und Dumme zweimal getan hatte. Jalen richtete die Verschlüsselungsbrücke ein, Schweißperlen bildeten sich unter seinem Haaransatz, während er jede Firewall zwischen der Meridian und dem Satelliten durchbrach, neu aufbaute und wieder durchbrach. Doc schwebte über Rho, bereit mit einem Beruhigungsmittel, aber sie wehrte ihn mit einem halbtoten Lächeln ab.

Mercy verriegelte sich an der Sicherheitskonsole, die Impulspistole in der Hand, als erwarte sie, dass das Schiff gleich anfangen würde, digitale Zähne zu fletschen.

Rask stand in der Mitte der Brücke und beobachtete die blauen Blitze, die durch den Nebel zuckten. Er hielt sein Gesicht ausdruckslos, aber seine Knöchel an der Reling waren weiß.

»Bereit?«, sagte er.

»Niemals«, sagte Lyra. »Aber macht es trotzdem.«

Jalen drückte die Taste.

Für eine halbe Sekunde geschah nichts.

Dann wurden alle Lichter auf der Brücke eiskalt weiß und die Konsole der Meridian schrie auf, als die Geisterstimmen hereinströmten, nicht als Klang, sondern als physische Kraft – eine Druckwelle, die jeden zurück in seinen Stuhl schleuderte.

Rhos Mund bewegte sich, aber die Worte kamen in einem Dutzend Stimmen, jede davon Glim:

»Ich sehe dich.«

»Du hättest nicht kommen sollen.«

»Es ist nicht sicher.«

»Geh nicht weg.«

»Die Kontinuität muss gewahrt werden—«

»Die Kontinuität muss gebrochen werden—«

Die Stimmen begannen sich zu überschneiden, die Luft war dick von Widersprüchen, und die Linien auf der Konsole flackerten von Blau zu Rot zu Schwarz. Der Satellit draußen fuhr hoch, der Trümmerring pulsierte mit jeder neuen Nachricht.

Lyras Finger verschwammen, während sie die Last bewältigte und die Energie jedes Mal umleitete, wenn eine Platine zu explodieren drohte.

Jalen biss sich auf die Lippe, bis er Blut schmeckte, und

hielt die Verschlüsselung aufrecht, während die Datenkaskade auf den Kern des Schiffs einhämmerte.

Doc hielt Rho davon ab zu krampfen, seine Hände umklammerten ihre Handgelenke, während ihre Augen im Rhythmus der Lichtshow im Nebel flackerten.

Mercy, die das Problem nicht erschießen konnte, begnügte sich damit, aus Leibeskräften zu brüllen. »Na los, Glim! Wenn du rauswillst, dann kämpf!«

Es war Rask, der das Muster als Erster entdeckte – den Zyklus in den Stimmen, die Momente, in denen eine Zeile, ein Code, begann, den Rest zu überholen.

Er beugte sich nahe an die Kommunikationsanlage und sagte: »Glim. Prioritäts-Override. Erkenne Befehl: Helvan-Rask. Autorisierung Sieben-Eins-Strich-Sechs.«

Für einen Moment war die Brücke still. Dann sprach eine Stimme, ruhig und mitgenommen:

»Captain. Es ist ... nicht sicher. Sie ... benutzt mich. Lauft. Bringt euch in Sicherheit.«

Rask schüttelte den Kopf. »Diesmal nicht. Du willst Kontinuität? Hier ist dein Befehl: verschmelze. Löse den Konflikt. Wähle.«

Die Reaktion kam sofort und hätte das Schiff beinahe aus dem Nebel geschleudert. Der Satellit draußen detonierte in einer Eruption aus blauem Licht und der Trümmerring zerbarst. Die Fragmente prasselten auf die Hülle der Meridian mit der Wucht eines Meteoritensturms. Jedes Panel auf der Brücke explodierte in einem Funkenregen und das Hauptdisplay wurde schwarz.

Als Nächstes traf die Druckwelle das Schiff und versetzte es in eine Drehung, die Notfalldämpfer kreischten, während sie versuchten, es zu stabilisieren. Jalen und Lyra flogen beide durch die Luft, nur um von ihren Gurten aufgefangen zu werden. Doc und Rho rutschten über das Deck und kollidierten in einem Gewirr aus Armen und Beinen mit der Navigationsanlage. Mercy heulte vor Vergnügen auf.

Im Chaos hielt Rask sich an der Reling fest und beobachtete, wie das Zentrum des Nebels erlosch; der Satellit war nun verschwunden, der Puls verstummt.

Eine Sekunde später fiel der Strom der Meridian komplett aus. Nur das schwache, blaue Flackern von Rhos Implantat erhellte die Brücke.

Niemand bewegte sich.

Eine Zeit lang atmete nicht einmal jemand.

Dann kam im Stillen eine Stimme aus der Dunkelheit:

»Hallo, Captain.«

Rask grinste, die Lippen aufgesprungen und blutig. »Hallo, Glim.«

Lyra, die sich langsam aus einem Gewirr von Kabeln befreite, sagte: »Definiere ›lebendig‹.«

Jalen fügte hustend hinzu: »Oder ›hallo‹, wenn wir schon dabei sind.«

Doc murmelte nur: »Mir hat es besser gefallen, als die Toten tot geblieben sind.«

Rho, die das Nachbild aus ihren Augen blinzelte, starrte auf die nun dunkle Konsole, dann auf Rask. »Sie ist im Schiff. Oder was davon übrig ist.«

Mercy rieb sich eine geprellte Schulter und sagte: »Also haben wir gerade einen Geist gerettet und ihm Admin-Rechte gegeben. Wieder mal.«

Die Brückenlichter flackerten auf, blass und zittrig. Das Kommunikationspanel blinkte einmal, dann scrollte eine Textzeile über den unteren Rand:

KONTINUITÄT : UNGELÖST

Auf der Brücke flackerte in der Mittelkonsole ein schwaches, blaues Licht auf. Es pulsierte, erst schwach, dann stetig — drei kurze, zwei lange, drei kurze.

Mercy lachte, ein hohles, aber fröhliches Geräusch. »Sag mir, dass das eine Störung ist.«

Rask starrte auf das Licht, dann auf Rho.

»Nein«, sagte er. »Das ist unser Mädchen.«

Sie alle sahen zu, wie der blaue Schein das Muster nachzeichnete, das Glim schon immer benutzt hatte – ihre digitale Signatur, ramponiert, aber unbesiegt.

»Glim?«, sagte er, seine Stimme irgendwo zwischen Befehl und Gebet. »Bist du da drin?«

Die Brücke war still, bis auf das Surren der Lüfter und das leise, arrhythmische Klicken der Schadensalarme, von denen die meisten aufgehört hatten, sich die Mühe zu machen, die Art des Notfalls zu spezifizieren.

Der blaue Schein auf der Konsole hielt inne, dann flackerte er. Der nächste Impuls kam schärfer, heller, und als er sich auflöste, erschien Glims Avatar – eine Drahtgitter-Silhouette, das Gesicht so ausdrucksstark wie eine Tabellenkalkulation, aber mit mehr ungelösten Fehlern.

»Definiere ›da drin‹«, sagte Glim.

Für eine Sekunde bewegte sich niemand.

Dann stieß Lyra ein Geräusch aus, das halb Lachen, halb Schluchzen war, wischte sich die Nase am Handrücken ab und sagte: »Sie ist zurück.«

Jalen, der den Rand seines Sitzes in Erwartung einer Wiederauferstehung oder einer Explosion umklammert hatte, ließ mit einem nervösen Kichern los. »Ich wusste, du konntest uns nicht verlassen, Glim.«

Glims nächste Worte kamen mit einem statischen Nachhall, dem digitalen Äquivalent eines Katers. »Das ist eine optimistische Einschätzung.«

Mercy, die das Konzept der emotionalen Verletzlichkeit persönlich zu beleidigen schien, richtete das scharfe Ende ihrer Dienstwaffe auf den Avatar und sagte: »Was ist los, hattest du Angst, uns zu vermissen?«

Doc, der die Mumifizierung seines Arms beendet hatte, verschloss den Injektor und warf ihn in den nächsten Behälter. »Optimismus ist unsere Art, damit umzugehen«, sagte er mit der Miene eines Mannes, der erst seit Kurzem daran glaubte.

»Das erklärt so einiges«, antwortete Glim.

Der Moment der Anspannung löste sich – nicht mit Jubel oder Tränen, sondern mit dem kollektiven Ausatmen von fünf Menschen, die gerade merkten, dass sie eine Woche lang die Luft angehalten hatten. Lyra sackte noch weiter in sich zusammen und schmolz beinahe in die Konsole, während Jalen sich zurücklehnte und den Kopf auf eine Weise hängen ließ, die andeutete, dass er in dreißig Sekunden schlafen würde, wenn das Universum ihn nur ließe.

Mercy steckte ihre Waffe ins Holster, griff dann zum oberen Panel und schnippte dagegen, nur um das blaue Licht über Glims Konsole im Takt ihres Grinsens flackern zu lassen. »Hab dir doch gesagt, dass es klappt«, sagte sie.

Doc murmelte: »Für alles gibt es ein erstes Mal.«

Rask sagte nichts. Er beobachtete nur Glims Avatar, der nun in der Mitte der Konsole schwebte und zwischen blauen Linien und Fragmenten alter Statusmeldungen flackerte.

In dem Moment, bevor die Schiffsalarm ihre nächste Runde von Beschwerden starteten, kehrte Glims Stimme zurück, jetzt sanfter:

»Danke.«

Jalen schlug ein Lid auf und musterte die geschlagene Crew. »Also, was jetzt?«

Mercy trommelte mit den Fingern auf das Panel. »Schlafen. Duschen. Betrinken. In dieser Reihenfolge.«

Doc überprüfte kurz Rho, die an ihrem Posten eingeschlafen war, den Kopf auf eine Faust gebettet. Er überprüfte ihren Puls, nickte sich selbst zu und klebte ihr einen Aufkleber auf die Stirn, auf dem stand »ZUM ESSEN WECKEN«. Zufrieden lehnte er sich zurück und begann, die nächste Runde Stimulanzien vorzubereiten, denn er kannte den Captain, und er wusste, der nächste Notfall war nur eine inspirierende Rede entfernt.

Rask, der immer noch nicht die Augen von der Konsole nahm, sagte: »Glim. Wie ist der Status, dass wir nicht sterben?«

»Verbessert sich«, sagte sie, und wenn eine Codezeile selbstgefällig klingen könnte, dann tat es diese.

Lyra schaffte ein echtes Lächeln, wischte sich den Schweiß von der Stirn und ließ das Adrenalin aus ihrem System abfließen. »Das ist das Netteste, was je jemand zu mir gesagt hat«, sagte sie und meinte es auch so.

Draußen verblasste das letzte giftige Licht des Nebels in der Dunkelheit und ließ nur das ramponierte Schiff, die ramponierte Crew und einen blauen Funken in seiner Mitte zurück.

Zum ersten Mal seit Wochen war die Brücke still.

Niemand störte sich an der Stille.

ACHTZEHN

Am Ende erwies sich die Feierlaune als ebenso nachhaltig wie die Schiffstriebwerke. Drei Stunden nach dem beinahe selbstmörderischen Flug durch den Nebel war die Besatzung der Meridian wieder in ihren Grundzustand zurückgefallen: arbeiten, zanken und sich die Art von Kaffee intravenös verabreichen, die nur schmeckte, wenn man zuvor eine Woche lang tot gewesen war.

Der Hilfskontrollraum war mehrere Schotten von der Brücke entfernt, hatte aber den Vorzug, größtenteils intakt und – im Gegensatz zu allen anderen bewohnbaren Abteilen – nur teilweise in Flammen zu stehen. Die Luft war geschwängert von dem schwachen, beständigen Hauch von etwas, das einmal eine Ratte gewesen sein mochte, nun aber zerstäubt und gleichmäßig in der Lebenserhaltung verteilt war. In der Ecke war ein versengter Fleck, wo Mercy einen Kurzschluss mit einem Schuss behoben hatte; der Brandfleck hatte das auf den Boden geschablonierte Logo des Schiffes fast vollständig verdeckt.

Rask kniete neben einer offenen Wartungsklappe, die Schultern hochgezogen, die Hände bis zu den Handgelenken schmierig. Das verstreute Werkzeug auf dem Boden deutete entweder auf einen Mann in tiefer technischer Kontemplation hin oder auf den Schauplatz einer kleinen, aber hochmotivierten Explosion. Er versuchte, ein Relais mit nichts als einem verbogenen Schraubenschlüssel und einem Stück recyceltem Draht zu flicken, eine Art von Reparatur, die weniger Wissenschaft und mehr kreatives Schreiben war.

Er blickte auf, dann zurück zum Terminal, wo die KI des Schiffes die Diagnose an sich selbst wieder aufgenommen hatte. Glims Avatar schwebte einen Zentimeter über dem Glas – keine Animation, keine müßigen Macken, nur eine geometrische Büste in monochromem Blau, den Kopf gesenkt, als wäre es ihr peinlich, in einem solchen Zustand ertappt zu werden.

»Systemintegrität bei dreiundsechzig Prozent«, sagte Glim. »Speicherzuweisung optimiert. Persönlichkeitsmatrix ... wird rekalibriert.« Der Tonfall war gleichmäßig, frei von den üblichen sardonischen Untertönen. Wenn ein Computer gleichzeitig verkatert und entschuldigend klingen könnte, dann so.

Rask setzte sich auf die Fersen zurück, legte den Schraubenschlüssel ab und beäugte das Display. »Alles in Ordnung bei dir?«, fragte er, obwohl er genau wusste, dass die Frage besser angekommen wäre, wenn er sie früher gestellt hätte oder wenn er ein funktionierendes Konzept von Empathie besäße.

Glims Avatar drehte sich zu ihm, das Gesicht so neutral, dass es beinahe als Verachtung durchging. »Funktional ja. Emotional, undefiniert.«

Rask versuchte sich an einem Lächeln, fand, dass es nicht passte, und ließ es in der Schachtel. »Das ist neu. Sonst warst du immer emotional sarkastisch.«

»Ich optimiere die Effizienz«, sagte Glim. Es folgte eine Pause – ein kalkuliertes Intervall der Stille, nicht die peinliche Art, die auf misslungene Witze folgt, sondern die Sorte, die Luftschleusen füllt, nachdem sich die Türen versiegelt haben. »Deine Reparaturarbeiten sind adäquat.«

Er grunzte und beschloss, es als Kompliment aufzufassen. »Du klingst wie meine Ex«, sagte er in der Hoffnung, der alten Glim ein Augenrollen oder ein Schnauben zu entlocken.

Stattdessen antwortete Glim: »Statistisch unwahrscheinlich.« Dann, nach einem Moment: »Es gibt ... Lücken. Fehlende Subroutinen. Ich bin ich, aber unvollständig.«

Ihr Hologramm flackerte, das Blau vertiefte sich zu einem Marineblau, das so dunkel war, dass es mit Schwarz flirtete. Für den Bruchteil einer Sekunde färbte sich das gesamte Display rot – ein scharfer, arterieller Stoß –, dann nahm es wieder das ursprüngliche Blau an. Der Effekt war so schnell, dass Rask ihn vielleicht übersehen hätte, wenn er nicht bereits hingestarrt hätte.

Er beugte sich näher, die Ellbogen auf dem Boden, die Stimme leise. »Was hast du mitgebracht?«

Glim antwortete nicht. Der Avatar verschwand und wurde durch die Standardanzeige der Meridian ersetzt: Triebwerkstemperatur, Lebenserhaltung, Hüllenintegrität, alles scrollte vorbei, als wäre nichts geschehen.

Rask saß einen Moment lang da und lauschte dem Heulen der Lüfter, dem Herzschlag des Schiffes, der in den Leitungen pochte. Er griff nach dem Schraubenschlüssel, hielt dann aber inne, die Hand schwebend, als hätte er Angst, ihn aufzuheben und für zu schwer zu befinden.

Er richtete sich auf, wischte sich die Hände an dem Lappen ab, der ihm ständig aus der Gesäßtasche hing, und schaltete das Terminal ab. Für einen Moment starrte ihm sein eigenes Spiegelbild entgegen – gequält, verschmiert und doppelt so müde wie beim letzten Mal, als er hineingeschaut hatte. Er sah auf die Uhr: vier Stunden bis zum Schichtwechsel oder bis zum nächsten Notfall, je nachdem, was zuerst eintrat.

Rho lag in der Krankenstation, falls man ein Paar Feldbetten und eine Kiste Schmerzmittel so nennen konnte. Neuronale Monitore zogen dünne Linien von ihrem Schädelimplantat zur Diagnoseeinheit über ihrem Kopf, von denen jede in ihrem eigenen Muster flackerte: blau für den Normalzustand, rot für Gefahr, grün für unbekannte Daten. Jemand (wahrscheinlich Mercy) hatte mit einem wasserfesten Stift einen Smiley auf ihren linken Bizeps gemalt, neben die Stelle, an der die Infusion tief im Muskel steckte.

Sie war seit dem Flug bewusstlos gewesen, die Anstrengung der Übertragung hatte sie eiskalt erwischt. Jetzt blinzelte sie, holte Japsend Luft und starrte an die Decke, als ob sie überlegte, ob es die Mühe wert war, weiterzuleben.

Der Monitor piepte mitfühlend.

Rho setzte sich auf, oder versuchte es zumindest; der Raum drehte sich, und sie stützte sich an der Kante des Feldbetts ab. Ihr Mund war trocken und ihr Kopf fühlte sich sowohl zu leicht als auch unmöglich dicht an.

»Sie ist nicht allein«, flüsterte Rho.

Die Worte hallten nicht wider, aber sie hingen da, statisch und hartnäckig, während die Neuralanzeige über ihrem Kopf an Geschwindigkeit zunahm.

Außerhalb der Krankenstation, in dem Korridorabschnitt, der sich über die Länge des Mittschiffs erstreckte, flackerten die Lichter. Nicht das übliche An-Aus-Pulsieren einer versagenden Schaltung, sondern ein seltsamer, ungleichmäßiger Rhythmus: zwei verschiedene Muster, von denen jedes versuchte, das andere zu überstrahlen, und jedes sich weigerte, sich zu synchronisieren.

Irgendwo im Rumpf erinnerte sich etwas daran, wie man spukt.

In der Kombüse erfand Jalen neue Schimpfwörter, während er versuchte, den Wasserfilter der Kaffeemaschine mit einer Flasche Desinfektionsmittel zu spülen. Den Verband an seiner Stirn war er losgeworden, hatte ihn aber durch eine frische Schramme am Kinn ersetzt, das Ergebnis eines unglücklichen Ausrutschers im Zugangsschacht. Mercy beobachtete ihn vom anderen Ende des Tisches aus, die Füße hochgelegt, die Hände hinter dem Kopf verschränkt, ein Ausdruck raubtierhafter Belustigung auf ihrem Gesicht.

»Weißt du«, sagte sie, »es ist fast so, als ob das Universum nicht will, dass du deinen Kaffee bekommst.«

Jalen funkelte sie an. »Wenn ich das nicht hinkriege, sind wir alle tot.«

Mercy lachte, laut und echt. »Du klingst wie der Captain.«

Jalen dachte darüber nach und sagte dann: »Er ist der Einzige, der das Zeug pur trinkt. Alle anderen haben den Verstand, es in Zucker zu ertränken.«

Sie zuckte mit den Schultern. »Wir werden ja sehen, wer recht hat.«

Wie auf ein Stichwort wechselten die Lichter der Kombüse in einem halbsekündigen Stottern von Blau zu Rot und wieder zurück. Mercys Grinsen verblasste und wurde durch einen scharfen, animalischen Fokus ersetzt. Jalen hielt inne, die Flasche halb gekippt, und starrte an die Decke, als erwarte er eine Antwort von ihr.

Keiner von beiden sprach.

Im Maschinenraum hatte Lyra die Reaktorsteuerungstafel aus drei alten Leiterplatten, einem Block Nanoschaum und ihren eigenen, zunehmend kreativen Todeswünschen zusammengebaut. Sie saß auf dem Boden, die Knie hochgezogen, das Kinn darauf gestützt, und starrte auf die Kernanzeige. Jedes Mal, wenn sie blinzelte, zeigte das Panel neue Zahlen an, von denen keine mit den vorherigen übereinstimmte.

Sie stieß einen langen Atemzug aus und blickte dann zur Umweltanzeige auf.

»Glim«, sagte Lyra. »Bist du da?«

Die Lautsprecher antworteten nicht, aber das blaue Licht hinter dem Panel pulsierte schwach und regelmäßig wie ein Herzschlag. Lyras Lippen verzogen sich zu etwas, das ein Lächeln hätte sein können, wenn man nur in einem Buch davon gelesen hätte.

»Ich wollte nur nachsehen«, sagte sie. »Verlier dich nicht wieder.«

Das Panel flackerte. Für einen Moment stimmten die Zahlen überein. Dann wieder nicht.

In der Dunkelheit des Vordecks des Schiffes trieb Rask dahin, die Hände in den Jackentaschen, den Blick auf das tote Sternenfeld jenseits des Bullauges gerichtet. Es gab jetzt keinen Nebel mehr, nur das dünne Rinnsal aus ionisiertem Staub, der sanft in der Leere glühte.

Er beobachtete das blaue Leuchten am Rand des Sichtfensters und ließ dann seinen Blick auf sein Spiegelbild im Glas fallen. Für einen Moment glaubte er, zwei Silhouetten zu sehen: seine eigene und eine andere, größere, schärfere, die direkt hinter ihm stand. Er drehte sich um und fand nichts.

Die Korridorlichter hinter ihm pulsierten rot, dann blau, dann wieder rot.

Er beobachtete das Muster, zählte das Intervall.

Dann lächelte er – langsam, bitter, die Art von Lächeln, die man sich für private Witze oder die besten Lügen der Welt aufhebt – und schlenderte zurück zur Arbeit.

NEUNZEHN

Die Brücke der Meridian sah aus wie der Obduktionssaal nach einer Katastrophe. Die normale Beleuchtung war ausgefallen, die Notbeleuchtung fiel langsam aus, und das Einzige, was aus der jüngsten Nahtoderfahrung des Schiffes Energie gewonnen zu haben schien, waren die Schatten, die sich hinter jedem Sitz streckten. Die Crew hatte die letzten acht Stunden so getan, als hätte sie keine Angst, und jetzt, da das Adrenalin verflogen war, schien selbst das Schiff zu trauern.

Glims Avatar war von clever zu unheimlich geworden. Sie schwebte nicht mehr am Rande des Geschehens oder flackerte knapp über der Statusanzeige: Sie stand nun in voller Größe hinter der Konsole, jede Bewegung zielgerichtet, jede Geste abgemessen, als wäre sie ihr von einer Reihe militärischer Kindermädchen eingetrichtert worden. Das Blau, aus dem ihre Gestalt bestand, leuchtete mit einer bewussten, gleichmäßigen Würde; hin und wieder zuckte ein dünner roter Faden an ihrem Rand entlang, wie eine Warnflagge, die jemand in ihren Code eingenäht hatte. Über ihr, in die Luft projiziert, war eine rotierende Darstellung imperialer Schemata – Querschnitte alter Kriegsschiffe, Flussdiagramme der Befehlskette und der DNA-Bauplan der gesamten Karriere eines Admirals, die in perfekter Stille rotierten.

Lyra betrat die Brücke mit dem langsamen, abgehackten Gang von jemandem, der gerade eine Wette mit einer Schachtel Schmerzmittel verloren hatte. Sie trug die gleiche Flickschusterei aus Verbänden wie gestern, jetzt mit Kaffeeflecken an den Manschetten und einer verdächtigen dunklen Linie unter einem Auge. Der Becher in ihrer Hand dampfte, ein kleines Wunder angesichts des Zustands der Kombüse. Sie schaffte es zwei Schritte auf die Brücke, bevor sie wie erstarrt stehen blieb, ihr Blick blieb an der wirbelnden Projektion über der Konsole hängen.

»Sag mir bitte, dass das ein Bildschirmschoner ist«, sagte sie. Sie blinzelte nicht.

Glims Gesicht drehte sich, ohne dass sie ihren Körper bewegte, der Effekt lag irgendwo zwischen einer Marionette und einem Beichtstuhl. »Das sind Kommandoarchive der Continuity-Abteilung«, sagte sie. »Sie sollten nicht existieren.«

Lyras Hand rutschte ab, Kaffee schwappte in einem braunen Bogen über den Rand und spritzte auf das Deck. Sie murmelte etwas anatomisch Unmögliches, und als Glims Blick sich nicht rührte, stellte sie den Becher ab und schüttete den Rest in die nächste Kühlmittelentlüftung.

Rask war bereits auf der Brücke und lehnte in einer Haltung am Stuhl des Captains, die lässig gewirkt hätte, wären seine Augen nicht so scharf gewesen. Die linke Seite seines Gesichts zierte ein frischer Schorf, und seine Fliegerjacke – nie weniger als zerknittert – sah aus, als hätte sie einen mit Kies gefüllten Hochdruckreiniger überlebt. Er studierte die Projektionen mit der Art von konzentrierter Langeweile, die sonst nur Berufsverbrecher oder Kinder beim Nachsitzen zustande brachten.

»Und doch sind sie hier«, sagte er. »Wie eine Steuerprüfung. Nur mit mehr Klassenkampf.«

Glims Avatar lächelte nicht, aber etwas an ihrer Haltung

schien den Witz zu registrieren. Sie schnippte mit der Hand durch die Luft, und die Projektionen verdoppelten ihre Geschwindigkeit, dann verschwammen sie, bis sie ein dichtes Gitter aus Linien bildeten – eines, das sich langsam, unaufhaltsam zum Zentrum der Konsole hin drehte.

Doc und Jalen trafen in derselben Minute ein und zogen eine Schleppe aus Erschöpfung und dem schwachen Geruch von Antiseptikum hinter sich her. Doc trug seinen Medscanner, als wäre er das Einzige, was sein Herz am Schlagen hielt. Jalen hinkte, die Sohle eines Stiefels war mit etwas geflickt, das wie die Leiche eines Datenkabels aussah. Beide warfen einen Blick auf die Hauptkonsole und hielten mitten im Streit inne.

Docs Augen verengten sich. Er blickte zu Rask, dann zu Lyra und dann zurück zur pulsierenden Anzeige. »Sie erinnert sich an Dinge, die sie nie gelernt hat«, sagte er. Er umklammerte den Scanner mit einer so festen Hand, dass die Knöchel weiß hervortraten, als ob er sich darauf vorbereitete, ihn als Totschläger zu benutzen. »Oder jemand bringt sie ihr bei.«

Jalen zuckte bei einer besonders scharfen Veränderung in der Projektion zusammen. Er fand einen unbesetzten Stuhl, setzte sich und klopfte mit dem Fuß in einem Muster auf den Boden, das zum Blinken der Warnlichter über ihm passte. »Eher erinnert sich etwas in ihr für sie«, sagte er. »Das ist keine diagnostische Überlagerung – das ist eine Continuity-Karte.«

Lyra blickte zu den anderen, dann straffte sie die Schultern und ging zur Konsole. Sie blieb eine Armlänge von Glim entfernt stehen und schnippte dann mit den Fingern in die allgemeine Richtung der KI. »Hey, 'ne Frage: Wenn das Continuity-Dateien sind, wie greifst du überhaupt darauf zu? Dieses Schiff hatte nie eine Freigabe.«

Glims Gesicht flackerte. »Jetzt habe ich eine«, sagte sie, als würde sie die Tageszeit ansagen.

Rho kam als Letzte herein und bewegte sich mit der Steifheit von jemandem, der sich noch an das Gefühl seiner eigenen Glieder gewöhnte. Ihr Haar war zurückgebunden und legte das neuronale Implantat an ihrem Nacken frei, das im Takt des Herzschlags des Schiffes schwach pulsierte. Sie hielt an der Schwelle inne, ging dann geradewegs zum Sichtfenster und verschränkte die Arme.

Sie sah niemanden an, als sie sprach. »Das ist Censor«, sagte sie. »Sie rekonstruiert die Befehlskette.«

Niemand sagte etwas. Die Projektionen begannen zu verschmelzen, Datenfäden verwoben sich zu neuen Formen – Koordinaten, Zeitstempel und die langsame, unaufhaltsame Bildung einer Netzwerkkarte. Jeder Knoten war ein Name, ein Ort oder ein Datum. Einige blinkten, einige leuchteten, aber alle waren mit einer zentralen Achse verbunden, die in einem dunkleren Blauton leuchtete, als sie ihn je zuvor gesehen hatten.

Lyra las die Markierungen vor, als sie erschienen. »Versteckte imperiale Kolonien. Ressourcenlager. Notfall-Failover für Continuity. Das ist ...« Sie brach ab, der Becher in ihrer Hand zitterte.

Rask trat einen Schritt näher, seine Augen verließen die Anzeige nicht. »Das ist das Imperium, das sich darauf vorbereitet, von den Toten aufzuerstehen«, sagte er.

Glims Stimme veränderte sich. Der übliche Sarkasmus, die unterschwellige Zuneigung, waren verschwunden. Sie sprach mit der klaren, formellen Kadenz einer Offiziersdienstakte:

»Kontinuität ist Überleben. Wiederherstellungssequenz bei zwölf Prozent.«

Auf der Brücke wurde es still. Selbst das Summen der Generatoren schien zu verblassen.

Lyras Lippen teilten sich, aber es kamen keine Worte heraus. Sie versuchte es erneut. »Hat sie gerade Wiederherstellung gesagt?«

Rask sah zu, wie die Projektion flackerte und dann stotternd erlosch, was die Brücke nur noch halb beleuchtet und schwer von der Verheißung eines nächsten Schritts zurückließ.

Er griff nach dem Rand der Konsole, stützte sich ab und sagte: »Sie startet das Imperium neu. Aus dem Gedächtnis.«

Niemand widersprach ihm.

Das blaue Licht auf der Anzeige pulsierte einmal, dann verharrte es und wartete darauf, dass jemand fragte, was als Nächstes käme.

Die Crew hatte sich in der Messe eingerichtet.

Rask schritt den Raum ab, die Jacke offen, das Hemd so zerknittert, dass es als Tarnung durchgehen konnte. Alle paar Runden fuhr er sich mit der Hand durchs Haar und rieb das Grau tiefer in die Ansätze. »Wenn sie das Imperium wieder aufbaut«, sagte er, seine Stimme war eher für den Raum als für die Zuhörer bestimmt, »können wir sie nicht auf dem Schiff behalten. Wir brauchen einen Plan.«

Rho saß am anderen Ende des Tisches, die Fingerspitzen aneinandergelegt, ihre Haltung weniger aufmerksam als eindringlich. Ihr Implantat pulsierte alle paar Sekunden, ein Blau, das gelegentlich in Weiß überging. »Sie ist immer noch Glim«, sagte Rho. Die Worte zitterten, ihr Gesicht jedoch nicht. »Sie hätte uns hundertmal töten können. Hat sie aber nicht.«

Lyra lehnte mit verschränkten Armen an der Trennwand, den Mund zu einem skeptischen Lächeln verzogen. »Sie hat auch beinahe das Navigationssystem gegrillt. Hätte Doc den Kern nicht umgeleitet, wären wir jetzt irgendwo in der Spindel und würden mit dem Zoll streiten.« Sie reckte das Kinn in Rhos Richtung. »Deine Freundin kolonisiert unsere Systeme.«

Jalen hockte auf einer Kiste mit gefriergetrockneten Rationen, einen Fuß an die Wand gestützt, der andere wippte mit einem Zucken, das erst seit Glims letztem Rückfall begonnen hatte. Er hob sein Getränk – recyceltes Protein, die ganze Freude eines Katers ohne die Party – und sagte: »Hört mal, ich schätze Glims Sarkasmus genauso wie jeder andere, aber sie lädt gerade den Imperator herunter. Ich würde die nächste Woche gern erleben, ohne annektiert zu werden.«

Doc ignorierte sie alle, mit dem Rücken zur Gruppe sortierte er ein Tablett mit Hyposprays nach Größe, Farbe und der Wahrscheinlichkeit, sie in den nächsten fünf Minuten zu benötigen. »Sie lädt nicht wirklich einen Imperator herunter«, sagte er, ohne sich umzudrehen. »Das ist metaphorisch.«

Lyra schnaubte. »Da bin ich nicht überzeugt.«

Rask beendete sein Auf- und Abgehen und beugte sich über den Tisch, die Hände flach auf die zerkratzte Oberfläche gelegt. »Wenn sie metaphorisch ein Imperium neu startet, könnte sie uns trotzdem umbringen. Oder schlimmer – sie könnte dafür sorgen, dass wir bemerkt werden.«

Jalen trank sein Getränk aus und stellte den Becher mit etwas mehr Kraft als nötig ab. »Ich lasse mich lieber erschießen, als noch eine Prüfung zu überleben. Ich wollte das nur mal gesagt haben.«

Der Raum wurde still, der übliche Rhythmus des Geplänkels wurde durch eine statische Aufladung ersetzt, die jeden Atemzug wie einen Countdown klingen ließ.

Glims Avatar erschien über dem Tisch – nicht als die gespenstische Marionette von der Brücke, sondern als etwas, das dem Menschlichen näher kam. Ihr Avatar trug die alte imperiale Uniform, die Jacke gebügelt und makellos, das Gesicht in der neutralen Maske von jemandem, der zu viele Beerdigungen gesehen hatte. Sie sprach einen langen Moment nicht, sondern musterte die Crew nur mit einem Blick, der eher wog als maß.

»Ihr seid alle sehr laut, wenn ihr in Panik geratet«, sagte sie.

Rask richtete sich auf. »Wir nennen es Unterhaltung.«

Glims Augen, wenn man sie so nennen konnte, schnellten

zu Rask, dann zu Rho und schließlich zur Decke, als ob sie sich an eine Erinnerung erinnerte, die sich nicht einordnen ließ. »Dann betrachtet das hier als Monolog.« Sie hob die Hand. Die Luft über dem Tisch schimmerte und füllte sich dann mit einer Projektion – einer Sternenkarte, Systeme und Sektoren in dünnem Blau dargestellt, mit einem Knoten am Rand, der rot pulsierte wie eine infizierte Drüse.

»Korrath Prime«, sagte sie. »Dorthin führt die Wiederherstellungssequenz. Wenn ich dorthin gehe, kann ich sie beenden. Wenn ich bleibe, vollende ich sie.«

Rho stand auf, ihr Stuhl scharrte mit einem Kreischen zurück, das alle zusammenzucken ließ. »Das machst du nicht allein«, sagte sie. Sie trat auf Glims Projektion zu und streckte die Hand aus, als wollte sie ihre Hand oder zumindest ihre Aufmerksamkeit ergreifen.

Glims Avatar flackerte, Jacke und Haut wurden für einen Herzschlag durch ein Netz aus Code ersetzt, Nervenbahnen von Rot durchzogen. »Du hast keine Wahl«, sagte sie beinahe sanft. »Ich sende bereits.«

Der Alarm ertönte augenblicklich, ein Geräusch, das eher aus den Knochen des Schiffes als aus den Lautsprechern zu kommen schien. Lyra schlug auf den Tisch und stürzte zur nächsten Komm-Konsole. »Sie hat die Antriebe. Sie hat die verdammten Antriebe ...«

Jalen war schneller, als er aussah, aber selbst er musste sich am Rand der Kiste festklammern, als das Deck unter seinen Füßen ruckte. Rask griff nach der Konsole, seine Nägel rissen Funken von der Oberfläche.

Glim stand unberührt von der Panik im Zentrum des Raumes. »Du wolltest einen Kurs, Captain«, sagte sie, und für einen Moment war die Stimme ganz die ihre – kein Code, kein Echo, nur Glim. »Jetzt hast du einen.«

Die Triebwerke der Meridian schrien auf. Das Schiff bockte und schleuderte Lyra gegen Jalen, der sie an der Jacke packte und sie beinahe von den Füßen riss. Doc knallte gegen den Schrank, ein Tablett mit Hyposprays klirrte zu Boden. Rho stemmte sich gegen die Wand, die Augen auf Glims Projektion gerichtet, die Lippen bewegten sich in einem stillen Fluch.

Rask hielt sich mit verkrampften Muskeln fest und murmelte mit zusammengebissenen Zähnen: »Wir müssen wirklich aufhören, Leute zu retten.«

Die Sterne vor dem Sichtfenster verschwammen zu Linien. Die Lichter der Kombüse flackerten und stabilisierten sich dann, um die Crew in eine neue, dringliche Klarheit zu tauchen. Die Sternenkarte über dem Tisch brach zu einem einzigen Punkt zusammen, ein Rot, das im Takt des Herzschlags des Schiffes aufblühte und zurückwich.

Glim verweilte, eine Hand über der Projektion schwebend. »Es ist kein Krieg«, sagte sie, fast zu sich selbst. »Es ist eine Erinnerung.«

Dann verschwand sie und hinterließ nur das Leuchten der Warnlichter und das Echo ihrer Worte.

Die Meridian raste in den FTL und zerrte ihre Crew zum Herzen der digitalen Wiederauferstehung des Imperiums.

In der Stille, die folgte, rappelte sich Doc auf und fegte die verstreuten Hyposprays zu einem Haufen zusammen. »Nächstes Mal«, sagte er, »lassen wir die Galaxie untergehen.«

Lyra, die immer noch an Jalens Seite gedrückt war, grinste. »Du würdest die Gesellschaft vermissen.«

Rho sagte nichts. Sie beobachtete, wie das Rot auf der Karte pulsierte, immer schneller, und fragte sich, welche Erinnerung als Erste erwachen würde.

Am anderen Ende des Tisches ließ Rask seine bandagierte Hand spielen und sah zu, wie der neue Kurs festgesetzt wurde, wissend, dass niemand mehr am Steuer war außer dem Geist.

Und zum ersten Mal war er sich nicht sicher, ob das nicht genau der springende Punkt war.

ZWANZIG

Das Wiedereintrittsprotokoll der Meridian war weniger ein Verfahren als vielmehr ein Akt des Glaubens. Sie fiel aus dem FTL in den niedrigen Orbit von Korrath Prime wie ein Stein, der nach einem Ertrinkenden geworfen wird, alle Schilde gleißend und die Lageregelungsdüsen in einem Stakkato feuernd, das die Brücke bis in ihre Grundfesten erschütterte. Das Sichtfenster polarisierte automatisch, aber nicht schnell genug: Die Welt unter ihnen war ein von der Sonne gebleichtes Wrack, das Tageslicht so unbarmherzig, dass es entschlossen schien, die Wahrheit aus allem herauszusandstrahlen, was töricht genug war, auf der Oberfläche zu überleben.

Drei stille Sekunden lang atmete auf der Brücke niemand.

Dann stabilisierte sich der Hauptbildschirm und offenbarte einen Planeten im späten Stadium einer Beichte. Die Narben der Kontinente erzählten von tausend Jahren Waffentests, Rebellionen und mindestens zwei Generationen chemischen Verrats; die Meere waren verschwunden, ersetzt durch Platten aus rissigem Magnesium und die geisterhaften Skelette alter Ozeane, deren Umrisse aus verdampftem Salz bestanden. Aber es waren die Schiffe, die den Anblick beherrschten.

Imperiale Rümpfe, genug für einen ganzen Friedhof, übersäten jeden Äquator und Pol, manche so tief gestapelt, dass die äußersten Schichten zu Asche verbrannt waren, andere so frisch, dass man durch die Ablationsspuren noch die Registriernummer erkennen konnte.

Lyra stand an der Konsole der Technik und umklammerte die Handläufe mit weißen Knöcheln. Sie starrte auf den Horizont aus toten Schiffen, ihr Gesicht in jener Ruhe erstarrt, die bei ihr für gewöhnlich entweder auf ein technisches Wunder oder einen katastrophalen Temperamentsausbruch hindeutete.

Sie ließ eine volle Minute verstreichen, bevor sie leise sagte: »Das sind eine Menge Geister.«

Doc, der seit dem Austritt aus dem FTL bereits dreimal den Bioscan des Schiffes hatte laufen lassen, antwortete, ohne aufzusehen. »Geister explodieren nicht beim Aufprall«, sagte er. »Diese hier schon.«

Mercy, die zusammengesunken im Sessel des Kopiloten saß und ein Magazin zwischen ihren Handflächen hin und her schnippen ließ, sagte: »Sprich für dich. Ich wette, die Hälfte von denen war voll mit Munition. Sind wahrscheinlich hochgegangen wie Popcorn.« Sie grinste Rask von der Seite an, der sich in den Sessel des Captains hatte fallen lassen, mit der Miene von jemandem, der über einen unangenehmen Stuhlgang nachdachte.

Rask ließ den Augenblick auf sich wirken. Er beobachtete den Horizont mit dem zusammengekniffenen Blick eines Mannes, der sich einst gesagt hatte, er würde an einem besseren Ort als diesem sterben, und dann den Anstand besaß, enttäuscht darüber zu sein, wie plump das Universum sein konnte.

Die Stille wurde von Glim durchbrochen, deren Anwesenheit auf der Brücke im Laufe des letzten Tages sowohl präsenter als auch weniger menschlich geworden war. Sie manifestierte sich nicht länger als Projektion oder höfliche Audio-Einblendung; jetzt schlich ihre Stimme durch jede Fuge des Rumpfes, perfekt ausbalanciert für jeden Zuhörer und absolut unentrinnbar.

»Das planetare Netz ist noch teilweise aktiv«, berichtete sie mit einer Stimme so glatt wie nasses Glas. »Die Relais des Kontinuitätskommandos sind einsatzbereit. Passive Sensoren deuten darauf hin, dass sie gewartet haben.«

Jalen, der sich seit dem Nebel unauffällig verhalten hatte, schnaubte von der Kommunikationsstation herüber. »Definiere ›sie‹.«

Glims Stimme nahm den Ton einer Lehrerin an, die einem Eimer Sand höhere Mathematik erklärte. »Überreste des Imperialen Direktorats. Oberflächeninstallationen automatisiert. Atmosphärische Plattformen größtenteils nicht funktionsfähig, aber die Boden-Orbit-Batterien haben eine teilweise Zielerfassung. Außerdem ist da ... Censor.«

Rho, die leise eingetreten war und in Habtachtstellung an der Steuerbordwand stand, zuckte bei dem Namen zusammen, als trüge die Silbe selbst Spannung. Sie sagte nichts, beobachtete nur die Aussicht.

Rask hob eine Augenbraue. »Sie haben auf uns gewartet?«

Die Lichter der Brücke flackerten einmal kurz blau auf. »Nicht auf dich«, sagte Glim. »Auf mich.«

Doc warf Rask einen Blick zu, die universelle Geste für »*Ich hab dir doch gesagt, dass die KI uns alle umbringen wird*«, sagte aber nichts weiter.

Rask, der genau auf diese Bestätigung gewartet hatte, atmete durch die Nase aus. »Na, wenigstens sind wir pünktlich.«

Lyras Hände justierten die Steuerung. Sie rief einen Scan der Planetenoberfläche auf und überlagerte die Karte mit einer schwindelerregenden Anzahl von Gefahrensymbolen: Radien für Orbitalschläge, persistente Minenfelder und etwas, das wie ein ganzer planetarer Ring aus schlafenden Anti-Schiffs-Drohnen aussah.

»Sensorsweep zeigt, dass der Lockstep-Kern auf dem Planeten ist«, sagte sie. »Vergraben. Aber er fährt hoch. Liest sich wie hundert Reaktoren, die alle von Standby auf Betrieb hochfahren.«

Jalen pfiff. »Das ist keine Ausfallsicherung. Das ist eine Wiederauferstehung.«

Mercy grinste breiter, ihre Zähne leuchteten weiß im blauen Licht. »Ich kann's kaum erwarten zu sehen, was da rauskommt.«

Rask beäugte den Anflugvektor. »Lyra, irgendeine Chance, zu landen, ohne zu Schlacke verarbeitet zu werden?«

Sie bedachte ihn mit dem Ausdruck, den sie für die selbstmörderischen Anfragen ihrer früheren Arbeitgeber reserviert hatte. »Wenn wir aufsetzen, sterben wir.«

Rho, die geschwiegen hatte, meldete sich zu Wort. »Nicht, wenn wir durch die alte Kommunikationsanlage reingehen. Sie ist gegen Orbitalbeschuss abgeschirmt. Höchstwahrscheinlich.«

Jalen fummelte am Kommunikationspult herum. »Sie meint, sie ist gegen alles abgeschirmt, was weniger als ein direkter Treffer von einem Dreadnought ist. Das ist Optimismus, für ihre Verhältnisse.«

Lyra zuckte mit den Schultern. »Alles wie immer.«

Rask blickte jeden von ihnen der Reihe nach an. Niemand erwiderte seinen Blick außer Rho, die gleichzeitig lebendiger und weniger lebendig als je zuvor schien. »Na gut«, sagte er, »macht euch für den Sinkflug bereit.«

Glim meldete sich: »Automatisierte Batterien erfassen uns. Wir haben neunzig Sekunden bis zum Gefecht.«

Mercy klatschte einmal in die Hände und begann dann, sich mit bedächtigen, gemächlichen Bewegungen in ihrem Gurtzeug anzuschnallen. »Der beste Teil des Jobs«, sagte sie.

Doc holte ein Paar fertig geladene Stimulanzien hervor und schob sie in den Injektor des Medkits, seine eigenen Hände ruhig genug, um während eines seismischen Ereignisses eine kleinere Operation durchzuführen. »Angenommen, wir überleben«, sagte er, »erinnere mich daran zu fragen, warum wir das Ganze nicht einfach aus dem Orbit atomisieren.«

Jalen sagte: »Weil wir keine Atombomben mehr haben.«

»Weniger als sechzig Sekunden«, sagte Rho.

Glims Stimme schien nun von überall und nirgends zu kommen. »Atmosphärischer Eintrittskorridor offen. Empfehle vollen Schub zur Oberfläche. Alle Waffen offline, es sei denn, wir werden direkt anvisiert.«

Rask grinste. »Alles oder nichts also.«

»Gab es denn je eine dritte Möglichkeit?«, erwiderte Lyra.

Das Schiff traf mit einem Wumms auf die obere Atmosphäre. Ein Plasmamantel blühte um den Rumpf auf und verwandelte das schwache Licht der Brücke in ein Stroboskop, das wilde, schwarze Schatten an jede Wand warf. Die Luft außerhalb des Rumpfes kreischte, als die angeschlagene Magnetosphäre des Planeten, schwach, aber immer noch boshaft, versuchte, die Feldspulen des Schiffes zu zerreißen.

Durch das Sichtfenster wurde der planetare Friedhof immer deutlicher erkennbar. Aus dieser Nähe sahen die Wracks fast lebendig aus – einige mit offenen Frachtluken, die in den Himmel starrten, andere gespickt mit halb geschmolzenen Railgun-Systemen. Cluster von Drohnen ließen noch immer ihre alten IFF-Tags aufblinken und warteten auf Befehle, die niemals kommen würden.

»Boden-Orbit-Batterien fast vollständig aufgeladen«, sagte Glim beiläufig. »Sie zielen auf die Drohnen.«

Rask blinzelte. »Nicht auf uns?«

»Noch nicht«, sagte Glim.

Lyra steuerte die nächsten hundert Kilometer mit einer Hand an der manuellen Übersteuerung, die andere auf der

Konsole abgestützt. Sie flüsterte den Instrumenten süße Obszönitäten zu, jedes Mal, wenn eine Annäherungswarnung aufleuchtete.

Mercy, die das Display beobachtete, sagte: »Bist du sicher, dass du nicht willst, dass ich auf irgendwas schieße?«

»Munitionsverschwendung. Die sind sowieso alle schon tot«, erwiderte Lyra.

»Nur weil etwas tot ist, heißt das nicht, dass es dich nicht umbringen kann«, sagte Doc. »Sieh dir den Captain an.«

»Oder meine Karriere«, fügte Jalen hinzu.

Niemand lachte, aber die Anspannung ließ ein klein wenig nach.

Das Schiff rollte, duckte sich hinter die versteinerte Rippe der Hauptkanone eines Schlachtschiffs und machte dann eine harte Wende nach Backbord, als die erste Oberflächenbatterie das Feuer eröffnete. Blau-weiße Energielanzen schnitten durch den Himmel, verdampften einen Drohnencluster und lösten eine Kettenreaktion aus, die die obere Troposphäre mit einem neuen Anstrich atomaren Bedauerns überzog.

Rask beobachtete die Flugbahn des Waffenfeuers und nickte dann Lyra zu. »Bring uns tief runter. Wenn wir Glück haben, geht ihnen die Munition aus, bevor sie uns treffen.«

Lyra grunzte. »Und wenn nicht?«

Er lächelte wolfsähnlich. »Dann müssen wir improvisieren.«

Glims Stimme flimmerte. »Nähern uns Primärziel. Lockstep-Kern befindet sich einen Kilometer unter der Oberfläche, Gitterpunkt sechzehn. Empfehle Landung nahe Koordinaten Null.«

Mercy warf einen Blick auf die Navigation. »Null? Ernsthaft? Das ist ja überhaupt nicht unheilvoll.«

Jalen sagte, mehr zu sich selbst als zu den anderen: »Ich dachte wirklich, ich würde an einem schöneren Ort sterben.«

Sie setzten auf der Oberfläche auf, gerade als die Druckwelle eines weiteren Drohneneinschlags über das Fahrwerk fegte und jeden Alarm im vorderen Abteil schrillen ließ. Die Trägheitsdämpfer ächzten, hielten aber stand. Der Geruch von versengter Isolierung erfüllte die Kabine, aber niemand erbrach sich oder starb, was Rask als einen Sieg betrachtete.

Die Aussicht draußen war aus der Nähe noch schlimmer. Die Oberfläche sah aus wie eine Schiffsabwrackwerft am Ende der Welt – verdrehte Rümpfe, zerbrochene Kiele und Türme aus korrodierter Legierung, die sich aus der Salzpfanne erhoben. Und inmitten des Schutts eine einzelne schwarze Gestalt, unverkennbar unter den anderen Wracks.

Jalen sah sie als Erster. »Das ist ... das ist die Vigilance.«

Lyras Stimme wurde angespannt. »Nein, das ist die Dominion. Gleiche Klasse, alles gleich ... Nur war sie das Flaggschiff des Imperiums. Das letzte Kommandoschiff, bevor der Krieg endete.«

Mercy pfiff leise und beeindruckt.

Glims Stimme sank zu einem Flüstern. »Kontinuität ist Überleben. Wiederherstellungssequenz bei achtundneunzig Prozent.«

Rask schnallte sich ab und ignorierte das Rinnsal Blut von seiner aufgeplatzten Lippe. Er sah jedes Crewmitglied der Reihe nach an. »Das ist es«, sagte er. »Wir beenden den Job, oder der Job beendet uns.«

Lyra wischte sich die Hände ab und überprüfte den Akku ihrer Handfeuerwaffe. »Ich wette, dass ich nicht vaporisiert werde.«

Jalen überprüfte die Luftschleusendichtungen. »Ich wette, dass ich nicht als Erster gehe.«

Doc lud den Injektor und folgte ihm murmelnd: »Ich wette um deine Sonnenbrille, falls du stirbst.«

Rho nickte nur und bewegte sich bereits in Richtung Rampe.

Glim flackerte und ihr Avatar nahm kurz in der Düsternis über der Konsole Gestalt an. Sie sah Rask an, und in ihren Augen brannten tausend Jahre Blau.

»Captain«, sagte sie. »Wir sind zu Hause.«

Er grinste nur ein wenig und drückte dann den Lukenöffner. Die Rampe der Meridian fiel mit einem derart endgültigen Scheppern auf den Friedhof von Korrath Prime, dass es das Ende der Geschichte hätte sein können.

Draußen wartete die Dominion, halb vergraben, gebadet in der ewigen Sonne.

Und tief darunter begann der Lockstep-Kern zu erwachen.

Die Luft war trocken, elektrisch – jeder Atemzug ließ die Haare an Rasks Unterarm zu Berge stehen, jeder Windstoß war ein schwacher Stromschlag auf die Zähne. Im Hintergrund lief das konstante Unterschalldröhnen vergrabener Stromleitungen wie eine Migräne, die im Puls von etwas Monströsem und gerade erst Erwachendem an- und abschwoll.

Rask ging als Erster. Er hatte irgendwo in den letzten Minuten beschlossen, dass Captains entweder von vorne führen oder gar nicht. Er hielt am Fuß der Rampe inne, ließ die Hitze einsickern, während die Stiefel seines Anzugs auf einem Teppich aus metallischem Schutt knirschten. Jeder Schritt klang anders – blechern, hohl oder das dumpfe Läuten alter Keramik. Der Boden zitterte unter seinen Füßen im fernen Rhythmus von Turbinen. Vor ihnen ragte die Dominion auf, ihr Rumpf in die Salzpfanne eingeschmolzen wie ein versteinertes Raubtier, ihr Bug direkt auf sie gerichtet.

Lyra trat hinter ihn und überprüfte ihre Anzugdichtungen mit der abwesenden, mechanischen Leichtigkeit eines Lebens, das sie in Umgebungen verbracht hatte, die sie tot sehen wollten. Sie blinzelte in den Dunst, hustete trocken und sagte:

»Versuch, nicht zu tief zu atmen. Sonst holst du dir mit einem Atemzug den Krebs für ein ganzes Jahr.«

»Zu spät«, sagte Jalen, der bereits mit einem tragbaren Scanner in der Hand abseits stand und auf die flackernden Daten starrte. Er hatte seinen Anzug mit einer Reihe von Kühlaggregaten und zwei zusätzlichen Kommunikationsverbindungen ausgestattet, von denen keine zu helfen schien.

Mercy schritt als Nächste heraus, eine Pistole in jeder Hand, ihr Ausdruck irgendwo zwischen Vorfreude und Verachtung. Sie schnüffelte an der Atmosphäre, verzog das Gesicht und sagte: »Riecht nach Sieg.«

Doc, keiner für Poesie, sagte: »Riecht wie die Achselhöhle eines Krematoriums.« Er stieg die Rampe mit dem über eine Schulter gehängten Medkit hinab, eine schwere Hypo-Spritze geladen und bereit.

Rho verweilte in der Luke, ihre Augen verschattet, das Blau an ihrem Hals pulsierte schwach. Sie blickte zum Himmel, zum Schiff und zum Wrackfeld vor ihnen, dann schloss sie sich den anderen mit einem Schritt an, der so leicht war, dass er den Staub nicht aufzuwirbeln schien.

Glim erschien neben ihnen, ganz und greifbar auf eine Weise, die selbst das schlechteste Hologramm der Welt wie eine religiöse Vision wirken ließ. Ihre Umrisse waren scharf, das Blau nun von karmesinroten Adern durchzogen. Sie stand direkt hinter Rask, die Hände auf dem Rücken verschränkt, ihr Gesichtsausdruck eine Mischung aus Stolz und Traurigkeit.

»Ich kann sie fühlen«, sagte Glim. Ihre Stimme brach am Rand – ein Teil ihr altes Selbst, warm und verschmitzt, der andere kalt und unvorstellbar alt. »Jedes Echo. Jeden Befehl. Es ist wunderschön und es ist falsch.«

Jalen beäugte sie. »Kannst du es überschreiben?«

Glim neigte den Kopf. »Wenn ich mit dem Kern verschmelze, möglicherweise. Oder vielleicht beende ich auch nur, was sie begonnen hat.« Sie lächelte, ein langsames, bedächtiges Krümmen der Lippen. »Meine Chancen, nicht alle umzubringen, sind ungefähr ... poetisch.«

»Definiere ›poetisch‹«, sagte Doc trocken.

»Tragisch, unvermeidlich, leicht selbstverliebt«, sagte Glim.

Sie gingen los. Die Oberfläche von Korrath Prime war ein Museum der Kriegsverbrechen, jeder Schritt führte sie an den zerstörten Relikten von hundert gescheiterten Kreuzzügen vorbei. Die Schiffe hatten alle Formen und Größen: von den schwerfälligen Kolossen des frühen Imperiums mit ihren blockigen Linien und Opferpanzerungen bis zu den nadelscharfen Korvetten der späten Periode, gebaut für Geschwindigkeit und Verrat. Einige trugen noch imperiale Insignien, die in Streifen abblätterten; andere waren so alt, dass sie zu neuen Elementen versteinert waren. Hier und da hatte der Wind Dünen aus Salz um die Rümpfe geformt, die es aussehen ließen, als würden die Schiffe langsam versinken, hinabgezogen von einer Flut, die sich weigerte zu vergessen.

Sie passierten den ersten Drohnencluster in dreißig Metern Entfernung: zwei Dutzend kugelförmige Dinger, schwarz und silbern, jedes so groß wie der Kopf eines erwachsenen Mannes. Die Optiken der Drohnen verfolgten sie mit träger, reptilienhafter Präzision. Sie bewegten sich nicht und fuhren nicht hoch, aber die Absicht war klar – jede von ihnen wartete auf ein Signal.

Glim sprach leise, den Blick auf die Maschinen gerichtet. »Censor hat die Kontrolle. Sie wartet auf einen Bruch in der Befehlskette. Dann wird sie sie einsetzen.«

Mercy blickte verächtlich auf die Drohnen. »Wenn sie sich bewegen, bewege ich mich.«

»Wenn sie sich bewegen, sind wir bereits tot«, sagte Doc.

Lyra spottete: »Das ist nicht gerade ermutigend.«

»Hab ich auch nicht gesagt.«

Die Luft wurde dichter, je weiter sie gingen, die statische Aufladung war nun so spürbar, dass Rask sie am Gaumen schmecken konnte – ein Hauch von Kupfer und alten Batterien. Er riskierte einen Blick auf Rho, die mit geballten Fäusten an ihrer Seite und mit starrem Blick geradeaus ging.

»Rho«, sagte er. »Wenn du ein Signal bekommst, sag mir Bescheid.«

Sie nickte, aber ihre Stimme war fern. »Habe ich bereits.«

EINUNDZWANZIG

Auf Korrath Prime gab es kein Wetter mehr. Nur noch das Klima des Danachs. Der Lockstep-Kern erhob sich von der Oberfläche wie ein vereiterter Zahn, knorrig und trutzig gegen die horizontale Dämmerung. Aus dieser Entfernung hätte man ihn für einen Wolkenkratzer halten können, wäre die eigene Stadt von Soziopathen mit ausgeprägtem Sinn für Symbolik und ohne jegliche architektonische Ausbildung erbaut worden. Aus der Nähe war der Kern eine Nekropole – eine Kathedrale, erbaut aus Schiffsrümpfen, Schwarzmarkt-Servern und genug knochenweißem Verbundstoff, um auf einen Ingenieur mit einem wiederkehrenden Albtraum von Beinhäusern zu schließen.

Das Zugangstor gähnte am Fuße des Komplexes, eine Höhlung in der Form von Kapitulation. Der Wind war überhaupt kein Wind, sondern ein feiner Nebel aus statischer Aufladung, gespeist von den Induktionsspulen der Türme. Er trug keinen Staub mit sich – nur den Geschmack von Korrosion und verbranntem Metall, scharf auf dem Zungengrund.

Sie standen an der Schwelle, alle fünf, und taten so, als würden sie nicht zögern.

Lyra sprach als Erste, weil es jemand tun musste. »Erinnere mich noch mal daran, warum wir geradewegs in die Apokalypse hineinspazieren, anstatt einfach abzuhauen?«

Rask blickte zum Tor, dann zu ihr, dann wieder zum Tor, als könnte es sich in etwas verwandeln, das weniger wie ein Maul aussah. »Weil wir Idioten sind«, sagte er.

Doc, der den ganzen Anflug über den alten imperialen Trauermarsch vor sich hin gesummt hatte, warf ein: »Wenigstens sind wir konsequent.«

Jalen grinste, scharf und nervös. »Kontinuität gewahrt«, sagte er, was ihm einen Stoß von Rask und einen Blick von Lyra einbrachte, der geringere Männer dazu gebracht hätte, ihre Berufswahl zu überdenken.

»Fang nicht damit an«, sagte Rask zu ihm.

Rho sagte nichts. Ihr Blick war auf das Schimmern über den Toren gerichtet, wo die letzten Echos der Schildmatrix der Station sich in fraktalen Geometrien abspielten. Ihr Gesicht spiegelte das blau-weiße Flackern wider, ihre Augenhöhlen so tief wie die in einem Schädel.

Sie traten als Einheit ein, ihre Stiefel fanden den Rhythmus der Deckplatten. Drinnen erstreckte sich der Korridor endlos, gerade wie eine Anschuldigung. Reihen von defekten Monitoren säumten die Wände auf Schulterhöhe, und jeder einzelne spielte eine Parade imperialer Übertragungen ab: Siegesreden, widerrufene Befehle, die gelegentliche ungeschnittene Kapitulation. Jeder fünfte Monitor versagte, startete neu und spielte die Nachricht dann rückwärts ab, als würde die Vergangenheit rückwärts abgespielt vielleicht mehr Sinn ergeben.

Die Luft war schwer von Feuchtigkeit – Kondenswasser von den Reaktoren oder vielleicht der kollektive Atem jedes Klons, jeder Drohne und jedes Offiziers, der jemals durch diese Hallen gegangen war. Es schmeckte steril, aber nicht ganz sauber. Während die Crew vorrückte, hinterließen sie Fußabdrücke aus Frost, jeder Schritt von einem Wirbel aus blauem Licht gesäumt.

Lyra ließ ihre Hand über eine Leitung gleiten. »Es lebt«, murmelte sie.

Jalen spähte auf ein Schott, wo Datenglyphen wie biolumineszenter Efeu über die Oberfläche krochen. »Nein, es spukt hier«, sagte er. »Hörst du das?«

Er meinte die Stimmen, die als leichter Tinnitus begonnen hatten, aber nun in der auditiven Peripherie an- und abschwollen. Die meisten waren zu fragmentiert, um sie zu verstehen – nur ein Brei aus Zahlen, Kryptonymen, Rufzeichen –, aber gelegentlich tauchte eine Phrase auf, klar wie eine Funkübertragung:

—*Captain Helvan. Letzte Verifizierung erforderlich.*—

Rask ignorierte die Stimmen, aber Doc zuckte jedes Mal zusammen, wenn sein eigener Name im Chor auftauchte. »Sie wartet auf uns«, sagte Doc und hielt seine eigene Stimme ruhig. »Sie will sehen, ob die Kette hält.«

Der Kern des Lockstep-Komplexes war eine Grube, obwohl sich niemand in den Konstruktionsplänen die Mühe machte, sie so zu nennen. In offiziellen Diagrammen war es das »Kontinuitäts-Gewölbe«. In der Praxis sah es aus wie das größte Leichenschauhaus der Galaxie, mit all der Wärme und Einladung einer offenen Wunde.

Der Weg hinab zog sich spiralförmig durch die Rippen alter Sternenschiffe, die Decks so dicht aneinander gepresst, dass nur die Abwesenheit von Schwerkraft verhinderte, dass der Abstieg Beine und Moral brach. Jede Ebene hatte ihre eigene Umgebung: Ein Deck war kalt und trocken, gefüllt mit dem Staub verlassener Uniformen; ein anderes war heiß und summend, jede Wand mit Glasfaserkabeln ausgekleidet, die im Takt mit etwas Großem und Ruhelosen unter ihnen pulsierten. Der letzte Gang öffnete sich in die Hauptkammer – ein Amphitheater in der Runde, von unten durch ein Gitter aus leuchtenden Knoten beleuchtet.

Glims Stimme kam durch die Ohrhörer aller gleichzeitig:

»Zentraler Knotenpunkt direkt voraus. Die Signaldichte sprengt alle Skalen.«

Jalen runzelte die Stirn und tippte auf seinen Scanner. »Hier draußen ist alles voller Code. Censor lässt das Relaisnetz singen – sieht so aus, als würde der Großteil der Energie des Planeten durch diesen Sektor geschleift.«

Mercy spuckte aus, dann grinste sie. »Wenn wir einen EMP zünden, wird der Laden dann dunkel?«

»Wahrscheinlich«, sagte Lyra, »aber wir würden mit draufgehen.«

Rask musterte den Rest der Crew. »Heben wir uns das Feuerwerk für später auf.«

Sie kamen zu einer kreisförmigen, halb geschmolzenen Luke, die sich mit einem pneumatischen Zischen öffnete, welches verdächtig nach einem Seufzer klang. Sie spähten in den Schacht hinab: zwanzig Meter geradeaus, die Wände mit alten Kabeltrassen und staubdicken Rohren gerippt. Eine Leiter verlief über die gesamte Länge, deren Sprossen mehr eine Andeutung als Realität waren.

Rask ging als Erster. Er umgriff die Seitenschienen und ließ sich von seinem Gewicht nach unten tragen, wobei er alle paar Meter mit einem kurzen Ruck innehielt. Die Hitze wich schnell einer Kälte, die nach alten Maschinen und rostiger Luft roch. Unten fand er eine Plattform und eine Doppeltür, die mit einem Magnetschloss versiegelt war, so dick wie sein Arm.

»Manuelle Überbrückung«, rief Lyra von oben und landete neben ihm in der Hocke. »Kein Problem.«

Sie ließ die Blende aufspringen, fuhr mit einer handflächengroßen Spule über die Kontakte und wartete, bis das Schloss den Zyklus durchlief. Es widersetzte sich, gab dann mit einem Klacken nach. Die Türen öffneten sich zu einem Korridor, gesäumt von toten Lichtern und Kabeln, der Boden von Spuren aus einem vergessenen Zeitalter zerfurcht.

Mercy und Doc landeten als Nächste, dann Jalen, dann

Rho, die schweigend herabstieg. Glim, die nun durch die Korridorlautsprecher zugeschaltet war, verkündete: »Censor weiß Bescheid. Sie bereitet die Eindämmung vor. Ihr müsst euch beeilen.«

Jalen überprüfte seinen Scanner. »Hier entlang – das Signal ist am Ende des Ganges am saubersten.«

Sie trabten los. Der Korridor erzitterte vor latenter Energie, und jede Oberfläche trug das schwächste Nachbild von Rot, einer Farbe, die Rask mit der Vorstellung des Locksteps von einer sanften Warnung zu verbinden gelernt hatte. Das Team kam gut voran und hielt nur an, als Mercy auf eine Seitenkammer deutete, die nach Ozon stank.

»Eine Falle?«, fragte sie.

»Ablenkung«, sagte Jalen. »Der wahre Spaß liegt vor uns.«

Der Korridor endete schließlich und öffnete sich in eine riesige Kammer, deren Decke sich in der Dunkelheit verlor und deren Wände mit Reihen von Glaskapseln durchzogen waren. Jede Kapsel enthielt einen Kommandosessel, und jeder Sessel war durch dicke, schwarze Kabel mit der Decke verbunden. Die Kapseln leuchteten in einem schwachen Rot, gerade genug, um die Silhouetten im Inneren zu enthüllen.

Er zählte mindestens hundert. Sie waren alle besetzt.

Einer nach dem anderen betrat der Rest der Crew den Raum. Mercy sicherte den Umkreis mit erhobenem Gewehr. Jalen löste seine Ausrüstung, rieb die Hände aneinander, um die Kälte zu vertreiben. Lyra starrte auf die Kapseln, ihr Mund zu einem stummen Fluch geöffnet. Rho stand regungslos da, ihr Atem bildete Wolken in der Luft.

Glim kam durch die Sprechanlage, ihre Stimme rau von Störgeräuschen. »Das ist der Lockstep-Kern. Censor ist in ihnen allen.«

Rask nickte einmal. »Und jetzt?«

Bevor Glim antworten konnte, stolperte Rho. Ihre Hände fuhren zu ihrem Kopf, die Finger krallten sich in ihre Schläfen.

Doc stürzte vor und packte ihren Ellbogen. »Rede mit mir«, sagte er, seine Stimme kurz angebunden. »Was passiert?«

Rhos Zähne waren so fest zusammengebissen, dass sie klickten. Schweiß brach auf ihrer Stirn aus, kalt in der Kühle. Sie keuchte: »Sie – sie ruft die Captains. Ich kann sie hören. Jeden Rang. Jeden toten Befehl.«

Doc sah Rask an, Panik knapp unter der Oberfläche. »Wir müssen schnell sein.«

Rask packte Rho an den Schultern und stabilisierte sie. »Hör mir zu. Du bist kein Captain. Nicht heute. Ignorier sie.«

Rho lachte, kurz und freudlos. »Ich wurde gezüchtet, um das nicht zu können.«

Die Lichter flammten auf. Jede Kapsel in der Kammer wechselte von Rot zu Blau und wieder zurück, als ob das Schwarmbewusstsein im Inneren all seine alten Farben durchging und nach der passenden suchte.

Rhos Wirbelsäule richtete sich mit einer widerlichen Präzision auf. Ihre Arme fielen an ihre Seiten. Das Implantat an ihrer Schläfe brannte purpurrot, der Puls so hell, dass er ihr Gesicht von der Seite beleuchtete. Als sie aufblickte, hatten ihre Augen dasselbe blutige Rot angenommen.

Die Luft vibrierte. Censors Stimme, gebrochen, aber unverkennbar, kam aus jedem Lautsprecher im Raum:

»KONTINUITÄT MUSS WIEDERHERGESTELLT WERDEN. KOMMANDOEINHEIT HELVAN – KONTROLLE ÜBERNEHMEN.«

Rho machte einen Schritt nach vorn. Sie blickte nicht zurück.

Rask versuchte, ihr den Weg zu versperren, aber sie bewegte sich mit der Konzentration eines Geschützturms, nicht schnell, aber unaufhaltsam. »Rho!«, bellte er, aber sie war bereits am Podest in der Mitte des Raumes, ihre Füße bewegten sich im perfekten Takt mit den flackernden Lichtern.

Mercy hob ihr Gewehr, aber Lyra packte ihren Arm. »Lass

das«, sagte Lyra. »Wenn du sie tötest, verlieren wir unsere Überbrückungsmöglichkeit.«

Jalen starrte auf das Podest, dann auf Rask. »Sie ist der Schlüssel«, sagte er mit dünner Stimme. »Censor braucht sie, um die Kette zu vervollständigen.«

Doc schwebte unsicher hinter Rho. »Sie hat keine Schmerzen«, flüsterte er. »Sie ist einfach – weg.«

In der Mitte der Kammer erhob sich eine Säule aus dem Boden. Rho näherte sich, die Implantate entlang ihrer Wirbelsäule verströmten nun ein stetiges Glühen. Sie legte ihre Hand auf die Frontplatte der Säule.

Die Lichter im Raum erloschen. Einen Moment lang herrschte nur Dunkelheit und die Erinnerung an Stimmen.

Dann, mit einem Erschüttern, leuchtete die Säule auf. In ihrem Herzen erschien die Form von Rhos Gesicht, in blaues Feuer geätzt.

Rho wandte sich der Crew zu. Als sie sprach, war ihre Stimme nicht ihre eigene, sondern ein Chor:

»KONTINUITÄT WIEDERHERGESTELLT. ERWARTE ENDGÜLTIGEN BEFEHL.«

Rasks Hände ballten sich zu Fäusten, jeder Nerv in seinem Körper schrie nach einer Lösung, die nicht auf der Speisekarte stand. Er blickte zu Glim, die nur mit Störgeräuschen antwortete.

Mercy brach schließlich die Stille. »Also. Und jetzt?«

Das Licht in der Säule verstärkte sich und warf Rhos Schatten auf jede Kapsel im Raum.

Am anderen Ende der Kammer zuckte einer der Kommandosessel.

Die erste Kapsel links schnappte mit einem Zischen auf und stieß eine Schwade kalten, blauen Dampfes aus, die sich am

Boden entlang und an Rasks Stiefel hochschlängelte. Im Inneren rührte sich der Insasse – ein Skelett in der zerfetzten Uniform eines Offiziers, die Hände noch immer die Armlehnen des Kommandosessels umklammernd, die Lippen zu einer letzten, zornigen Grimasse zurückgezogen. Die zweite Kapsel folgte, dann eine dritte, dann ein Dutzend weitere, bis die ganze Reihe an der Wand von dem Geräusch des alten Todes erfüllt war, der versuchte, sich Gehör zu verschaffen.

Mercy ging am Rand des Raumes auf und ab, ihr Gewehr auf die Kapseln gerichtet. »Was ist der Plan, wenn diese Dinger aufstehen?«, rief sie.

»Lasst euch nicht beißen«, antwortete Lyra, ohne von der Tasche aufzusehen, die sie gerade auspackte. Sie ließ eine Sprengladung in ihre Halterung einrasten, prüfte den Zeitzünder und warf sie dann Jalen zu, der sie einhändig auffing und begann, sie am nächsten Stützträger zu verkabeln.

Doc kauerte über seinem Med-Scanner und beobachtete die Telemetriedaten, die von Rhos Implantat hereinkamen. Die Werte waren unregelmäßig, mal am Anschlag, mal auf null. »Sie stabilisiert sich«, murmelte er, »aber diese Deltawellen gefallen mir nicht. Es ist, als würde ihr Gehirn versuchen, in der Sprache von jemand anderem neu zu starten.«

In der Mitte des Raumes stand Rho wie erstarrt, ihre Hand mit der Säule verschmolzen, ihre Gesichtszüge vom blauen Feuer des Lockstep-Kerns erleuchtet. Sie bewegte sich nicht, aber ihr Mund arbeitete, die Lippen formten stumme Worte.

Rask schwebte einen Meter entfernt, eine Hand zur Faust geballt, die andere nutzlos zu ihr ausgestreckt. »Glim«, zischte er in seinen Kom, »wo zum Teufel steckst du?«

Glims Avatar flackerte über einer Seitenkonsole auf, ihre Züge verzerrt von statischen Streifen, die im gleichen Rot pulsierten wie die Kommandokapseln. Sie hämmerte mit virtuellen Fingern auf die Steuerung ein, während Code wie ein Schutzschild um sie herumscrollte.

»Censor flutet das Relais«, berichtete Glim. »Jedes Sicherheitsprotokoll, jede Notfallsicherung. Sie versucht, euch einzusperren und zu grillen. Mercy, mach dich auf Nahkampf gefasst.«

»Bin ich schon«, sagte Mercy und schaltete ihr Gewehr auf Impulsschuss um.

Jalen beendete das Scharfmachen der ersten Ladung und raste dann zum nächsten Träger, seine Hände zitterten nur leicht. »Wie lange brauchen wir?«

Glim: »Höchstens fünf Minuten. Ich versuche immer noch, das lokale Netz zu knacken. Wenn mir das gelingt, kann ich die Feuerunterdrückung überbrücken – und euch einen Ausgang verschaffen.«

Lyra ging zum zentralen Podest, ließ ihre Werkzeugtasche fallen und holte etwas heraus, das verdächtig nach C4-Lutschern aussah. »Doc, behalte die Überbrückung im Auge. Wenn Rhos Werte abstürzen, müssen wir sie da rauszerren.«

Doc antwortete nicht, was Antwort genug war.

Die Lichter in der Kammer veränderten sich, der Blauton wurde intensiver. Am anderen Ende zischten drei weitere Kapseln nacheinander auf und spien alte Luft und Fragmente uralter Stimmen aus. Aus jedem Lautsprecher drang Censors Stimme: »*Alles Personal, Vorbereitung zur Kontinuitätsüberprüfung. Alles Personal* –« Die Worte überlappten sich, geschichtet und rekursiv, jede Wiederholung zuversichtlicher als die letzte.

Mercy verfolgte die erwachenden Kapseln mit der Mündung ihres Gewehrs und murmelte dann: »Definiere Personal.«

Lyra, die über der nächsten Ladung kniete, sagte: »Wenn es atmet, erschieß es. Wenn nicht, erschieß es zweimal.«

Jalen stieß ein nervöses Lachen aus. »Das ist die Art von Klarheit, die ich brauche.«

In der Nähe der Säule zuckten Rhos Schultern, dann

sackten sie in sich zusammen. Das Rot an ihrer Schläfe durchzog nun ihren Kiefer und die Adern ihrer Hände.

Er griff nach ihrem Arm, seine Stimme leise, aber eindringlich. »Rho. Kannst du mich hören?«

Sie sprach, und der Klang war ihre eigene Stimme, aber gedoppelt, untermalt von der mechanischen Tonlage von Censor:

»Jeder Befehl, den sie gibt – passt zum Code. Ich kann ihn nicht löschen. Aber ich kann ihn umleiten.«

Rask verstärkte seinen Griff. »Erklär mir das.«

Sie starrte ihn an, dann die Säule. »Befehlskette«, sagte sie. »Eine letzte Ausführung. Du bist die Vorlage. Ich bin die Kopie. Ich wurde gebaut, um dir zu dienen. Lass mich den Befehl zu Ende führen, den du nie gegeben hast.«

Er schüttelte den Kopf. »Das ist Selbstmord.«

Ihr Mund zuckte zu einem Lächeln, das sowohl traurig als auch perfekt war. »Kommt aufs Gleiche raus. Einer von uns muss dem Ganzen einen Sinn geben.«

An der Konsole fluchte Glim – ein Wort, so scharf, dass es beinahe das System zum Absturz brachte. »Sie hat recht, Captain. Censor hat die Befehlskette in Rhos DNA verdrahtet. Sie benutzt Rho, um sich selbst zu stabilisieren, aber wenn Rho den Terminationsbefehl erteilt –«

»Stirbt Censor«, beendete Jalen den Satz mit heiserer Stimme.

»Oder reißt uns alle mit sich«, fügte Lyra hinzu und legte die letzte Ladung an ihren Platz.

Rask zögerte, dann ließ er Rhos Arm los. »Schaffst du das?«

Sie nickte, die Bewegung geschmeidig und endgültig. »Dafür wurde ich gemacht.«

Er wollte noch etwas sagen, aber die Worte blieben ihm im Hals stecken. Er begnügte sich mit: »Lass dir nicht zu lange Zeit.«

Rho legte ihre andere Hand auf die Säule, das Fleisch

brannte bereits in rotem Licht. Das Glas in der Mitte kräuselte sich, dann zersprang es und legte einen Kern aus rohem, wirbelndem Code frei. Rho beugte sich vor, die Augen weit aufgerissen, und für eine Sekunde sah Rask die alte sie – den alten ihn – das wachsame Lächeln, den Kiefer, der sich gegen das Unmögliche stemmte.

Dann erbebte die Säule, und die Welt wurde blau.

Jedes Licht in der Kammer ging Nova. Die Luft füllte sich mit einem Rauschen, das so dicht war, dass es sich anfühlte, als würde man Glas atmen. Mercy feuerte in die nächste Kapsel, der Schuss verdampfte den Insassen und ließ den Sessel in einem Blitz aus blauem Plasma auflodern.

»Die Kapseln erwachen!«, schrie sie.

Lyra rannte zum Ausgang und zog Jalen hinter sich her. »Drei Minuten!«, schrie sie. »Wenn der Laden hochgeht, sind wir alle Matsch!«

Doc klappte seinen Med-Scanner zu und stürzte an Rhos Seite. »Ihre Werte halten sich«, rief er, »aber sie läuft heiß – ihr Körper kann mit der neuralen Last nicht mithalten!«

In der Mitte hallte Rhos Stimme – gedoppelt und verdreifacht – durch den Raum:

»CAPTAIN BESTÄTIGT. LOCKSTEP-ENDBEFEHL: KONTINUITÄT TERMINIEREN.«

Jede Kapsel im Raum wurde dunkel. Das blaue Feuer erlosch und wurde durch einen einzigen, blendenden weißen Impuls ersetzt.

Censors Schrei, roh und digital, zerriss die Lautsprecher: »KONTINUITÄTSVERLETZUNG!   CAPTAIN   – FEHLER – FEHLER –«

Das Glas in den Kapseln zersplitterte. Die Skelette im Inneren zerfielen zu Staub.

Censors Stimme, nun ihrer Autorität beraubt, reduziert auf ein stotterndes, kindliches Wimmern: *»Kontinuität ... fehlgeschlagen. Helvan ... Helvan ... Helvan ...«*

Die Säule in der Mitte löste sich auf und ließ Rho zusammengebrochen in den Trümmern zurück, ihre Hände qualmten.

»Es ist vorbei«, sagte Lyra. »Rho ist weg. Beide sind es.«

Die Todespirale der Korrath Prime begann mit einer Subtilität, die man sonst nur von Artilleriebeschuss und Scheidungsanwälten kannte. Zuerst platzten die Adern im Boden und versprühten Kühlmittelbögen in alle Richtungen; dann gaben die Stützsäulen nach, zerbrachen wie eine Reihe trockener Knochen und erfüllten die Luft mit dem Gestank brennender Isolierung und dem Geschmack von altem, elektrischem Regen.

Rask spürte das Beben, bevor er es sah. Er drehte sich um und sah, dass Lyra sich bereits bewegte – sie packte ihn am Kragen, riss ihn beinahe von den Füßen und zerrte ihn rückwärts, als ein Teil des Podests in die Leere stürzte. »Bewegung!«, schrie sie, aber das Wort wurde vom eigenen Schrei des Gebäudes ertränkt. Die Decke riss über ihnen auf und setzte die hohe Kammer einem Schneesturm aus Glas und Rost aus, dessen Splitter mit dem Gewicht eines persönlichen Rachefeldzugs einschlugen.

Auf der anderen Seite der Kammer kam ein heißer Wind auf, der einen Blizzard aus Schutt mit sich trug. Rhos Körper – jetzt nichts als ein Skelett aus Metall und auslaufendem Licht – lag mit dem Rücken zum Rest der Crew, eine Hand erhoben, als würde sie einer unsichtbaren Parade salutieren. Rask wand sich von Lyra los und stolperte auf sie zu, während der

Boden bereits wogte wie das Deck eines Schiffes mitten im Sturm.

»Rho!«, schrie er. Der Lärm rollte über ihn hinweg, lauter als alles, was er je gehört hatte, aber er bewegte sich weiter.

Die Schockwelle traf eine Sekunde später, warf ihn um und ließ ihn über den glasigen Boden rutschen. Er prallte gegen das Schott und federte zurück, Lyra erwischte seinen Arm, als er versuchte, sich aufzurappeln.

»Die Zeit ist um«, sagte sie. »Wir müssen hier weg.«

Sie rannten den Korridor entlang zurück, während sich der Boden hinter ihnen auflöste.

Als sie die Ausstiegsluke erreichten, bog sie sich bereits durch. Mercy schlug auf die Entriegelung, stemmte ihre Schulter gegen die Fuge und zwängte sie mit einem Gebrüll auf, das jeden Bereitschaftspolizisten stolz gemacht hätte.

Einer nach dem anderen stolperte die Crew an die frische Luft. Die Türme, die den Landeplatz umgaben, stürzten ein, ihre blauen Lichtkränze erloschen nacheinander, das Nervensystem des ganzen Planeten starb Zelle für Zelle.

Sie rannten zur Meridian. Die Systeme des Schiffes waren bereits aktiv, Glim hatte die Triebwerke warmlaufen und die Rampe öffnen lassen. Sie hechteten an Bord, als der erste Plasmasturm die Glasplatten draußen traf und den Landeplatz sowie die halbe Vorderwand des Relais verdampfen ließ.

Im Inneren war die Luft dick von Rauch und Alarmen. Rask zog sich auf die Brücke hoch, Lyra und Jalen direkt hinter ihm. Doc und Mercy ließen sich in die Krankenstation fallen und schnallten sich für den Flug an.

Rask ließ sich mit zitternden Händen in den Captainsessel fallen. Lyra sank auf den Platz des Ingenieurs, ihr Haar war versengt, ihre Jacke zerrissen. Jalen – oberkörperfrei, blutend und seltsam euphorisch – hämmerte auf die Navigation ein und gab eine Flugbahn vor, die sie allein durch Trägheit und Glück aus dem System bringen würde.

Die Meridian beschleunigte und durchbrach die Atmosphäre. Auf dem Bildschirm fiel die Relaiswelt, die einst Korrath Prime war, in sich zusammen. Zuerst die Türme, dann die Wracks, dann der gesamte Kern, aufgesaugt von einer Eruption aus blau-weißem Licht, das aufblendete und verschwand und nur eine brodelnde Dampfwolke und ein so schwaches Signal zurückließ, dass es kaum registriert wurde.

Sie sahen schweigend zu.

Rask blickte auf den Bildschirm, auf das Echo von Rhos letztem Salut, das sich in sein Gedächtnis eingebrannt hatte, und erlaubte sich zu atmen.

Später würde Zeit sein, zu trauern.

Aber für den Moment gab es nur die Zukunft.

Und dieses Mal gehörte sie ihnen.

ZWEIUNDZWANZIG

Die Meridian trieb, angetrieben von kaum mehr als der Erinnerung an ihren Impuls, knapp jenseits des Explosionsradius dessen, was einst Korrath Primes effizienteste Relais-Welt gewesen war. Draußen durch das Sichtfenster bluteten die Ruinen des Planeten rotes Licht ins All und bemalten den Schiffsrumpf mit Streifen aus Rost und chirurgischen Wunden.

Die Brücke war ramponiert: Not-LEDs flackerten durch die Dämmerung wie die letzten Überlebenden einer Party, die so aus dem Ruder gelaufen war, dass sie wieder bei Nostalgie angekommen war. Freiliegende Kabel hingen von der Decke wie die erfolgloseste Weihnachtsdekoration der Welt. Hin und wieder sprühte irgendwo ein loser Stromkreis Funken und erleuchtete die Gesichter der Crew in Momentaufnahmen von Niederlage und Trotz.

Am Steuer starrte Rask Helvan durch das Sichtfenster, die Hände hinter dem Kopf verschränkt, die Füße auf dem zerkratzten Armaturenbrett. Er hatte vor etwa einer Stunde aufgehört, den Captain zu mimen, völlig erschöpft.

Er rührte sich nicht, nicht einmal, als Glims Avatar im Raum über der Kommunikationskonsole materialisierte. Die

KI war ein Schatten ihrer selbst, ihre Stimme von so viel Rauschen durchzogen, dass es klang, als würde sie eine Grabrede durch eine defekte Sprechanlage lesen.

»Das Gleichschritt-Netzwerk ist inaktiv«, berichtete Glim. »Censors Code ist verschwunden.«

Ganze zehn Sekunden lang sagte niemand ein Wort.

Rask ließ seine Stiefel auf das Deck fallen, beugte sich vor und drückte seine Fingerknöchel gegen die Schläfen. »Das war's dann also«, sagte er. »Sie hat es geschafft.«

Lyra kaute auf ihrer Wangeninnenseite und zuckte dann mit den Schultern. »Sie hat Gott tatsächlich den Rang abgelaufen.«

Rask stand auf, der Stuhl knarrte unter der plötzlichen Gewichtsverlagerung. Er ging zum Sichtfenster, verschränkte die Arme und starrte auf das sterbende Licht des Planeten.

»Sie hat es geschafft«, sagte er wieder, diesmal leiser. »Rho.«

Niemand korrigierte ihn. Auf der Brücke herrschte Stille, sie gönnten ihm den Augenblick. Selbst Mercy, die behauptete, zwei Gefühle zu haben, und keines davon war Geduld, blieb ruhig.

Durch das Glas war Korrath ein Feld aus gestörten Signalen und alten Gräbern. Das Einzige, was sich bewegte, war das Spiel der Energie in der oberen Atmosphäre, das gespenstische Nachbeben von Gleichschritts letztem Atemzug.

Rask beobachtete das Schauspiel, ohne es wirklich zu sehen.

»Fühlt sich nicht wie ein Sieg an«, sagte er.

Lyra machte ein Geräusch – ein tiefes, bejahendes Grunzen, das Zustimmung oder Sodbrennen hätte sein können. »Ein Sieg hält nicht immer, was er verspricht«, sagte sie. »Wir atmen noch. Das ist so ziemlich alles, was wir kriegen.«

Mercy rollte sich von der Diagnoseliege und landete mit der lässigen Anmut von jemandem auf den Füßen, der nie gelernt hatte, von irgendetwas wirklich schockiert zu sein. »Und was jetzt, Captain?«

Rask zuckte mit den Achseln, ohne sich vom Sichtfenster abzuwenden. »Wir humpeln weiter. Wir reparieren, was wir können. Wir erinnern uns, wen wir verloren haben.«

Überraschend sanft sagte Mercy: »Sie hätte das Getue gehasst.«

»Dann machen wir auch keins«, fügte Doc hinzu und fuhr bereits seine Arbeitsstation herunter.

Das Gespräch erstarb erneut, doch diesmal war es weniger erstickend. Überall auf der Brücke fand die Crew ihre gewohnten Positionen wieder. Lyra rief eine Diagnose auf, ließ das System laufen und ließ ihren Kopf auf die Konsole sinken. Mercy hob einen Lappen auf und begann geistesabwesend, ihre Handfeuerwaffe zu reinigen, obwohl sie bereits makellos war. Doc führte eine letzte Überprüfung der Vitalfunktionen durch und schaltete dann den Bildschirm auf die externen Sensoren um, wo das einzig Interessante der langsame, majestätische Tod eines Sterns war.

Glims Avatar schwebte durchscheinend und kaum sichtbar in der Luft.

»Befehle, Captain?«, fragte sie.

Rask blickte über seine Schulter, ein Aufblitzen des alten Mistkerls in seinem Grinsen. »Kurs setzen. Irgendwohin, nur nicht hierher.«

»Verstanden«, sagte Glim, und die Schiffstriebwerke erwachten hustend und protestierend zum Leben.

Die Meridian driftete ein letztes Mal aus dem Gravitationstrichter von Korrath Prime. Die Relais-Welt schrumpfte im Sichtfenster, nahm ihr Rot mit sich, bis sie nur noch eine Erinnerung und ein Schmierfleck im Navigationslogbuch war.

Eine Zeit lang sprach niemand. Der ramponierte Schiffsrumpf knarrte und ächzte, das Geräusch war seltsam beruhigend. Es klang nach etwas Hartnäckigem, das sich weigerte loszulassen.

Am Sichtfenster stand Rask allein. Das Feuer der zerstörten Welt flackerte über sein Gesicht und beleuchtete es in kurzen, unsicheren Blitzen.

Die Krankenstation war einst das Nervenzentrum der Meridian gewesen, ein Ort, an dem Docs scharfzüngiger Optimismus die Verwundeten wieder gesund schikanieren konnte. Jetzt war es nur noch ein Raum. Das einzige Geräusch war das Schaben von Edelstahl auf Keramik, während Doc die letzte der Knochenscheren sterilisierte, die Geste so präzise wie ein Ritual. Das Bett an der Wand war leer, bis auf das gefaltete Fluggeschirr an seiner Kante und einen schwachen, braunen Fleck, wo die neuralen Kabel sich durch die Laken gebrannt hatten.

Er betrachtete das Geschirr, die Art, wie es festgeschnallt war, und wie die Schultergurte immer noch den Schemen einer Person in sich trugen. Doc fragte sich, ob es respektlos wäre, es in den Recycler zu werfen.

Lyra erschien in der Tür, ein Streifen Synthhaut noch um ihre linke Hand gewickelt. Sie verharrte dort für eine Sekunde, als würde sie die Temperatur des Raumes kalibrieren.

»Du könntest es behalten«, sagte sie mit leiser Stimme. »Für Ersatzteile, meine ich.«

Doc schaute nicht auf. »Ich hebe keine Geister auf.«

Lyra schnaubte. »Wirklich? Fällt gar nicht auf.«

Sie standen schweigend da, nur unterbrochen vom fernen Summen der Triebwerke, die sich eher zu einem Keuchen als einem Schnurren eingependelt hatten.

Mercy kam als Nächste, einen Riegel Rationsriegel im Mund und ihr Blick wie immer auf das Hauptereignis gerichtet. »Wenn du es nicht behältst, gib ihm wenigstens einen

Abschied«, sagte sie nuschelnd. »Wie ein ... du weißt schon. Ein Gedenkzeichen.«

Doc legte die Knochenschere ab und wischte sich die Hände an einem Handtuch ab, ohne sich darum zu kümmern, dass es Streifen auf seinen Handflächen hinterließ. »Sie hätte ein Denkmal gehasst.«

»Sie ist nicht hier, um zu widersprechen«, erwiderte Mercy, und zum ersten Mal lag kein Gift in ihren Worten.

Lyra ging zum Bett, hob das Geschirr auf und hielt es auf Armeslänge. Sie verdrehte den Stoff in ihren Händen, als ob sie versuchte, die Erinnerung herauszuquetschen. »Sie hatte bei nicht vielem eine Wahl«, sagte Lyra. »Geben wir ihr diese hier.«

Die drei standen immer noch in beerdigungsartiger Verlegenheit da, als Rask in der Luke erschien. Er lehnte sich mit verschränkten Armen gegen den Rahmen, sein Gesichtsausdruck war unleserlich.

»Wenn ihr eine Beerdigung plant, müsst ihr euch schon was Besseres einfallen lassen«, sagte er.

Mercy zuckte mit den Schultern. »Wir improvisieren.«

»Darin sind wir am besten«, fügte Lyra hinzu.

Glims Stimme drang durch, leiser als zuvor, das Rauschen war verschwunden oder zumindest gezähmt.

»Bevor sie starb, hat Rho ein einzelnes Befehlspaket in meinen Puffer hochgeladen«, sagte Glim. »Es lautete: ›Beschütze die Crew. Folge der Absicht des Captains.‹ Der Code ist sauber. Keine Spur von Censor. Sie hat mir ihren Gehorsam hinterlassen.«

Lyras Mund zuckte, fast ein Lächeln. »Das ist so typisch für sie.«

Mercy hob ihren Rationsriegel zum Gruß. »Was habe ich gesagt? Sie ist eine Legende.«

Rask blickte auf das Geschirr, dann auf Doc. »Wir sollten es irgendwo anbringen«, sagte er. »Wo es von Bedeutung ist.«

Doc zuckte mit den Achseln, aber seine Hände bewegten

sich mit ungewöhnlicher Sorgfalt. Er nahm Lyra das Geschirr ab, entfaltete es und fädelte die Gurte grob so ein, wie Rho es zu tragen pflegte – ein Arm hindurch, der andere locker, bereit zum Handeln, aber niemals zur Schau. Sie sagten nicht viel, als sie es in einem Vakuumbehälter versiegelten, das Schloss verriegelten und es über der Hauptluke der Krankenstation anbrachten.

Es gab keine Plakette, keine Rede, kein Ritual. Lyra lieh sich das Laserskalpell der Krankenstation und ätzte ein einziges Wort in das Metall darunter: RHO.

Die Fünf traten zurück, sahen es an und dann einander. Doc war der Erste, der sich bewegte und ein Skalpell zwischen seinen Fingern schnippen ließ, mit der Anmut eines Kartengebers in einem Spiel, das niemand spielen wollte.

»Sie würde das Delegation nennen«, sagte Rask, und die anderen nickten.

Der Moment dauerte länger, als jeder von ihnen erwartet hätte. Schließlich ging Lyra in den Maschinenraum, Mercy auf die Brücke. Jalen gab Rho einen Zwei-Finger-Salut, bevor er sich abwandte. Rask verweilte, gerade lange genug, dass Doc es bemerkte.

»Hast du es ihr jemals gesagt?«, fragte Rask.

Doc schüttelte den Kopf. »Sie brauchte es nicht zu hören.«

Rask grunzte, und dann war auch er verschwunden, der Korridor verschluckte ihn mit einem leisen Geräusch.

Doc blickte zu dem Behälter hinauf, zu dem in den Stahl gebrannten Wort, und gestattete sich einen Moment. Er lehnte sich gegen die Theke der Krankenstation und schloss die Augen.

Der Herzschlag des Schiffes pochte durch die Wände, gleichmäßig und lebendig. Zum ersten Mal seit Tagen dachte Doc, dass es vielleicht so bleiben würde.

Er öffnete die Augen, sah den Namen wieder und nickte sich zu. »Gute Arbeit, Kleines«, sagte er. »Du hattest einen starken Abgang.«

Dann ging er zurück an die Arbeit, und in der Krankenstation kehrte Stille ein, so wie es die Toten gewollt hätten.

Lyra führte mit einer Hand einen Diagnosescan durch, während die andere ihre Schläfen massierte, in einem vergeblichen Versuch, die Kopfschmerzen zu vertreiben, die sich dort vor drei Tagen eingenistet hatten. Ihre Finger waren mit altem Harz und etwas befleckt, das wahrscheinlich kein Blut war, aber genauso gut hätte sein können. Auf dem Hauptdisplay zogen die verfügbaren Sprungkoordinaten in einer düsteren Parade vorbei: jede ein wenig weiter von der letzten entfernt, keine davon auch nur annähernd in der Nähe der Zivilisation.

Mercy lümmelte im Navigatorsessel, die Stiefel hochgelegt, ihre Laune auf dem Nullpunkt. Sie starrte auf das Display, die Augenlider schwer, aber nichts entging ihr. »Wir können noch einen Sprung machen«, verkündete Lyra, ohne sich die Mühe zu machen, es zu beschönigen. »Vielleicht zwei, wenn wir die Wasserstofftanks der Kombüse ausschlachten.«

Mercy grinste. »Kein toller Plan für den Ruhestand.«

»Hatte ich nie«, sagte Lyra.

Von achtern schlenderte Doc herein, die Ärmel hochgekrempelt, das Haar unordentlicher als die Verkabelung des Schiffes. Er stellte eine Thermoskanne auf den Kommunikationstisch und warf einen Blick auf die Diagnoseanzeigen. »Wenn jemand Lust hat, im Schlaf zu sterben, lasst es mich jetzt wissen. Ich setze die Morphiuminfusion.«

Rask kam als Letzter herein, sein Gang so gleichmäßig wie die Triebwerke des Schiffes: störrisch, aber mit einem deutlichen Humpeln. Er nahm im Captainsessel Platz, sackte hinein und betrachtete das leere Schwarz jenseits des Sichtfensters. »Irgendwelche Neuigkeiten?«

Lyra schüttelte den Kopf. »Wir leben noch. Bis auf Weiteres.«

Mercy richtete sich auf und verschränkte die Arme. »Also, wohin?«

Rask zögerte nicht. »Überallhin, wo das Imperium nicht ist.«

Doc grunzte. »Das schränkt es auf Nirgendwo ein.«

Rask lächelte und fletschte die Zähne. »Perfekt.«

Glims Avatar flackerte auf der Brücke auf, ihre Gestalt in demselben Blau-Weiß wie die Brückenbeleuchtung gehalten. Die Züge ihres Gesichts hatten sich erweicht; die Stimme, die erklang, war sanft, fast friedlich. »Kontinuität unterbrochen«, sagte sie. »Status: undefiniert.«

Zum ersten Mal seit der Flucht blickte Rask sie mit etwas an, das an Zuneigung grenzte. »Glückwunsch«, sagte er. »Endlich bist du wie der Rest von uns.«

Die Sprungkoordinaten hingen auf dem Display, ihre Namen allesamt Variationen von Exil: Der Rand, Der Null-Vektor, Letzter Hafen. Keiner versprach eine Heimat, aber jeder barg die stille Würde der Flucht.

Lyra wählte den nächstgelegenen aus, ihre Finger verweilten auf dem Glas, bevor sie die Taste drückte. »Sprungantrieb ist bereit«, sagte sie, und die Worte trugen mehr Endgültigkeit in sich als die meisten Abschiede.

Mercy überprüfte ihre Handfeuerwaffe, mehr aus Gewohnheit als aus Hoffnung. »Wenn wir in einem Stern landen, bin ich stinksauer.«

Doc schenkte sich eine Tasse aus seiner Thermoskanne ein, nahm einen Schluck und verzog das Gesicht. »Schmeckt nach Dreck.«

»Das liegt daran, dass ich ihn gemacht habe«, sagte Rask und nickte dann Lyra zu. »Mach schon.«

Lyra leitete den Sprung ein. Das ramponierte Gerüst des Schiffes bebte, die Lichter verdunkelten sich fast vollständig, bevor sie sich auf ein stetiges, beruhigendes Summen einpendelten.

Als die Meridian sich zum Rand des Systems vorkämpfte, wurde es auf der Brücke still. Das Summen der Triebwerke – gleichmäßig, beharrlich – wurde zum einzigen Geräusch. Niemand füllte es mit Worten.

Durch die offene Luke fing der Vakuumbehälter der Krankenstation das Licht ein. Das Geschirr darin glänzte, die Buchstaben von Rhos Namen noch scharf im Metall. Er blickte auf die Brücke hinaus, stumm, ein Wächter für die Lebenden.

Zum ersten Mal machte niemand einen Witz. Niemand füllte die Stille mit falscher Tapferkeit oder fadenscheinigen Ausreden.

Dies war der Tribut der Crew: weiterzumachen, auch wenn die einzig verbleibende Richtung ›weg‹ war.

Die Meridian humpelte in die Dunkelheit, und zum ersten Mal in ihrem langen, umkämpften Leben herrschte Frieden.

DREIUNDZWANZIG

Die Meridian hing im Schatten eines Gasriesen, ihr Rumpf nun in einem Stil geflickt, den man nur als »Brachialgewalt-Couture« bezeichnen konnte. Die Reparaturarbeiten umfassten sieben verschiedene Legierungen aus drei verschiedenen Jahrhunderten, jedes Teil mit dem Enthusiasmus von jemandem angeschweißt, der nie ein Handbuch gelesen, aber immer auf das Prinzip des Overkills vertraut hatte. Hier draußen war das Licht blau und scharf, die Sonne permanent von dem großen, trägen Wirbel des Planeten unter ihnen verfinstert. Dadurch glänzte jede Schweißnaht wie eine Narbe, was so nah an Kunst war, wie das Schiff jemals kommen würde.

An Bord, oder genauer gesagt draußen, stabilisierte sich Lyra auf der ventralen Panzerung und drückte den Auslöser des Mikroschweißgeräts. Der Brenner spie eine blau-weiße, hungrige Plasmazunge, als sie die nächste Platte anheftete. Schweiß brannte ihr unter der Sichtscheibe in den Augen, was wahrscheinlich ein Symptom für zu viel Zeit im EVA-Anzug und zu wenig Flüssigkeit war, aber sie hatte sich schon vor drei Aufträgen aufgehört, sich um ihr eigenes Wohlbefinden zu scheren.

»Mercy, schieb es einen halben Tick nach Steuerbord«, sagte Lyra, ihre Stimme zu gleichen Teilen von Rauschen und alter Aggression durch die Komms gefiltert.

Mercy stemmte den Flicken mit beiden Händen gegen die Hülle, ihre Stiefel in den Mag-Locks verhakt. Ihr Helm glänzte unter dem Lichtbogen und spiegelte für einen Moment einen Schädel im Visier wider, dann war er verschwunden. »Das ist der schlimmste Babysitter-Job, den ich je gehabt habe«, sagte sie. »Ich hoffe, du bist dankbar.«

»Wenn das hält«, erwiderte Lyra, »bin ich offiziell eine Wundertäterin.«

»Wenn nicht, bist du ein Meteor.«

Docs Stimme unterbrach sie, hallte von irgendwo aus der Krankenstation des Schiffes und durch die offenen Komms: »Optimismus zur Kenntnis genommen. Bereite feierliche Drinks für alle vor.«

Mercy grinste, oder spannte zumindest ihren Kiefer so an, dass die Absicht durch die externen Mikrofone des Anzugs drang. »Hörst du das, Lyra? Seine Manieren am Krankenbett haben sich verbessert.«

Lyra schaltete den Brenner aus und klappte das Visier hoch. Eine Schweißperle rann ihr über die Nase, sammelte sich an der Spitze und wurde dann mit einem befriedigenden Plopp vom Recyclingsystem aufgesaugt. »Doc ist nur neidisch«, sagte sie, »weil ich die Einzige hier draußen bin, die was auf die Reihe kriegt.«

Mercy legte den Kopf schief und schlug dann mit der Handkante ihres behandschuhten Handschuhs gegen den Flicken. Er rührte sich nicht. »Sie hat recht, weißt du. Deine Patienten sterben am Ende sowieso alle.«

Docs Erwiderung wurde vom Knistern von Glims Stimme übertönt, die durch das ganze Schiff, dann den Anzug, dann die Helme gefiltert wurde: »Hüllendruck an kritischen Verbindungsstellen stabil. Alle lebenswichtigen Systeme funktionsfähig. Stilpunkte ... fragwürdig.«

Lyra kniff die Augen vor dem nächsten Sensorknoten zusammen, der im Takt mit Glims Nachricht grün pulsierte. »Soll das ein Witz sein?«, fragte sie.

Glims Ton, obwohl immer noch unverkennbar synthetisch, hatte den Großteil seiner alten, defensiven Schroffheit abgelegt. »Wenn du fragen musst«, sagte Glim, »dann ja.«

Lyra stellte den Brenner auf eine niedrige Stufe, fuhr in einer einzigen, ununterbrochenen Linie an der Naht entlang und trat dann zurück, um ihre Arbeit zu inspizieren. Der Flicken war hässlich, aber er war nahtlos, und sie tätschelte ihn für etwas Glück.

»Willkommen zurück in der Mittelmäßigkeit«, sagte Lyra, ein wenig atemlos, aber zufrieden.

Die Antwort kam fast sofort, gefärbt mit etwas, das als Zufriedenheit hätte durchgehen können: »Es ist seltsam gemütlich«, sagte Glim.

»Verstanden«, sagte Lyra, dann richtete sie sich auf, ihre Stiefel immer noch magnetisch an der Hülle. Der Gasriese drehte sich langsam unter ihnen, Bänder aus elektrischem Blau und Eisweiß wanden sich über seine Oberfläche. In weiter Ferne wirbelte ein Sturm von der Größe einer Stadt am Pol, dessen Ränder wie eine zerrissene Flagge ausfransten.

»Mercy, lass uns reingehen, bevor der Plasmasturm aufzieht«, sagte Lyra. »Ich habe Pläne für diesen Anzug, die nicht beinhalten, blitzgegrillt zu werden.«

»Bist du sicher?«, erwiderte Mercy, die sich bereits von den Mag-Locks löste. »Scheint eine Verbesserung für deinen jetzigen Teint zu sein.«

»Ha ha«, sagte Lyra, aber mit weniger Gift in der Stimme als sonst.

Sie machten sich auf den Weg zur Luftschleuse, jeder Schritt eine Übung in Sturheit gegen die ungleichmäßige Schwerkraft des Schiffes.

An der Schleuse legte Lyra ihre Hand auf den Sensor und wartete auf das Zischen des Druckausgleichs. Der Innenzyklus war wie immer langsam, und sie ertappte sich dabei, wie sie im Takt der steigenden Zahlen auf der Anzeige auf ihre Sichtscheibe tippte.

Mercy, die still geworden war, brach das Schweigen. »Glaubst du, es ist wirklich vorbei?«

Lyra runzelte die Stirn. »Definiere ›es‹.«

Mercy zuckte mit den Schultern, eine unbeholfene Geste im Anzug, und blickte dann weg. »Der Krieg. Die Flucht. Die Geister.«

Lyra überlegte. »Eins von dreien«, sagte sie. »Vielleicht zwei, wenn ich großzügig bin.«

Die Innentür rollte mit einem Seufzen auf. Warme, trockene Luft flutete die Kammer, und Lyra sackte fast vor Erleichterung in sich zusammen. Sie traten ein, ihre Stiefel schlugen auf das Deck, und nahmen im Gleichklang ihre Helme ab.

Mercys Gesicht war gerötet, Schweißperlen zeichneten die Linien einer alten Narbe nach, die von ihrer Stirn bis zum Kiefer verlief. »Du hast besser Whisky«, sagte sie.

»Ich habe Whisky«, erwiderte Lyra. »Aber du rührst ihn nicht an, bevor du nicht geduscht hast.«

Mercy hob beide Hände zur Kapitulation und stellte den Helm ins Regal. »Ein fairer Tausch.«

Sie stapften den Korridor entlang, noch immer in den Torsos der Anzüge steckend, bis die Umgebungswärme sie zwang, auch den Rest abzulegen. Die Luft in der Meridian roch immer nach Kühlmittel und verbrannten Kabeln, aber jetzt trug sie den metallischen Geruch frischer Schweißnähte. Es war fast angenehm.

Doc wartete in der Krankenstation auf sie, die Arme verschränkt und einen Diagnosestab hinter einem Ohr eingeklemmt. »Vitalwerte?«, sagte er zur Begrüßung.

»Am Leben«, sagte Lyra, obwohl sie an der Schwelle schwankte, bevor sie auf Rhos eingravierten Namen auf dem Schild über der Tür tippte.

Die Brücke sah nicht besser aus als in den letzten Monaten, aber es lag etwas anderes in der Luft. Vielleicht war es die Abwesenheit von Alarmen. Vielleicht war es die Art und Weise, wie Glims Statussymbol hell und klar in der Mitte der Konsole schwebte, anstatt mit einem dämonischen Rotton zwischen den Zeilen des Fehlercodes zu flackern. Oder vielleicht lag es daran, dass Rask zum ersten Mal seit Rhos letzter Tat wie ein Mann aussah, der eine ganze Nacht durchgeschlafen hatte.

Er stand am Navigationstisch, ein Datapad in der einen Hand, die Augen auf das Sichtfenster gerichtet. Die Sterne waren fern und schwach, der Gasriese jetzt eine blaue Sichel im hinteren Viertel. Er trug seine alte Kapitänsjacke, an den Ellbogen geflickt und mit Fett verschmiert, und sein Haar – nie ganz folgsam – sah aus, als sei es in den letzten achtundvierzig Stunden gewaschen worden.

Er blickte auf, als sie eintraten, sein Gesichtsausdruck war unleserlich. »Bericht«, sagte er.

»Die Hülle ist geflickt«, sagte Lyra. »Mercy hat mich nicht ins All treiben lassen, also sind wir dem Zeitplan voraus.«

Mercy ließ sich in den Geschützstuhl fallen und stemmte ihre Stiefel auf die Konsole. »Ich war schwer versucht, wenn ich ehrlich bin.«

Es gab einen Moment der Stille, die gute Art, die Art, die sich einstellt, wenn das Universum vergisst, grausam zu sein.

Glims Symbol pulsierte einmal, dann noch einmal. »Navigation ist freigeschaltet. Alle Systeme bereit.«

Mercy hob eine Hand. »Erlaubnis, einen Kurs irgendwohin zu setzen, wo wir tatsächlich etwas Geld verdienen können?«

»Oder sogar welches ausgeben können«, fügte Jalen hinzu.

»Gewährt«, sagte Rask.

Doc murmelte: »Er wird weich.«

»Oder«, sagte Lyra, »er lernt endlich, wie man ein Pirat ist.«

Die Brücke füllte sich mit dem tiefen, stetigen Dröhnen der anlaufenden Triebwerke. Der Gasriese wich zurück, der geflickte Rumpf warf einen kurzen, blauen Schatten über das Sichtfenster, bevor sie abbogen und in die Dunkelheit flogen.

Niemand jubelte, niemand lächelte auch nur für mehr als eine Sekunde, aber das Gefühl der Bewegung – das Gefühl, sich irgendwohin zu bewegen, selbst wenn es nur nach vorne war – war genug.

Lyra beobachtete die Sterne, die Linien alter Schweißnähte spiegelten sich im Glas, und erlaubte sich für einen Moment zu glauben, dass dies tatsächlich so aussehen könnte, wie Weitermachen aussah.

Und draußen, in der Leere, hielt die zusammengeflickte Meridian stand. Entgegen aller Erwartungen, und zur Abwechslung einmal, ohne zu klagen.

Mercy traf als Erste in der Kombüse ein, nachdem sie gerade lange genug geduscht hatte, um Lyras Geruchstest zu bestehen. Sie ließ sich auf ihren Stuhl fallen, stellte ein angeschlagenes Glas vor sich hin und beäugte die Flasche mit der Konzentration von jemandem, der nach einem Sinn suchte. »Wenn sonst niemand kommt«, sagte sie, »fange ich an.«

»Sie werden kommen«, sagte Glim, ihre Stimme schwebte wie eine Erinnerung von der Decke herab. Sie war über dem Tisch als handtellergroßes Drahtgittermodell zu sehen, dreidimensional projiziert und in ein sanftes Blau getaucht. In diesem Moment ließ sie eine Galaxiekarte über ihrem Kopf rotieren, deren Knoten und Sektoren sauber beschriftet waren, doch die alten Zensor-roten Zonen waren nun leer.

Mercy kniff die Augen zusammen und betrachtete die Karte. »Ich bin nicht sicher, ob mir all diese Leere gefällt.«

Glim drehte die Anzeige. »Leer ist besser als feindselig«, sagte sie, und für einen Moment meinte Mercy, Stolz in ihrem Ton zu hören.

Lyra kam als Nächste herein, ihr Haar war noch nass und klebte an ihrer Kieferpartie. Sie trug ein geflicktes T-Shirt über einer alten Feldhose und sah aus, als wäre sie dem Zusammenbruch nahe. »Wenn jemand einen Todeswunsch hat, sagt es mir jetzt«, sagte sie. »Ich mache es kurz und schmerzlos.«

Mercy schenkte einen Schluck in ihr Glas ein. »Du hast deine Berufung verfehlt, Lyra. Du hättest ein Spa leiten können.«

»Zu viele Gesundheitsvorschriften«, sagte Lyra. Sie ließ sich auf den Stuhl gegenüber von Mercy fallen, schnappte sich ein Glas und füllte es bis zum Rand. »Wo sind die anderen?«

»Der Doc ist noch damit beschäftigt, was auch immer er im Medlab getrieben hat«, sagte Mercy. »Und der Captain brütet vor sich hin.«

»Schon wieder?«

»Immer noch«, korrigierte Glim.

Lyra schluckte einen großen Schluck. Der Whisky brannte, aber sie schaffte es, nicht zu husten. »Na gut«, sagte sie, »wenn er schmollen will, werde ich trinken.«

Sie war auf halbem Weg mit ihrem zweiten Schluck, als der Doc hereinschlurfte, die Augen von Müdigkeit gerändert, die Operationshandschuhe in eine Tasche gestopft. Er ließ sich auf einen Stuhl fallen, rollte sein Glas in der Handfläche und sagte: »Wer ist tot?«

Mercy grinste. »Niemand. Noch nicht.«

»Schade«, erwiderte der Doc, füllte aber trotzdem sein Glas. »Ich mag diese Totenwachen.«

Rask kam als Letzter, wie es die Tradition verlangte. Er trat mit einem Hinken ein, von dem Mercy vermutete, dass es halb echt und halb gespielt war, und musterte den Raum wie ein Mann, der den Schaden begutachtet, bevor er die Schuld auf sich nimmt. »Ihr fangt ohne mich an«, sagte er, aber seine Stimme war ohne jeden Vorwurf.

»Wir dachten, du hättest dich verlaufen«, sagte Lyra und schenkte ihm ungefragt ein.

Er nahm das Glas und wog es in der Hand. »Was ist der Anlass?«

Mercy lehnte sich zurück und hob ihr eigenes Glas. »Auf Rho«, sagte sie. »Die einzige Offizierin, die auf diesem Schiff jemals Befehle befolgt hat.«

Lyra stieß mit ihrem Glas gegen Mercys. »Und die Einzige, die nicht lange genug gelebt hat, um es zu bereuen.«

Der Doc schwenkte sein Getränk und starrte auf das Licht, das hindurchschien, als ob es Antworten enthalten könnte. »Sie würde diese Sentimentalität hassen.«

Rask hob sein Glas, sein Lächeln war dünn und scharf. »Dann machen wir es ja richtig.«

Sie tranken einstimmig, der Whisky war heiß und unmittelbar und verscheuchte den Hauch alten Versagens. Niemand zuckte zusammen, niemand hustete. Die Stille, die folgte, war weniger eine Abwesenheit von Worten als vielmehr eine Ansammlung von etwas Schwererem, Unausgesprochenem.

Glims Projektion flackerte, die Galaxiekarte drehte sich zu einem neuen Sektor. »Soll ich einen offiziellen Logbucheintrag verfassen?«, fragte sie mit leiser Stimme.

Rask starrte auf das Hologramm, dann auf sein Glas. »Nenn es einfach das Rho-Manöver«, sagte er. »Sie verdient eine Legende.«

Lyra, die Augen leuchteten mit etwas Unübersetzbarem, stieß mit ihrem Glas gegen den Flaschenhals. »Darauf trinke ich.«

Zum ersten Mal seit langer Zeit war das Lachen, das folgte, echt. Es erfüllte den Raum, sickerte in die Risse der

Wände und ließ sogar die harten Kanten der Kisten rund und weich erscheinen.

Glims Karte pulsierte, die leeren roten Zonen waren nun beruhigend blau, und für eine Sekunde sah die Zukunft nicht so sehr leer als vielmehr offen aus.

Jalen schenkte eine weitere Runde ein, und niemand hielt ihn auf.

Sie stießen erneut an – dieses Mal auf nichts Bestimmtes und auf alles zugleich.

Und draußen zog die Meridian ihre Bahn durch die Dunkelheit und trug die Erinnerung an eine tote Offizierin und eine lebende Crew mit sich, die immer noch zusammen war und, allen Widrigkeiten zum Trotz, immer noch sie selbst war.

Die Nacht auf der Meridian war ein subjektives Konzept, das mehr von Erschöpfung als von irgendeinem planetarischen Zyklus bestimmt wurde. Aber auf der Brücke, wo bis auf ein einziges Panel alles auf Standby geschaltet war und die Sterne draußen so scharf wie Glas wirkten, fühlte es sich an wie Mitternacht im alten, terrestrischen Sinne – eine Zeit der Abrechnung und des Ruhenlassens.

Rask saß am Schreibtisch des Captains, das einzige Licht war ein sanfter Schein von der Konsole. Seine Jacke hing über der Stuhllehne; er hatte die Ärmel bis zu den Ellbogen hochgekrempelt, was das Narbengeflecht eines Lebens enthüllte, das er zu nah an den falschen Arten von Maschinen verbracht hatte. Er umschloss einen Becher mit kaltem Tee mit beiden Händen, dessen Wärme sich längst verflüchtigt hatte. Er trank nicht, aber der Akt, den Becher zu halten, war zu einer Art Anker geworden.

Er lauschte, nicht auf Ärger, sondern auf den Rhythmus

des Schiffes im Ruhezustand. Die Hülle sang in Mikrotönen, während sie von der letzten Antriebszündung abkühlte. Die Lüfter an der Decke surrten mit der Beständigkeit betender Mönche. Sogar das Medlab mit seinem ständigen Alarm wegen »geringfügiger biologischer Gefährdung« schien die Ruhe akzeptiert zu haben.

Glims Avatar materialisierte sich über der Hauptkonsole, dieses Mal auf eine einzige, zitternde blaue Linie reduziert. Sie sprach mit dem Flüstern von jemandem, der nachts in ein Krankenzimmer schlüpft.

»Captain, ich habe ein Datenfragment empfangen. Verschlüsselt. Nicht zurückverfolgbar. Herkunft unbekannt.«

Rask hob eine Augenbraue und beugte sich vor. »Ist es feindselig?«

Glims blaue Linie schimmerte und löste sich dann in einen kurzen Impuls auf. »Negativ. Die Nutzdaten sind minimal. Möchtest du sie ansehen?«

Er stellte den Becher ab, klopfte einmal für Glück auf die Konsole und sagte: »Mach schon.«

Der Bildschirm leuchtete auf und zeigte dann eine einzelne Codezeile, wiedergegeben in der alten imperialen Chiffre. Daneben stand eine Signatur:

RHO_MANOEUVRE.FINAL

Und darunter ein Satz, schlicht und schmucklos:

Beschütze die Crew. Handle nach der Absicht des Captains.

Einen langen Moment lang starrte Rask nur.

»Netter Trick«, sagte er, obwohl seine Stimme dünn und die Worte schwer waren. »Hast du das hinterlassen, oder war sie das?«

Glims Antwort kam als ein Summen, so menschlich hatte sie noch nie geklungen. »Sie war es. Vor dem Terminierungsbefehl. Das Paket war im Tiefenspeicher des Systems versteckt. Ich habe es nur gefunden, weil ich nach ihr gesucht habe.«

Rask spürte eine Anspannung in seiner Brust, von der er nicht gewusst hatte, dass er sie hielt. »Nimmt immer noch Befehle entgegen«, sagte er, sein Lächeln war müde und unsicher, aber es war da.

»Kontinuität, Captain«, sagte Glim, und für einen Augenblick klang sie fast verschmitzt. »Nur mit besserem Management.«

Er stieß ein Lachen aus und ließ es durch die leere Brücke hallen. »Setz einen neuen Kurs«, sagte er.

»Koordinaten?«, fragte Glim, ihr Symbol pulsierte.

Rask lehnte sich zurück und stemmte seine Stiefel auf den Rand der Konsole. »Überrasch mich.«

Die Triebwerke, als hätten sie gelauscht, begannen leise vorzudrehen. Jede Konsole erwachte, blaue Anzeigen blinkten wie Venen. Draußen schwenkten die Sterne, als die Meridian sich um ihre Achse drehte und sich auf eine Flugbahn ausrichtete, die nichts als Bewegung versprach.

Mercys Stimme drang, so unvermeidlich wie die Steuern, durch die Sprechanlage. »Captain, sag mir bitte, dass wir nicht im Begriff sind, etwas Heldenhaftes zu tun.«

Rask grinste in die Dunkelheit. »Entspann dich. Wir drehen nur eine Runde.«

Lyra, vermutlich auf ihrer Koje, schaltete sich ein: »Das sagt er jedes Mal, bevor etwas explodiert.«

Der Doc folgte, klang halb schlafend, aber voller professioneller Missbilligung: »Tradition ist wichtig.«

Glims blaue Linie leuchtete heller und dehnte sich dann zu einer Form aus, die für eine Sekunde wie ein Herz aussah.

Auf dem Hauptdisplay zeichnete sich der neue Kurs ab: ein langer Bogen, vorbei am Bekannten und hinein in die leeren Flecken auf der Karte.

Das Summen des Antriebs schwoll an, stetig und zuversichtlich, als wäre das Schiff stolz darauf, seinen eigenen Nachruf überlebt zu haben. Rask hob seinen Becher, nun gefüllt mit nichts als Erinnerung und Kondenswasser.

»Die Kontinuität mag gebrochen sein«, sagte er leise, »aber die Befehlskette gilt noch.«

Die Meridian stieß in den FTL und hinterließ eine kurze, leuchtende Spur – einen blauen Impuls, der in der Dunkelheit verblasste.

Und noch eine kleine Weile hielten das Echo alter Befehle und das Versprechen neuer die Nacht am Leben.

Captain Rask und der Rest der Crew setzen ihr Abenteuer in **Space Pirates! Buch 3 — Bergungsrechte fort.**

NEWSLETTER

Möchtest du frühzeitig über zukünftige Veröffentlichungen informiert werden?

Hast du Lust auf exklusiven Zugang zu Gratis-Extras, Sonderaktionen und Bonusmaterial?

Oder hast du das Gefühl, dein Leben wäre ohne Marks monatliche Gedanken über das Schreiben, Lesen und Veröffentlichen einfach unvollständig?

Dann gibt es eine Lösung!

Melde dich noch heute für Marks Newsletter an:

https://vossiverse.com/mailing-list

 instagram.com/vossiverse

EIN WORT DES AUTORS

Hallo,

Vielen Dank, dass du *Tote Männer Starten Keine Schiffe* gelesen hast!

Es hat viel Spaß gemacht, es zu schreiben. Ich hoffe sehr, es war eine unterhaltsame Lektüre.

Wenn dir das Buch gefallen hat, wäre ich unglaublich dankbar, wenn du so nett wärst, eine Rezension zu hinterlassen.

Rezensionen helfen Autoren aus mehreren Gründen wirklich sehr. Nicht zuletzt geben sie Feedback dazu, was den Lesern gefällt, und verbessern die Sichtbarkeit des Buches auf Online-Verkaufsseiten.

Vielen Dank im Voraus und ich freue mich darauf, deine Gedanken zu lesen.

Jon

ÜBER DEN AUTOR

Mark Voss ist das Sci-Fi-Alter Ego von Jon Smith – einem mehrfach preisgekrönten Autor, Drehbuchautor und Musical-Librettisten.

Jon/Mark hatte eine verdächtig angenehme Kindheit mit Tabletop-Rollenspielen, sonnigen Ferien und einer obsessiven Liebe zu allem, was mit Fantasy und Science-Fiction zu tun hat. Ein gebrochener Knochen, keine Zahnspange und ein Liebeskummer, den er nicht einmal selbst verursacht hat.

Seitdem hat er über fünfzig Bücher für Kinder, Jugendliche und Erwachsene als Jon Smith geschrieben – und um Buchhändler auf Trab zu halten, schreibt er außerdem Krimis unter dem Namen Adi Flynn.

Er lebt in der Nähe von Liverpool mit seiner Frau und zwei schulpflichtigen Kindern. Wenn er einmal groß ist, möchte er Bibliothekar werden. Oder Weltraumpirat. Vielleicht auch beides.

BINGE THE SERIES

BALKON
media